L'apothicaire

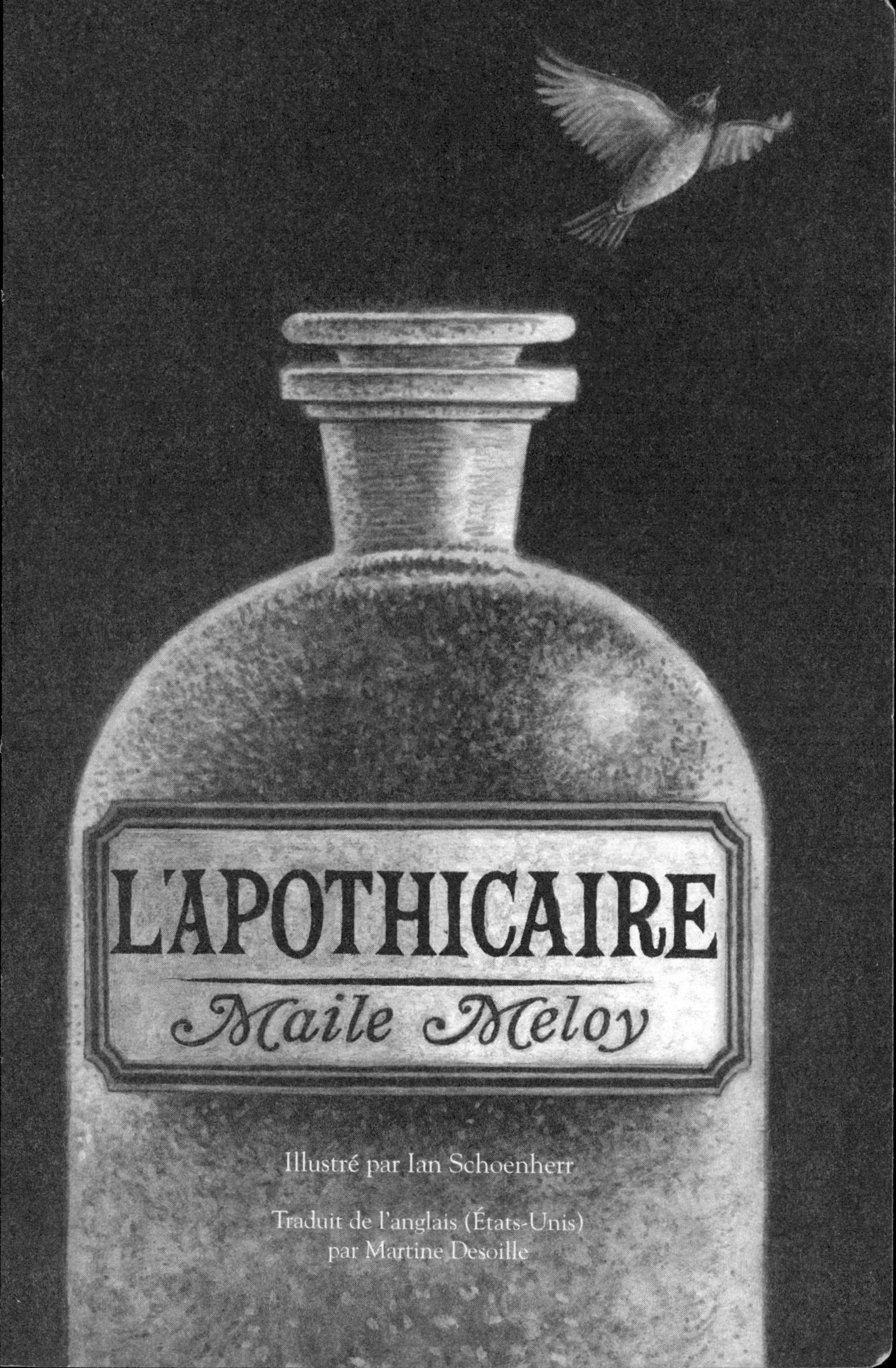
L'APOTHICAIRE
Maile Meloy
Illustré par Ian Schoenherr
Traduit de l'anglais (États-Unis)
par Martine Desoille

Pour Franny

Ouvrage initialement publié par G. P. Putnam's Sons,
un département de Penguin Group (États-Unis)
sous le titre *The Apothecary*

18, rue Barbès, 92128 Montrouge
ISBN : 978-2-7470-4699-2
Dépôt légal : mars 2015
Première édition

Loi n° 49-956 du 16 juillet 1949 sur les publications destinées à la jeunesse.

Note au lecteur

En 1952, quand mes parents et moi avons quitté Los Angeles pour Londres (où j'ai rencontré Benjamin Burrows pour la première fois), il s'est passé des choses dont je n'ai gardé qu'un souvenir flou pour des raisons que j'explique dans ce livre. Je n'ai pas « oublié » ces mois d'exil comme il m'arrive parfois d'oublier mes lunettes, ou ce qui se passe dans le roman que j'ai commencé la semaine précédente, ou le nom de la femme qui vend des oranges au marché. Non, ce qui m'est arrivé au printemps 1952 est tombé dans un trou noir, le puits sans fond de l'oubli.

Mais cette année-là, alors que j'avais quatorze ans et que ma vie a changé d'une manière totalement imprévisible, j'ai tenu un journal – qui m'a été dérobé, puis rendu. Quand j'ai relu mes notes (c'était bien mon écriture), elles m'ont paru aussi étranges que si je les avais écrites dans un rêve, en dormant.

Souvent, les gens décrivent leur enfance comme un moment magique. La mienne l'a vraiment été. Tandis que je bataillais avec mes parents pour ne pas quitter Los Angeles, une chimiste chinoise échappait de justesse à une arrestation, et un physicien hongrois mettait au point une formule pour stopper la marche du temps. Peu après, par l'entremise de Benjamin et de son père, je me retrouvais entraînée dans le réseau que ces gens avaient tissé.

Mais si je vous raconte cela sans explication, vous n'allez pas me croire. C'est pourquoi je vais remettre les évènements dans l'ordre, à partir du moment où j'ai fait la connaissance de Benjamin. Longtemps, ces souvenirs abracadabrants n'ont revêtu d'importance que pour moi. Mais à présent, il me semble de plus en plus urgent de raconter cette étonnante histoire.

Jane Scott
LOS ANGELES, 2011

CHAPITRE PREMIER

Suivie

J'avais sept ans et je vivais à Los Angeles quand le Japon capitula, à la fin de la Seconde Guerre mondiale. Je garde un souvenir très vif de l'explosion de joie qui s'ensuivit. Mes parents m'emmenèrent voir le défilé dans Fairfax Avenue, où mon père me hissa sur ses épaules. Des marins embrassaient des filles dans les rues. À l'école, on nous fit fabriquer des petits drapeaux américains en papier pour fêter la victoire, en nous expliquant que les forces du mal (il y en avait deux) avaient été vaincues, et qu'il n'y aurait plus jamais de guerre.

Mais tous les amis de mes parents n'étaient pas de cet avis.

« On a dit la même chose à la fin de la dernière guerre », arguaient-ils, tout en dégustant un verre de vin ou de citronnade dans notre patio entouré de hautes haies de verdure, à l'arrière de la maison.

C'est ainsi que je revois les amis de mes parents à l'époque : des femmes coiffées de chignons bananes et des hommes à la cravate défaite, un verre à la main.

« Et voyez où nous en sommes aujourd'hui. » ajoutaient-ils.

Certains déclaraient qu'il s'était passé des choses tellement terribles que le monde ne serait plus jamais le même. Mais mes parents leur décochaient des regards sévères quand ils savaient que j'écoutais leur conversation.

Mon père disait que l'essence ne serait plus rationnée et qu'on pourrait aller voir les arbres géants de Kings Canyon[1] (que j'imaginais peuplé de rois). Notre maîtresse du cours élémentaire affirmait qu'on mangerait à nouveau du vrai beurre, au lieu de la margarine à laquelle il fallait rajouter une capsule de colorant pour lui donner une teinte jaune. Moi, j'aimais bien la margarine blanche (ma mère ne mettait jamais de colorant) étalée sur du pain et saupoudrée de sucre, mais ça ne m'empêchait pas de croire en une vie meilleure. On aurait droit à du vrai beurre, peu importait le goût, et j'aurais peut-être une petite sœur par-dessus le marché.

---

1. Kings Canyon, qui signifie « Canyon des rois », est un parc national de Californie (NDT).

Je comptais l'appeler Lulu. La guerre était finie, les méchants avaient perdu. Un âge d'or commençait.

C'est du moins l'impression que nous eûmes au début. Ma petite sœur n'arriva jamais, mais j'avais les parents les plus intelligents et les plus drôles du monde. Ils écrivaient des scénarios en tandem sous le nom de Marjorie et Davis Scott. Ils avaient commencé à la radio et travaillaient à présent pour la télévision, sur des émissions comme *Lucie Chérie* et *Au théâtre chez soi*. Ils m'emmenaient à leurs séminaires de travail à Santa Barbara. Avec les enfants des autres scénaristes, on s'amusait à courir dans les champs d'avocatiers, et à jouer à chat ou à cache-cache. On ramassait les avocats tombés des arbres et on les mangeait à même la coque, en grosses lamelles vertes et grasses, avec une pincée de sel. On se baignait dans l'océan et on s'ébattait dans les vagues avant de s'étendre sur le sable pour se dorer au soleil.

Chez nous, sur le devant de la maison, il y avait un oranger dont les fleurs sentaient si bon que les passants s'arrêtaient, curieux de savoir d'où provenait ce parfum délicieux. Quand je rentrais de l'école, je cueillais une orange que je mangeais au-dessus de l'évier pour ne pas me tacher avec le jus. En classe, on avait appris un poème qui disait : « Voir l'aube se lever était un pur bonheur/Mais être jeune était le paradis ! » Ces vers faisaient, paraît-il, référence à la Révolution française, mais pour moi, ils résumaient ma vie.

Tout au moins, ma vie avant que je ne sois suivie.

Car le monde entier était en train de changer. Une autre guerre avait éclaté entre la Corée et la Chine, et les Russes, qui s'étaient battus à nos côtés, possédaient la bombe atomique et semblaient décidés à s'en servir contre nous. On racontait que la menace communiste était partout, mais mes parents pensaient que c'était une exagération.

Au collège, on nous montrait un dessin animé dont l'héroïne, une tortue appelée Berthe, expliquait qu'en cas d'attaque nucléaire, on devait s'accroupir sous nos pupitres avec la tête entre les genoux. Il y avait une petite chanson qui disait :

La tortue Berthe
Est toujours en alerte
En cas de danger
Elle sait toujours quoi faire
Oui, en cas de danger
Elle se met à couvert !
Toi et toi et toi, faites comme Berthe
En cas d'alerte
Mettez-vous à couvert !
À couvert ! À couvert !

Notre prof, Mlle Stevens, une dame d'un autre siècle avec un chignon blanc, rond comme un beignet, nous faisait faire des exercices d'alerte à la bombe.

– Voici l'éclair, disait-elle. Tout le monde sous les tables !

Et on se mettait aussitôt à quatre pattes – comme si nos bureaux couverts de livres et de crayons pouvaient nous protéger de la bombe atomique.

Le plus important, expliquait le film, était de ne pas céder à la panique. Toutefois, il y avait un climat général d'anxiété. J'étais en troisième, et ce genre de chose me serait passé au-dessus de la tête, si je n'avais pas eu le sentiment d'être observée.

Au début ce n'était qu'une impression. Quand je rentrais du collège, j'avais l'étrange sensation qu'une paire d'yeux me scrutait. On était en février, et il faisait frais et sec. Les grands palmiers qui flanquaient le perron du collège étaient plus verts que jamais.

Sur le chemin de la maison, je m'appliquais à marcher comme Katharine Hepburn, d'un air décidé, avec les épaules en arrière. Chaque fois que je le pouvais, je portais mon pantalon de marin vert pomme. Le froufrou qu'il faisait à chaque pas me rappelait mon idole. Katharine Hepburn était ma star de ciné préférée, et en imitant sa façon de marcher, j'espérais devenir comme elle : une fille bien dans sa peau, jamais à court de réparties cinglantes. Mais je ne voulais pour rien au monde qu'on me surprenne en train de l'imiter, si bien que la première fois que je me sentis observée, cela ne fit que m'embarrasser. Je regardai derrière moi. Rien, à part l'habituel va-et-vient des voitures dans Highland Avenue. Je rentrai la tête dans les épaules et filai à la maison, mes livres de classe serrés contre ma poitrine, comme n'importe quelle collégienne.

Puis un beau jour, je vis une berline noire qui roulait plus doucement que les autres voitures. J'aurais juré qu'elle avançait exactement à la même allure que moi. Je pressai le pas en songeant que Katharine Hepburn ne se serait pas laissé intimider, mais la voiture accéléra. Le cœur serré, je bifurquai dans une contre-allée et me frayai un chemin entre les poubelles. Je rasai les murs, et quand je débouchai dans Selma Avenue, une artère paisible bordée d'arbres, il n'y avait aucune voiture en vue ; juste un homme en train de tailler des rosiers devant sa porte.

Je respirai un grand coup et continuai mon chemin en pensant : « Personne ne te suit. Et d'ailleurs, pourquoi te suivrait-on ? » Mais juste au moment où je rejetais en arrière une magnifique chevelure imaginaire, je vis la berline déboucher au coin de la rue. Mon sang se figea comme si on m'avait injecté de l'eau glacée dans les veines.

Je me retournai vivement : l'homme aux rosiers n'était plus là. Agrippant mes livres de toutes mes forces pour empêcher mes mains de trembler, je continuai de marcher sans quitter des yeux la voiture noire qui arrivait tout doucement dans ma direction. Lorsqu'elle passa à côté de moi, j'aperçus deux hommes en costume sombre à l'intérieur. Celui qui occupait le siège passager avait les cheveux coupés en brosse, comme un militaire, et sur la banquette arrière, il y avait deux chapeaux mous. Personne dans mon entourage ne portait ce genre de chapeau.

La voiture s'arrêta au bord du trottoir. Je tournai dans Vista Street et courus à toutes jambes jusqu'à la maison en cherchant mes clés. Manque de chance, je les fis tomber, et le temps que je me penche pour les ramasser, la berline noire avait débouché au coin de la rue. Vite, je me précipitai dans la maison, je claquai la porte et mis la chaîne de sécurité. Puis je criai :

– Y'a quelqu'un ?

Mais personne ne répondit. Mes parents n'étaient pas encore rentrés.

Je courus m'assurer que la porte du patio était bien verrouillée, car on ne prenait pas toujours la peine de la fermer. Heureusement, le verrou était poussé. Je jetai un coup d'œil par la fenêtre du salon et vis que la voiture noire s'était garée au bout du pâté de maisons. D'une main tremblante, je tirai les rideaux et allumai la cuisine. C'était la pièce où je me sentais le plus en sécurité, celle où je m'installais chaque soir pour apprendre mes leçons pendant que mes parents faisaient la popote en bavardant.

Pour finir, je décidai que tout ceci n'était qu'un tour de mon imagination. Je me préparai un sandwich au beurre de cacahuète et au miel, et attaquai mes exercices d'algèbre. Chaque problème était une sorte de puzzle qui m'obligeait à penser à autre chose qu'aux hommes qui étaient peut-être en train d'attendre dans une berline noire au bout de la rue.

À six heures, j'étais tout occupée à déterminer la valeur de *x*, quand j'entendis la porte s'ouvrir, puis se bloquer brutalement, retenue par la chaîne de sûreté. Mon cœur bondit dans ma poitrine. J'avais réussi à me persuader que les inconnus n'étaient pas à mes trousses, et voilà qu'ils cherchaient à défoncer la porte.

– Qu'est-ce qui se passe là-dedans ? s'écria une voix en colère.

Puis la colère fit place à l'inquiétude :

– Janie ? Tu es là ?

C'était mon père.

*

Ce soir-là, nous allâmes dîner chez Musso et Frank, mon resto préféré. Mais nous n'avions pas le cœur à la fête. Sur le chemin, mes parents avaient beau faire comme si tout était parfaitement normal, je voyais bien qu'ils faisaient des détours et s'arrêtaient à chaque coin de rue, comme pour s'assurer qu'ils n'étaient pas suivis.

Mon père marchait si vite que ma mère et moi étions presque obligées de courir pour garder l'allure.

Au restaurant, nous nous installâmes dans un box. J'étais sûre que mes parents allaient me dire de prendre du poulet et des légumes comme d'habitude, mais ils ne réagirent même pas lorsque je commandai une chiffonnade de crêpes en guise de plat principal. Je demandai :

– Au fait, on peut savoir qui sont les hommes dans la voiture noire ?

– Des agents de la police fédérale, répondit ma mère en soupirant.

Cela n'avait aucun sens.

– Mais que veulent-ils ?

– Justement, nous avions l'intention de t'en parler, Janie.

En temps normal, ma mère n'y allait pas par quatre chemins, mais là elle était visiblement en train de tourner autour du pot.

– Il y a du nouveau. Nous – euh, nous envisageons de partir nous installer à Londres.

Je restai bouche bée.

– Il faut le prendre comme une aventure ! s'exclama maman.

Je regardai mon père droit dans les yeux.

– Qu'est-ce que tu as fait ?

– Absolument rien !

Il avait crié si fort qu'une dame à la table voisine se retourna.

– Davis ! souffla maman, gênée.

– Je n'ai *rien* fait ! Cette affaire est parfaitement grotesque !

Ma mère sourit au garçon qui arrivait avec des verres d'eau. Quand il tourna les talons, elle me demanda :

– Tu te souviens de Katie Lardner ?

Je bougonnai :

– Je l'ai croisée à des fêtes d'anniversaire.

Je faisais ma mauvaise tête, car je n'avais pas envie d'aller à Londres. J'aimais ma vie ici, mes amis et mon collège, les cours de sauvetage en mer, les virées à Santa Barbara, et les orangers qui poussaient devant la maison. J'aimais tout, sauf être suivie par des agents de la police fédérale que mes parents s'étaient mis à dos on ne sait comment. Ma mère reprit :

– Les Lardner sont partis s'installer au Mexique. Parce que le père s'est retrouvé dans le collimateur du gouvernement. Il ne peut plus travailler ici.

– C'est faux, objectai-je. Ils sont partis parce que le père est communiste.

Soudain, j'eus l'impression que la terre s'ouvrait sous mes pieds.

– Oh non ! Ne me dites pas que vous êtes communistes ?

Mon père se pencha et me souffla à voix basse :

– C'est parce que nous croyons en la Constitution qu'on nous a mis sur une liste noire et que tu es surveillée, toi aussi, Janie, alors que tu n'as strictement rien à voir dans tout ça. Et je ne tolérerai pas qu'on surveille mon enfant.

Il donna un grand coup de poing sur la table et recommença à hausser le ton :

– Jamais je ne le tolérerai !

– Je ne sais même pas ce qu'est le communisme.

Mon père murmura :

– L'idée est que les ressources et les richesses devraient être réparties équitablement entre tous, afin qu'il n'y ait pas d'un côté des gens outrageusement riches qui possèdent tout et de l'autre des gens misérables qui n'ont rien. Ça, c'est l'idée de base. Mais pour la mettre en œuvre c'est une autre histoire. Le problème, c'est que le gouvernement américain – ou plus exactement un certain « Comité sur les activités anti-américaines » – est devenu paranoïaque. Il craint comme la peste les gens innocents qui croient ou ont cru à un moment donné à cette vision du monde. Ce n'est ni juste, ni rationnel, ni constitutionnel.

Déterminée à ne pas pleurer, je me mouchai dans ma serviette en papier.

– Est-ce que je ne pourrais pas au moins finir mon semestre ?

– Ces types veulent nous traîner en justice, soupira papa. Nous pouvons répondre de nos propres actes, mais il est hors de question que nous dénoncions nos amis. On raconte qu'on va bientôt confisquer nos passeports pour nous empêcher de quitter le pays. C'est pourquoi nous devons partir très vite.

– Quand ?

– Cette semaine.

– Cette *semaine* ?

– Olivia Wolff, une personne avec qui nous avons travaillé par le passé, est déjà à Londres, expliqua maman. Elle va produire un téléfilm sur Robin des Bois et nous a proposé de nous associer au projet. Janie, c'est une occasion en or. On va avoir l'impression de vivre dans un roman de Jane Austen.

– Tu veux dire qu'à la fin, je vais me marier ? Tu oublies que je n'ai que quatorze ans.

– Janie.

– Et d'ailleurs, Jane Austen était anglaise, pas américaine. Je ne serai pas du tout à ma place là-bas !

– Janie, s'il te plaît. Nous n'avons pas le choix.

– *Je* n'ai pas le choix. *Vous*, vous l'avez eu et maintenant vous êtes sur cette liste débile !

– Ce n'est pas par choix, objecta mon père.

– Ah non ? Et comment vous en êtes arrivés là ?

– Parce que nous croyons à la liberté d'expression. Parce que nous croyons au premier amendement !

Le serveur se présenta avec nos plats.

– La chiffonnade de crêpes pour la demoiselle.

Je lui adressai un sourire en coin.

Mon père lorgna l'exquise montagne de crêpes dorées sur laquelle fondait un vrai morceau de beurre.

– C'est ça, ton dîner ?

– Elle a le droit de prendre ce qu'elle veut, dit ma mère.

Je soutins sans ciller le regard de mon père, puis je pris une bouchée de ce qui serait ma dernière chiffonnade de crêpes de chez Musso et Frank avant longtemps – peut-être même pour toujours. Elle avait un goût de carton. Comme je faisais la grimace, mon père me taquina :

– À voir ta tête, on croirait que tu manges des chiffons, pas une chiffonnade. De délicieux chiffons au sirop d'érable.

– Très drôle.

– Écoute, fillette. Si on ne peut plus rire ensemble, on ne réussira jamais à surmonter cette épreuve.

J'avalai tout rond et ronchonnai :

– Ne m'appelle pas fillette.

CHAPITRE 2

L'apothicaire

Je n'étais pas du tout emballée à l'idée de partir à Londres, c'est le moins qu'on puisse dire. Je n'avais ni la patience ni le sens de l'humour d'une Jane Austen, et encore moins son adaptabilité. Et je ne parvenais à imiter Katharine Hepburn que dans les scènes où mon idole tenait des rôles d'insupportable tête à claques. Je pleurai dans le taxi, quand nous longeâmes les champs de pétrole de la Cienaga, sur la route de l'aéroport. Je pleurai dans l'avion. C'était la première fois que je le prenais et c'était excitant de voir toutes ces petites maisons depuis le ciel, mais je ne voulais pas que mes parents devinent que je jubilais intérieurement.

À l'aéroport de Heathrow, à Londres, il y avait un portrait de la nouvelle reine Elizabeth II accroché à un mur.

– Elle n'est pas tellement plus âgée que toi, remarqua ma mère. Et pourtant, elle a vécu une guerre. Son père est mort, et maintenant, elle va devoir régner, la pauvre.

– Tu vois ? dit mon père. Il y a plus malheureux que toi.

J'examinai la photo de la jeune reine. Nous avions dû boucler la maison en quatrième vitesse et ne prendre que les quelques affaires qui rentraient dans nos valises pour échapper aux agents du gouvernement fédéral. Mes parents allaient travailler comme scénaristes pour la BBC sous des noms d'emprunt – des faux noms, alors que ma mère refusait ne serait-ce que de mettre une goutte de colorant jaune dans la margarine ! Nous en étions réduits à vivre comme des criminels ou des espions. Tandis que je contemplais le portrait de la courageuse

Elizabeth, j'en vins à penser que ma mère avait peut-être raison de dire que nous vivions une aventure.

Sauf que Londres en plein mois de février, avec ses rues grises, défoncées par les bombardements, offrait un spectacle de désolation. Le taxi nous emmena jusqu'à un minuscule appartement situé à Primrose Hill, au troisième étage d'une maison de St George Street. De l'autre côté de la rue, un commerçant (mon père m'expliqua que c'était un tailleur) attendait devant sa boutique avec les mains dans le dos et l'air de quelqu'un qui guette le client.

La propriétaire, Mme Parrish, ôta son tablier pour nous montrer l'appartement. Tout en tapotant sa chevelure désordonnée, elle nous expliqua que le chauffe-eau au-dessus de l'évier ne marchait pas et que l'on devrait faire chauffer l'eau dans des casseroles.

La cuisine, qui se trouvait dans le prolongement du séjour, avait la taille d'un placard et se fermait exactement comme un placard. Dans les chambres à coucher glaciales, le papier peint marron portait des taches d'humidité en haut des murs.

Sans doute avions-nous l'air catastrophés, car Mme Parrish nous lança soudain un regard sévère. Pas question de laisser un couple d'Américains pourris-gâtés faire la fine bouche. Non mais !

– Vous avez beaucoup de chance d'avoir un logement, fit-elle remarquer.

– Mais bien sûr, s'empressa d'acquiescer maman. Nous vous en sommes très reconnaissants.

– Vous savez qu'il y a des listes d'attente pour les appartements comme celui-là, avec une salle d'eau privée, des chambres séparées et une ligne téléphonique qui fonctionne ? Mais puisque la BBC m'a demandé de vous le réserver spécialement...

Il était clair que nous n'étions pas dignes d'un tel luxe, alors que ses compatriotes, qui avaient souffert tant de privations, devaient se contenter de logements sans W-C privés.

– Nous vous en sommes infiniment reconnaissants, répéta ma mère.

– Vous avez des cartes de ravitaillement ?

– Pas encore, dit ma mère.

– Il va falloir les demander. Chez le boucher, toute la marchandise est liquidée dès l'ouverture, carte de rationnement ou pas.

Elle baissa la voix pour ajouter :

– Je peux vous fournir des œufs, si vous voulez. Ça ne se trouve pas facilement, mais je connais quelqu'un qui a des poules.

– Ce serait très gentil.

Mme Parrish nous montra comment introduire des pièces de monnaie dans la chaudière pour la mettre en route. Nous n'avions pas de pièces anglaises, mais déclarâmes que nous allions nous en procurer.

– Remarquez qu'à part dévorer vos sous, elle ne vous servira pas à grand-chose, souligna-t-elle. Je vous conseille de mettre des bouillottes dans les lits.

– Nous n'en avons pas, soupira ma mère.

– Allez donc faire un tour chez l'apothicaire, au coin de Regent's Park Road. Il aura sûrement aussi de la monnaie, conseilla la logeuse avant de nous laisser.

*

Tandis que ma mère se livrait à l'inspection de la cuisine-placard, mon père et moi enfilâmes les quelques vêtements chauds dont nous disposions pour partir à la recherche de l'apothicaire (qui tenait une sorte de pharmacie). Le ciel au-dessus de St George Street était gris, tout comme les maisons et les gens. Je sais que ça a l'air d'un cliché, mais c'est la vérité. Quitter Los Angeles pour Londres en 1952, c'était comme de sortir d'une superproduction en technicolor pour se retrouver dans un film en noir et blanc.

Au coin de Regent's Park Road, ainsi que l'avait indiqué la logeuse, se trouvait une boutique dont la porte était flanquée de deux vitrines ventrues remplies de flacons en verre. Sur l'une des vitrines était peint à la main le mot « Apothicaire », et sur l'autre, « Maison fondée en 1871 ». Mon père poussa la porte vitrée et la tint ouverte pour me laisser passer. À l'intérieur régnait une drôle d'odeur de moisi, de plantes et de métal. Derrière le comptoir, le mur était entièrement tapissé de bocaux.

Juché sur un escabeau à roulettes, un homme au crâne dégarni était en train de prendre un flacon sur une étagère. Nous crûmes d'abord qu'il ne nous avait pas remarqués, mais il lança soudain :

– Je suis à vous tout de suite.

Il descendit prudemment de son échelle, déposa son bocal sur le comptoir, puis se tourna vers nous pour nous servir. Il avait des lunettes cerclées d'acier et l'air de quelqu'un qui ne fait jamais rien dans la précipitation mais s'applique à mener chaque tâche à bien avant de passer à la suivante.

– Nous voudrions trois bouillottes, dit mon père.

– Mais bien sûr.

– Et des barres vitaminées, peut-être ?

L'apothicaire secoua la tête.

– Nous en recevons rarement depuis la guerre.

– Depuis la guerre ? s'exclama mon père, pour qui se passer de barres chocolatées pendant douze ans était une chose impensable.

Je lui trouvai l'air découragé. Peut-être y avait-il moyen de lui en faire prescrire par un médecin ? Gêné d'avoir été pris en flagrant délit de gourmandise, mon père ajouta, sur le ton de la plaisanterie :

– Vous n'auriez pas de l'aspirine, et aussi quelque chose pour ma fille, qui souffre du mal du pays ?

– Papa, protestai-je.

Se tournant vers moi, l'apothicaire demanda :

– Vous êtes américains ?

Je hochai la tête.

– Je parie que vous venez de vous installer dans un appartement pas chauffé, que vos chambres sont glaciales, et qu'il vous faut des bouillottes pour ne pas mourir de froid.

J'acquiesçai à nouveau et l'apothicaire fit glisser son escabeau à roulettes le long du mur derrière le comptoir.

– Je plaisantais, dit mon père.

– Mais vous avez vraiment le mal du pays, n'est-ce pas ? lança l'apothicaire par-dessus son épaule.

– Eh bien... oui, bredouillai-je.

Il grimpa à l'échelle, choisit deux bocaux, puis redescendit et les posa sur le comptoir. Il dévissa les couvercles, prit une mesure de poudre jaune dans l'un, une mesure de poudre brune dans l'autre, et les déposa dans deux petits flacons.

– La brune, c'est de l'extrait de tremble, et la jaune du chèvrefeuille. Ça ne peut pas lui faire de mal, assura-t-il en s'adressant à mon père. Il faut mettre environ une cuillerée à café de chacun dans un verre d'eau. L'effet n'est pas immédiat, mais ça peut l'aider à se sentir mieux. Ou pas. C'est selon le tempérament de chacun.

– Nous ne voulons pas..., commença mon père.

– C'est un cadeau de la maison, précisa l'apothicaire. Pour la jeune demoiselle.

Puis il encaissa les bouillottes et le flacon d'aspirine.

– Vous allez avoir besoin de ça pour le compteur à gaz de la chaudière, dit-il en me rendant une pleine poignée de grosses pièces brunes qui s'entrechoquèrent dans ma main avec un bruit métallique.

CHAPITRE 3

Le collège St Beden

Le lendemain matin, en prévision de mon premier jour au collège St Beden, et malgré les protestations de ma mère, j'ingurgitai ma poudre de tremble et de chèvrefeuille.

Arriver dans une nouvelle école n'est jamais facile, surtout en milieu d'année, quand les amitiés et les hiérarchies sont déjà bien établies. Mais en Angleterre, tout cela prenait des proportions terrifiantes. St Beden était un collège où les élèves étaient admis sur examen.

La plupart des candidats étaient recalés et devaient se rabattre sur un « établissement secondaire public », moins bon, où ils ne feraient que tuer le temps en attendant d'être en âge de travailler. C'est pourquoi les élèves de ce collège se considéraient – non sans raison – comme brillants.

Avec ses hauts plafonds voûtés et ses tourelles, l'édifice de pierre qui abritait le collège me semblait très ancien mais pour les Anglais, un bâtiment datant de 1880 était quasiment neuf. Les murs intérieurs étaient garnis de lambris de bois sombre et de portraits de vieux messieurs à la cravate très chic. Curieusement, la bâtisse avait réchappé aux bombardements. À peine arrivée dans le hall, j'aperçus deux professeurs à l'air sévère. On aurait dit des chauves-souris géantes dans leurs longues robes noires. Les élèves portaient tous un uniforme bleu marine avec une chemise blanche – les garçons en blazer et cravate, les filles en jupe plissée.

N'ayant pas encore d'uniforme, j'avais mis mon pantalon de marin vert pomme avec un pull jaune – une tenue passe-partout à Los Angeles, mais totalement déplacée dans cette vénérable maison. Je crois que je n'aurais pas attiré davantage l'attention si j'avais brandi une pancarte proclamant JE DÉBARQUE.

La secrétaire, dont les cheveux gris et frisés me faisaient penser à un mouton, me remit mon emploi du temps. Je commençais la journée par un cours de latin.

– Mais je n'ai jamais fait de latin, protestai-je. Je ne pourrai pas rattraper mon retard.

– Tous les élèves de troisième doivent apprendre le latin, trancha la secrétaire. Ça ira, vous verrez.

Au même moment, une fille passa dans le couloir.

– Mademoiselle Sarah Pennington ! la héla la secrétaire. Pouvez-vous accompagner Mlle Jane Scott au cours de latin ? C'est une nouvelle, elle vient de Californie.

La fille, absolument ravissante, s'encadra dans l'embrasure de la porte et me toisa de la tête aux pieds, en insistant sur mes tennis en toile, puis me décocha un grand sourire dans lequel je décelai une pointe d'ironie.

Il y a des Sarah Pennington aux États-Unis, et sûrement aussi en France, en Thaïlande et au Venezuela. Je parie que vous en connaissez une. Ma Sarah Pennington de St Beden était un spécimen quasi parfait. Tout le contraire de l'adolescente gauche et timide, elle avait un teint de rose, de grands yeux bleus, une longue natte blonde et cette confiance en soi que vous procure parfois l'argent. Elle n'avait de toute évidence pas souffert du rationnement alimentaire. Même son uniforme attestait qu'elle venait d'une famille dont le patrimoine avait résisté aux vicissitudes de la guerre. Sa jupe bien coupée accompagnait gracieusement chacun de ses mouvements, alors que celles des autres filles retombaient en plis raides qui leur collaient aux jambes. Sarah Pennington n'avait sans doute jamais eu besoin de demander, convoiter ou même espérer quoi que ce soit : sa beauté et sa fortune avaient veillé à ce que tous ses vœux soient exaucés sans même qu'elle les formule. Elle arborait l'expression calme et confiante de quelqu'un qui savait qu'il en serait toujours ainsi.

Tandis que nous marchions côte à côte, je me sentis horriblement mal à l'aise.

– Notre professeur de latin s'appelle M. Danby, dit-elle. Il est très exigeant, mais un peu dans la lune. C'est un héros de guerre.

– Ah oui ?

– Il était pilote dans la RAF[1]. Il a abattu toutes sortes d'avions avant d'être capturé par les Allemands. Il a passé deux ans dans un camp de prisonniers. Après la guerre, il est entré dans l'enseignement, mais quand il fait cours, on croirait qu'il est en mission de reconnaissance. Si un élève n'arrive pas à apprendre le latin, il a le sentiment que c'est sa faute. Il y en a qui détestent ça, mais moi j'adore.

Je lui coulai un regard en biais. Elle s'exprimait d'une façon affectée, pas comme une fille de quatorze ans, mais comme si elle cherchait à imiter une actrice de cinéma.

---

1. *Royal Air Force*, les forces aériennes de combat britanniques (NDT).

J'étais prête à détester M. Danby, maintenant que Sarah Pennington m'avait chanté ses louanges, mais quand on entra dans sa classe, je tombai instantanément sous son charme. Il était jeune, avec des yeux verts bordés de longs cils, et des cheveux châtains qui ondoyaient sur ses tempes. Sa robe noire de professeur était délicieusement froissée, comme s'il l'avait roulée en boule et s'était assis dessus. Il expliquait à la classe, d'une voix agacée :

– La ville dans laquelle nous vivons s'appelait jadis *Londinium*. C'était la capitale de la province romaine de Britannia. On y parlait le latin, dans les rues et au marché. La langue de Virgile, de Sénèque et d'Horace. Est-ce trop vous demander que d'en apprendre quelques lignes par cœur ?

Les élèves – certains amusés, d'autres apeurés – jetèrent des coups d'œil de notre côté, dans l'espoir que nous fassions diversion. M. Danby se retourna.

– Ah, mademoiselle Pennington. Vous arrivez juste au moment où je me mets en colère.

– Nous avons une nouvelle camarade, annonça Sarah. Elle s'appelle Jane Scott et vient de Califooornie.

Ces présentations guindées (jamais personne ne m'appelait Jane), et cette façon légèrement ironique de prononcer Califooornie, comme s'il s'était agi d'un lieu imaginaire et non pas d'un vrai pays, me coupèrent tous mes moyens.

– *Janie*, bredouillai-je, tandis que le feu me montait aux joues.

– Merci, mademoiselle Pennington, dit M. Danby.

Sarah lui fit un grand sourire et regagna son pupitre en balançant des hanches.

Les élèves étaient disposés par ordre alphabétique et mon pupitre à moi se trouvait juste derrière celui de Sarah Pennington. Un garçon brun et corpulent du nom de Sergueï Shiskine dut reculer d'un rang pour me laisser sa place.

– Désolée, murmurai-je.

– Pas de quoi. On ne m'interroge jamais quand je suis au fond.

En entendant son accent, je songeai que, dans ce collège, un Russe devait être encore plus mal vu qu'une Américaine.

M. Danby appelait des élèves l'un après l'autre et leur faisait réciter de longs passages de poésie latine. Chaque récitation était un déferlement de mots inconnus qui me submergeaient sans que je puisse en saisir le sens.

Enfin, la cloche sonna.

– N'oubliez pas de faire votre traduction d'Horace, cria M. Danby tandis que les élèves se ruaient bruyamment vers la sortie. Pour demain !

Je regardai les phrases latines qu'il avait écrites au tableau : une longue et une courte, toutes deux incompréhensibles, puis je commençai à rassembler lentement mes affaires.

– Mademoiselle Scott, appela M. Danby quand les derniers élèves eurent quitté la classe. Vous ne m'avez pas l'air à l'aise avec le latin.

– Je ne l'ai jamais appris, répondis-je, en serrant mes livres contre ma poitrine comme un bouclier.

M. Danby regarda le tableau et lut :

– *Qui recte vivendi prorogat horam, rusticus exspectat dum defluat amnis*. « Celui qui repousse le moment de vivre vertueusement est comme le rustre qui attend que la rivière s'assèche. »

Je m'efforçai de trier les mots latins afin d'en dégager le sens. J'étais dans mes petits souliers, mais M. Danby me rappelait certains amis de mes parents qui s'adressaient à moi comme à une grande personne et non comme à une adolescente. C'est pourquoi je trouvai le courage de demander :

– Qu'est-ce qu'un rustre ?

– Dans ce cas précis, c'est un imbécile qui attend que la rivière s'assèche pour pouvoir la traverser.

– Et l'autre phrase ?

Il lut :

– *Decipimur specie recti*. « Nous sommes trompés par l'apparence de la vertu. » Vous comprenez maintenant pourquoi je les ai écrites l'une à côté de l'autre.

Je hasardai une réponse, encouragée par le fait qu'il avait dit « vous comprenez ».

– Parce qu'il n'est pas toujours possible de savoir ce que signifie vivre vertueusement ?

– Exactement, approuva-t-il en souriant. Il semblerait qu'on vous ait appris des choses dans la lointaine Californie. Eh bien, comment trouvez-vous St Beden ?

Je cherchai quelque chose de gentil à dire, ou tout au moins d'anodin.

– Ma mère s'imaginait qu'ici nous aurions l'impression de vivre dans un roman de Jane Austen, mais je ne trouve pas.

– Un roman de Jane Austen avec une héroïne américaine ? Drôle d'idée ! releva-t-il.

Je souris malgré moi.

– C'est exactement ce que je lui ai dit !

– Plutôt un roman de Henry James. Une jeune Américaine à l'étranger. Êtes-vous plutôt Isabel Archer ou Daisy Miller ?

Je rougis, mais répondis franchement :

– Je ne sais pas. Je n'ai rien lu de Henry James.

– Ça ne durera pas. Mais vous ne voudriez ressembler ni à Isabel ni à Daisy. Elles ont mal fini, ces deux-là. *Confide tibi*, mademoiselle Scott. Mieux vaut rester vous-même.

*

Cette conversation avec M. Danby fut le meilleur moment de la matinée. Après quoi je pataugeai dans l'histoire médiévale – pleine de rois et de batailles dont je n'avais jamais entendu parler – et ce qui s'appelait « les maths » – une espèce de géométrie incompréhensible. À midi, mon plateau couvert de plats peu ragoûtants dans les mains, je scrutai le réfectoire – pas évident de rester soi-même quand on était nouvelle dans ce drôle de collège. Sergueï Shiskine, le seul élève dont je connaissais le nom et qui s'était montré agréable, était assis à une longue table en bois. Je décidai d'aller m'installer à l'autre bout, et tels deux parias qui se reconnaissent entre eux, nous échangeâmes un petit signe de tête.

Sarah Pennington passa en roulant des hanches. Je m'obligeai à lui sourire.

– Tiens, tiens, serait-ce la table des bolcheviques ? demanda-t-elle.

Sa bande de copines – dont aucune n'était aussi jolie qu'elle – la suivit en ricanant.

Je savais que les bolcheviques étaient des communistes russes. J'entrepris d'examiner mon plateau pour me donner une contenance. La viande ressemblait à du carton bouilli et il y avait un petit morceau de pain gris, sans même une lichette de beurre ou de margarine. J'étais en train de chipoter devant mes pommes de terre, quand une sonnerie tonitruante me fit sursauter.

– Exercice d'alerte à la bombe ! cria l'une des femmes de service. Tout le monde sous les tables !

C'était l'histoire de *la Tortue Berthe* à la sauce anglaise. Sergueï et moi nous accroupîmes sous notre table comme tous les autres.

Ou presque.

Un garçon était resté assis et continuait de manger calmement son déjeuner. Depuis ma place, j'observais la femme de service en uniforme blanc.

– Monsieur Burrows. Mettez-vous sous la table, je vous prie.

– Pas question, répondit-il le plus sérieusement du monde.

Il avait un regard pénétrant (et le front bien dégagé, contrairement à tant de garçons qui portaient une mèche folle devant les yeux), et ses cheveux peignés en arrière formaient des sillons châtain clair qui encadraient son visage obstiné. Le nœud de sa cravate était poussé de côté, comme s'il le gênait.

– Dois-je vous faire envoyer une invitation sur papier glacé ? s'impatienta la surveillante en posant ses mains sur ses hanches.

– Je refuse de me prêter à ce jeu ridicule, rétorqua-t-il du tac au tac.

– Je suppose que vous étiez à la campagne, en train de mouiller vos langes, à l'époque du Blitz[1], fit remarquer la femme. Mais ceux d'entre nous qui étaient à Londres savent qu'un exercice d'alerte à la bombe n'est pas un divertissement pour rebelles en culottes courtes.

– Je n'étais pas à la campagne. Et vous savez aussi bien que moi que ces tables ne nous auraient pas protégés contre les V1 ou les V2, ni même contre des bombes de plus petit calibre larguées par des avions.

La femme de service fronça les sourcils.

– Je vais être obligée de vous donner un blâme, Benjamin.

– Et ce que nous redoutons aujourd'hui, ce n'est pas un V2, mais une bombe atomique. Quand elle tombera, même les abris souterrains ne pourront pas nous sauver. Nous finirons tous calcinés, toute la ville. Notre chair brûlera puis tombera en cendres.

La surveillante était livide.

– Deux blâmes ! menaça-t-elle.

Mais Benjamin Burrows, imperturbable, s'était lancé dans un discours dont il voulait faire profiter tout le réfectoire. D'une voix claire, pleine de défi, il proclama :

---

1. La *Blitzkrieg* ou « guerre éclair » était une stratégie allemande consistant à bombarder massivement l'ennemi pour arriver à une victoire rapide (NDT).

– À condition, naturellement, que nous ayons la chance de nous trouver près du point d'impact. Pour les malheureux enfants de la campagne, la mort sera plus lente. Et beaucoup plus pénible.

– Assez ! s'écria la surveillante.

Une sonnerie retentit brièvement, mettant fin à l'exercice.

Tout le monde ressortit de dessous les tables, sauf moi. Je voulais continuer d'observer encore un peu Benjamin Burrows sans être vue. J'étais à la fois terrorisée par ce qu'il avait dit et fascinée par son audace, et mon cœur cognait à grands coups dans ma poitrine sans que je sache si c'était de peur ou d'excitation.

CHAPITRE 4

Espions

Après les cours, j'avais prévu de prendre le métro pour aller retrouver mes parents aux studios Riverton à Hammersmith. Ils voulaient que je voie la forêt de Sherwood qu'ils avaient reconstituée dans le gigantesque hangar où avait lieu le tournage de *Robin des Bois*. Mais avant cela, je devais rentrer déposer mon cartable à la maison. Un fin crachin s'était mis à tomber et je rêvais d'orangers et d'avocats bien mûrs quand je passai devant la boutique de l'apothicaire de Regent's Park. À travers la vitrine, je reconnus la chevelure ondulée de Benjamin Burrows. Il était en train de parler avec l'apothicaire et secouait vigoureusement la tête.

Je poussai la porte juste assez pour pouvoir me faufiler à l'intérieur, puis me glissai entre deux rangées d'étagères en faisant mine de chercher du dentifrice. Il n'y avait pas de sonnette à la porte, et Benjamin et l'apothicaire étaient trop occupés à discuter pour remarquer ma présence. Benjamin portait une sacoche de cuir en bandoulière, mais pas la casquette réglementaire des élèves de St Beden.

– Je ne vois pas en quoi c'est urgent, arguait-il. Mme Pratt n'est qu'une toquée qui adore être malade.

– Il n'empêche que sa commande n'est pas arrivée à temps, rétorqua l'apothicaire.

– J'avais des *choses* à faire.

– Tu as des choses à faire ici.

– Je veux dire des choses importantes, grommela Benjamin.

– Si nous avons encore cette boutique, reprit l'apothicaire, c'est parce que nous avons su satisfaire notre clientèle contre vents et marées tout au long de la guerre. Ton arrière-grand-père et ton grand-père l'ont fait avant nous, et maintenant, il nous revient de reprendre le flambeau.

– Sauf que toi, tu as toujours voulu être apothicaire, et pas moi !

Le commerçant marqua une pause.

– Quand j'avais ton âge, je n'en rêvais pas plus que toi.

– Dans ce cas, tu aurais dû trouver un moyen de te défiler ! s'exclama Benjamin.

Sa colère contre la femme de service m'avait paru parfaitement fondée, mais là, elle me semblait complètement déplacée.

Si on m'avait demandé de deviner qui était le père de Benjamin Burrows quand nous étions dans le réfectoire, je n'aurais pas supposé une seconde que ce puisse être cet homme discret et méthodique. Benjamin rafla le sac en papier qui se trouvait sur le comptoir et quitta en trombe la boutique.

Juste au moment où j'allais sortir à pas de loup de derrière les rayonnages, l'apothicaire m'apostropha :

– Ah, mais c'est la demoiselle qui a le mal du pays. Eh bien, cette poudre, elle vous a requinquée ?

– Je ne sais pas. En tout cas, en venant ici, je rêvais aux orangers et au ciel bleu de Californie.

L'apothicaire regarda le crachin qui tombait dehors.

– Avec ou sans poudre, il serait difficile de ne pas regretter les orangers et le ciel bleu par un temps pareil.

– Et je ne vous parle pas de mon nouveau collège, épouvantable.

L'apothicaire rit.

– Celui qui inventera un remède contre le syndrome du nouveau collège est assuré de gagner le prix Nobel. Ce serait autrement plus utile que les gouttes pour le nez.

Je souris.

– Quand vous l'aurez trouvé, vous m'en donnerez ?

– Vous serez la première servie.

Il y eut un silence embarrassé.

– J'ai peur que vous ne m'ayez entendu me disputer avec mon fils, déclara-t-il.

– Un peu.

– C'est un jeune garçon très brillant et talentueux, qui ferait un excellent apothicaire, mais ça ne l'intéresse pas du tout.

– Il changera peut-être d'avis.

L'apothicaire secoua la tête. Voyant qu'il s'absorbait dans ses pensées, je lui dis au revoir et m'esquivai.

*

Je filai déposer mes affaires à l'appartement, puis me mis en route pour les studios Riverton en m'aidant du plan que m'avait laissé mon père. Cependant, je n'avais pas fait deux pas dans la rue que j'eus à nouveau l'impression d'être suivie. Ce ne pouvait pas être les agents de la police fédérale, puisque nous étions en Angleterre. Je me retournai, mais ne vis rien d'autre que des taxis, des voitures et des piétons qui rentraient chez eux.

Je dévalai les marches du métro en zigzaguant entre des personnes âgées qui avançaient lentement, chargées de cabas, et allai me cacher derrière un pilier pour pouvoir observer la foule sans être vue. Il y avait des femmes au foyer et des écoliers, des hommes qui rentraient tôt du travail. Soudain, j'aperçus Benjamin Burrows, avec sa drôle de tignasse et ses yeux limpides au regard inquisiteur.

Debout sur le quai, il jetait des coups d'œil désemparés autour de lui, comme quelqu'un qui se demande quoi faire. Je quittai ma cachette et lui tapotai l'épaule.

Il sursauta, puis se retourna et me sourit.

– Bravo, dit-il, comme si je venais de gagner une partie de cache-cache.

– Pourquoi me suis-tu ?

– Parce que tu m'intéresses.

Ce n'était pas la réponse que j'attendais. Jamais aucun garçon ne s'était intéressé à moi, tout au moins à ma connaissance. À Los Angeles, j'avais des camarades, bien sûr, mais nous n'étions jamais allés jusqu'à l'intérêt mutuel.

– Je t'ai vue au collège, ajouta-t-il. On peut savoir pourquoi tu débarques à Londres en milieu d'année ?

– Ça ne te regarde pas.

– Tes parents travaillent pour la CIA ?

– Quoi ?

– C'était juste une question. Ce sont des espions ?

– Mais non ! Ils travaillent pour la BBC.

– C'est une bonne couverture pour des espions. Ils sont journalistes ?

– Ils sont scénaristes à la télévision.

Il eut l'air surpris.

– Mais pourquoi est-ce qu'ils sont venus en Angleterre ? Vous avez bien plus de chaînes de télé aux États-Unis.

– Parce que... eh bien... parce qu'ils croient au premier amendement.

Benjamin fit la grimace.

– Lequel c'est, déjà ?

– La liberté d'expression, répondis-je, soulagée de connaître la réponse. Et de la presse. Et, euh... de culte, je crois.

– Mais s'ils ne sont pas journalistes, ils veulent être libres de faire quoi, au juste ?

Je n'en avais pas la moindre idée.

Il plissa les yeux et demanda :

– Ils ne seraient pas communistes, par hasard ?

– Non !

– Mais alors pourquoi ?

– Je ne sais pas.

Je pris un air détaché, comme Katharine Hepburn refusant de perdre son temps avec un détail si négligeable.

– Peu importe, dit-il. De toute façon, pour contrôler les esprits, le communisme est moins efficace que la télévision. On peut parfaitement discuter tout en écoutant des émissions comme *The Archers*[1] à la TSF[2], mais une fois qu'on a un poste de télévision, c'est fini.

N'ayant jamais entendu parler de *The Archers*, je me sentais d'une ignorance crasse. C'est pourquoi je ripostai de la seule façon possible :

– Et toi, pourquoi tu ne veux pas devenir apothicaire ?

Son attitude changea du tout au tout.

– Comment tu le sais ? demanda-t-il, visiblement contrarié.

– Peut-être parce que je suis une meilleure espionne que toi.

Une rame de métro entra dans la station, puis déversa un flot de voyageurs. Je consultai le panneau d'affichage.

– C'est mon métro, lançai-je en montant dans le wagon.

À ma stupeur, Benjamin me suivit. On trouva deux sièges face à face. Mon cœur battait la chamade.

– Ne me dis pas que tu vas à Hammersmith, toi aussi, lâchai-je, l'air faussement calme.

– Tu ne devrais pas prendre le métro seule.

– Pourquoi ? Parce que je risque de me faire suivre par des garçons que je ne connais pas ?

---

1. Mélodrame radiophonique anglais très en vogue dans les années 1950 (NDT).

2. Sigle de Télégraphie sans fil, ainsi qu'on appelait la radio dans les années 1950 (NDT).

– Comment tu sais que je ne veux pas devenir apothicaire ?

– J'étais dans la boutique de ton père quand tu t'es disputé avec lui. Et je ne vois pas pourquoi tu devrais faire le même métier que ton père. Je trouve cela terriblement – comment dire – XIXe siècle.

Benjamin se ratatina sur son siège.

– Ce n'est pas XIXe siècle, c'est le système anglais. C'est ce qu'on attend de moi.

– Que tu deviennes comme ton père ?

– La Société des Apothicaires paie ma scolarité. Sans son aide, je n'aurais jamais pu étudier à St Beden. Je serais en train de croupir dans un collège sordide où je me ferais étriller chaque jour.

– Étriller ?

– Taper dessus. Parce qu'elle paie mes études, la Société attend de moi que j'en devienne membre un jour.

– Et pourquoi est-ce que tu ne veux pas ?

– Parce que c'est d'un ennui mortel ! Mon père passe ses journées derrière son comptoir à distribuer des cachets !

– Il m'a donné une poudre contre le mal du pays.

– Et ça a marché ? demanda Benjamin, soudain intéressé.

– Je ne sais pas. Peut-être. À moins que ce ne soit la bouillotte.

Son intérêt fit place au dédain.

– Tu comprends ce que je veux dire ? Il vend des bouillottes, des crèmes pour les fesses des bébés. C'est tellement banal. Il n'y a rien de plus ennuyeux.

– Mais alors, qu'est-ce que tu aimerais faire ?

Il réfléchit un instant.

– J'ai envie de voyager, vivre des aventures et servir mon pays.

– Tu voudrais t'engager dans l'armée ?

Il eut l'air gêné, comme s'il avait trop parlé.

Mais bien sûr ! Il m'avait suivie parce qu'il croyait que mes parents étaient des espions.

– Tu veux devenir espion !

– Si c'était le cas, je ne pourrais pas te le dire, grommela-t-il.

– Je crains que ce ne soit déjà fait.

– Eh bien, oui... j'aimerais travailler pour les services secrets, reconnut-il. Mais ne le répète à personne.

J'acquiesçai en silence tout en dirigeant discrètement mon regard de l'autre côté de l'allée.

– Je crois que cet homme au chapeau melon t'a entendu, murmurai-je.

Il suivit mon regard, mais l'homme était tellement absorbé dans son livre qu'il ne se serait sans doute aperçu de rien si le métro avait déraillé. Benjamin sourit, soulagé.

– La vérité, c'est que je ne l'ai jamais dit à personne, souffla-t-il en regardant ses chaussures.

Une voix nasillarde résonna dans les haut-parleurs, annonçant la station de Hammersmith, et la rame commença à ralentir.

– Je descends ici, annonçai-je en me levant à regret.

C'était la première fois que je me sentais heureuse et détendue depuis mon arrivée en Angleterre, et je n'avais pas envie de partir. Benjamin descendit avec moi et nous restâmes face à face sur le quai tandis que les autres voyageurs se déversaient autour de nous. Ses prunelles d'un beau brun chaleureux étaient pailletées de petits éclats cuivrés semblables aux taches de rousseur sur son nez.

Je détournai les yeux, gênée. Il me semblait bizarre de lui proposer de m'accompagner jusqu'aux studios. Sans compter, que si j'arrivais avec un garçon, mes parents ne pourraient pas s'empêcher de me taquiner. De l'autre côté du quai, un train arrivait dans la direction opposée.

– Il faut que j'y aille, déclara Benjamin. J'ai encore des médicaments à livrer.

– Merci pour la conversation.

– Et au fait, tu fais quoi samedi ?

– Je ne sais pas.

– Viens me retrouver à deux heures devant le collège. Je te montrerai Hyde Park.

– Il va falloir que je demande la permission à mes parents.

– S’ils te laissent prendre le métro seule, ils ne t’interdiront pas d’aller à Hyde Park.

Son métro était sur le point de partir.

– Ça marche.

– Super ! s’écria-t-il en tournant les talons.

J’avais rendez-vous avec un garçon. Je commençais à m’éloigner quand Benjamin m’apostropha :

– Janie, attends !

Je me retournai en me demandant ce que je ferais s’il essayait de m’embrasser.

– J’ai oublié de te demander. Tu sais jouer aux échecs ?

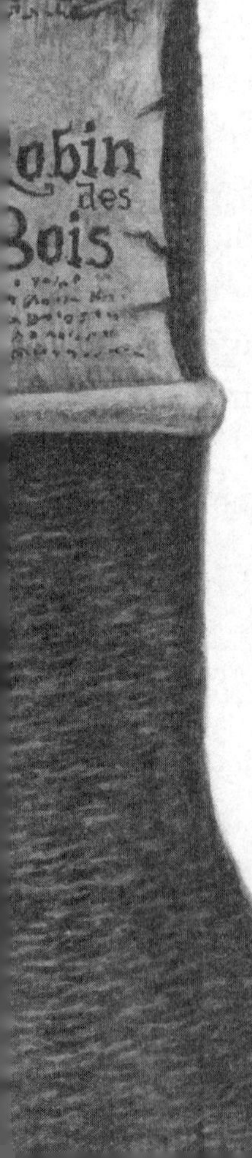

CHAPITRE 5

La forêt de Sherwood

Arrivée aux studios Riverton, je poussai deux grosses portes et pénétrai sous un toit de feuillage verdoyant éclairé par des projecteurs. Il y avait une balançoire accrochée à une branche, et un pont de bois. Les arbres avaient été confectionnés avec du tissu, du carton-pâte et du contreplaqué, mais le résultat était spectaculaire. Je remarquai une hutte qui ne pouvait être que la cachette de Robin des Bois. Si j'avais eu quelques années de moins, j'aurais adoré y jouer – et j'en avais encore envie, pour être tout à fait franche. Ne voyant aucun acteur, j'en déduisis que le tournage n'avait pas commencé. Comme personne n'avait remarqué ma présence, j'en profitai pour examiner les lieux.

Mes parents étaient de l'autre côté du plateau. Ils parlaient avec une grande femme rousse aux cheveux relevés en chignon. Mon père était clairement en train de jouer une scène. Comme toujours, il ne pouvait pas se contenter de suggérer une idée, il fallait qu'il la mime. Ma mère l'observait, les bras croisés, avec une expression oscillant entre l'adoration et le scepticisme. Il me semblait évident qu'elle l'aimait de tout son cœur, mais le connaissait trop bien pour se laisser mener en bateau.

C'est alors que mon père m'aperçut. Il agita les bras, en s'écriant, tel Robin des Bois :

– Ah, mais voici la gente Marianne ! Elle va nous dire si nous devons attaquer le chevalier.

Des scènes comme celle-là, j'en avais vécu un nombre incalculable chez nous, dans la cuisine, et je savais que je devais apporter mon grain de sel.

– Est-ce qu'il vient pour se battre ? m'enquis-je.

Mon père regarda les autres.

– En fait, non. Il n'a ni cheval ni escorte.

– Dans ce cas, tu peux l'approcher, dis-je. Mais il ne faut pas l'attaquer.

– Quelle sagesse chez une aussi jeune personne ! s'extasia-t-il.

Puis, rompant avec son personnage de Robin des Bois, il me prit dans ses bras.

– Tu nous as trouvés ! Viens que je te présente Olivia !

La femme rousse, leur nouvelle chef, ne me tendit pas la main, mais me donna une chaleureuse accolade en disant :

– Merci de m'avoir prêté tes parents, Janie. Tu m'as sauvé la vie !

– Comment ça s'est passé au collège ? voulut savoir mon père. Comment sont les profs ?

– Ils m'ont obligée à suivre le cours de latin, alors que je n'en ai jamais fait ! ronchonnai-je.

– Tu veux dire que tu vas peut-être apprendre quelque chose ? plaisanta ma mère en feignant la stupeur.

– Maman, s'il te plaît.

Olivia Wolff nous emmena dans son bureau. Elle débarrassa un fauteuil couvert de manteaux pour moi, puis se percha sur le bord de la table de travail et demanda :

– Non, sérieusement, ça s'est passé comment ?

Je fis la grimace malgré moi.

– Tout n'était pas absolument nul.

– Tu t'es fait des amis ?

– Je crois.

– Comment s'appellent-elles ?

Je me sentis rougir.

– Il, rectifiai-je.

– Il ! dit Olivia en frappant dans ses mains. C'est un bon début.

– Il m'a invitée à jouer aux échecs à Hyde Park.

– S'il joue aux échecs, c'est qu'il est intelligent ! remarqua mon père. Je me trompe ?

– Il est gentil ? s'enquit ma mère.

– Il est mignon ? ajouta Olivia.

– C'est un interrogatoire ? Je croyais qu'on était venus vivre ici pour éviter les questions indiscrètes.

– Touché, capitula mon père.

Olivia rit.

– Pas de doute, c'est bien votre fille.

– Allons, comment s'appelle ton petit copain ? insista ma mère.

– Ce n'est pas mon petit copain.

– C'est ce que répond toujours ma fille, assura Olivia. Chaque fois que je lui demande si elle a un petit ami, elle prétend que c'est un tour de mon imagination.

– Ah, mais bien sûr, c'est un Tour ! s'écria mon père en prenant un accent britannique un peu snob. Ce jeune homme est le rejeton de la très respectable famille Tour de Londres.

– Cousin au quatorzième degré de la reine ! renchérit Olivia.

– Je n'arrive jamais à me souvenir si l'aîné des Tour se nomme Andrew ou Alistair, poursuivit ma mère.

En temps normal, j'admirais le sens de la répartie de mes parents, mais, là, je les trouvais franchement pénibles.

– Il s'appelle Benjamin. Et ce n'est pas mon petit ami.

– Benjamin Tour ! dit mon père. Je sens que ce garçon va me plaire. Nous allons nous entraîner aux échecs ce soir. Pas question que ma fille soit battue par Ben Tour.

– J'ai des devoirs.

– Laisse-moi au moins te montrer une ou deux bonnes ouvertures.

– Papa. S'il te plaît.

– Et sinon, qu'est-ce qui ne t'a pas plu à l'école ? demanda Olivia. Personnellement, le latin et les échecs, je trouve ça très chic.

– C'est juste que je ne me sens pas à l'aise. Je ne connais personne. À la cantine, je me suis assise à la même table qu'un Russe, et une fille m'a traitée de bolchevique.

– Ah, souffla Olivia en reprenant son sérieux.

– Et puis, la nourriture est horrible.

– Bienvenue en Angleterre !

Au même instant, une fille d'une vingtaine d'années avec de grands yeux et un large sourire souligné par du rouge à lèvres passa la tête dans le bureau d'Olivia. Je reconnus l'actrice qui tenait le rôle de Marianne, car on m'avait montré une photo d'elle. C'était impressionnant de la voir de près. J'avais vécu assez longtemps à Los Angeles pour savoir que la beauté des actrices n'a rien d'ordinaire. Ses cheveux formaient de parfaites boucles soyeuses et ses yeux étaient bordés de cils suffisamment longs pour pouvoir balayer le plancher. Elle portait une robe noire dont la jupe ample faisait ressortir sa taille minuscule.

– La couturière a pris mes mesures, je me sauve, lança-t-elle. J'ai un rendez-vous !

– Pour jouer aux échecs ? demanda Olivia.

La fille la regarda sans comprendre.

– Euh… non, pour aller danser.

– Mais oui, suis-je bête, se reprit Olivia. Je te présente Janie, qui nous arrive tout droit de Hollywood.

– Oh, comme tu dois être triste ! s'exclama gente Marianne. Tu n'as pas le mal du pays ?

– Si, concédai-je. Mais, tu sais, Hollywood n'est rien d'autre qu'un quartier.

– Un quartier ! S'il te plaît, demande à tes parents de m'écrire quelques bonnes scènes, pour que je puisse aller y tenter ma chance, et devenir célèbre !

Je regardai mes parents.

– Euh… oui, bien sûr.

– Merci ! Et maintenant, je file.

– Mets-le K-O, ordonna Olivia.

Gente Marianne sourit de toutes ses dents, et la jupe noire disparut dans un froufrou. Mes parents et Olivia échangèrent un regard.

– Elle est superbe, m'extasiai-je.

– Oui, mais elle m'en fait voir de toutes les couleurs, soupira Olivia. Elle s'imagine que la série ne tourne qu'autour de gente Marianne et de ses galants compagnons.

Mon père suggéra :

– Et si on écrivait un épisode où elle doit flirter avec le shérif de Nottingham – afin de voler les clés du cachot, par exemple ? Robin serait fou de rage, et le shérif persuadé qu'elle est amoureuse de lui.

Olivia haussa les épaules.

– Pourquoi pas… mais ensuite ?

Ils se mirent aussitôt à développer l'idée de papa. Ils étaient visiblement très à l'aise, ravis de travailler ensemble, et calés dans leur domaine. Et ils ne me traitaient pas comme une gamine. Je songeai à la poudre de l'apothicaire et réalisai que je n'avais plus le mal du pays.

Benjamin avait pris le métro avec moi jusqu'à Hammersmith parce que je l'intéressais, et il m'avait donné rendez-vous. D'accord, on n'allait pas en boîte, et je n'avais ni des boucles parfaites ni une jupe de danseuse, mais j'avais un rendez-vous pour jouer aux échecs.

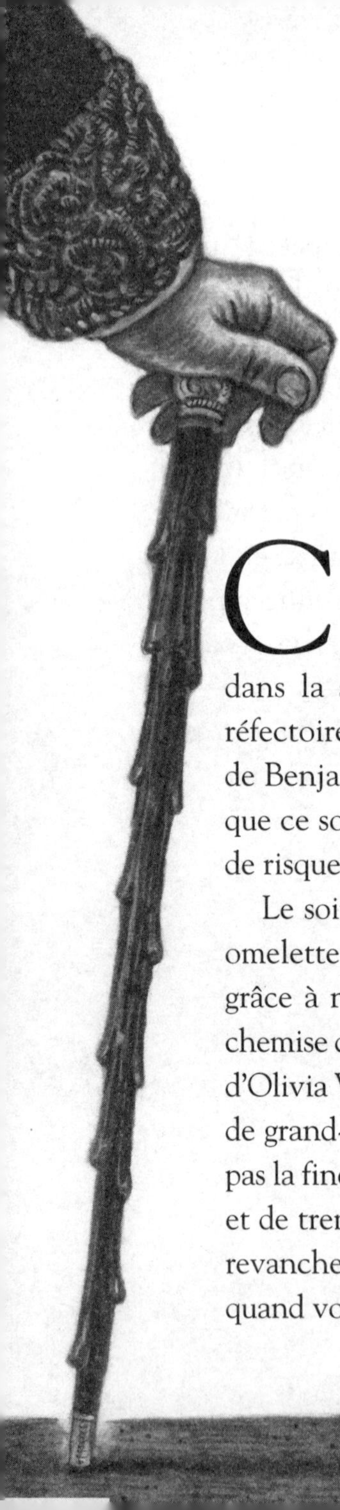

CHAPITRE 6

Monseigneur

Ce vendredi-là, au collège, j'adoptai un profil bas tout au long de la journée et décidai de passer l'heure du déjeuner dans la salle d'étude plutôt que d'affronter le réfectoire. En fait, j'aurais adoré partager la table de Benjamin, mais comme je n'étais pas certaine que ce soit réciproque, je préférai ne pas prendre de risques.

Le soir, pour dîner, ma mère nous prépara une omelette avec des œufs achetés au marché noir grâce à notre logeuse. Elle m'avait rapporté une chemise de nuit en flanelle qui n'allait plus à la fille d'Olivia Wolff. C'était une de ces longues chemises de grand-mère démodée et informe, mais je ne fis pas la fine bouche, car si la poudre de chèvrefeuille et de tremble semblait efficace, les bouillottes, en revanche, ne vous réchauffaient pas éternellement quand vous dormiez dans un lit glacé.

Le samedi après-midi, Benjamin, sa sacoche de cuir en bandoulière, me retrouva sur les marches de St Beden. J'étais tellement soulagée qu'il soit venu que j'avais du mal à le cacher. Sur le chemin de Hyde Park, on parla du collège. Il rit quand je lui dis que la secrétaire me faisait penser à un mouton, et je regrettai de ne pas avoir eu le courage d'aller m'asseoir avec lui à l'heure du déjeuner. Ça me paraissait plus facile de discuter en marchant dans les rues de Londres où il y avait tant de choses à voir, plutôt qu'en se regardant dans le blanc des yeux au-dessus d'un plateau-repas.

Dans le parc, Benjamin choisit une table et installa l'échiquier et les pions en un clin d'œil. Moi, je devais me creuser les méninges pour me souvenir de la place de chacun.

– Je ne suis pas très douée pour les échecs, concédai-je, en regrettant de ne pas m'être entraînée avec mon père.

– C'est parfait, répondit Benjamin. Comme ça, on va pouvoir jouer pour de l'argent.

– Non, sérieusement, tu vas me battre à plate couture.

– Peu importe. Je veux que tu gardes un œil sur le banc qui se trouve derrière mon épaule gauche. Il y a un homme avec une jambe de bois assis là-bas.

Je relevai la tête. J'aperçus de dos un homme en pardessus gris en train de lire le journal. Sous le banc, je vis deux pieds chaussés de noir tout à fait ordinaires. Peut-être y en avait-il un plus petit que l'autre.

– Comment le sais-tu ? demandai-je.

– Je l'ai observé, expliqua Benjamin. Tu as remarqué le Russe qui va au collège, Sergueï Shiskine ?

– Il est assis juste derrière moi en cours de latin. Il est plutôt gentil.

– C'est son père, Leonid Shiskine. Il travaille à l'ambassade d'Union soviétique. Il vient ici chaque week-end. Préviens-moi quand tu verras quelqu'un d'autre s'asseoir à côté de lui.

Soudain, j'eus l'impression que notre rendez-vous n'en était pas vraiment un. Déçue, je demandai :

– C'est pour cela que tu m'as amenée ici ? Pour que je t'aide à espionner ce type ?

– On est en train de jouer aux échecs. À ton tour.

Je fis glisser un pion blanc vers son roi ; Benjamin avança le pion noir placé devant son fou.

Je poussai mon propre fou. Benjamin fronça les sourcils.

– Tu es sûre ?

– Qu'est-ce que ça peut faire, puisque la partie n'est qu'un prétexte ?

Benjamin soupira.

– Mieux vaut avoir une bonne excuse si on veut passer inaperçus, dit-il en avançant son cavalier. Et pour cela il faut y croire. Tiens, prends Leonid Shiskine, par exemple. Il est comptable à l'ambassade. Il se comporte et vit comme un comptable.

– Peut-être est-il vraiment comptable.

– Oui, un comptable qui fait passer des messages secrets, en laissant des pages de son journal sur le banc. À toi de jouer.

Voyant que j'avais une chance de lui prendre son roi, j'avançai ma reine de deux cases.

Benjamin secoua la tête.

– Janie.

– Je vais capturer ton roi !

– Absolument pas.

Il interposa son cavalier, menaçant de prendre soit ma reine, soit mon fou.

– Oh non ! Je t'avais prévenu que j'étais nulle.

– Quand un Anglais t'affirme qu'il est nul, il ne le pense pas vraiment, assura Benjamin.

– Mais un Américain, si !

– Que fait Shiskine ?

Je regardai.

– Un autre homme vient de s'asseoir sur le banc, dis-je.

Puis écarquillant les yeux :

– Oh non, il a pris quelques pages du journal !

– De quoi a-t-il l'air ?

– Grassouillet. Un beau pardessus. Une canne noire. Comment savais-tu que ça se passerait comme ça ?

Benjamin jeta un coup d'œil discret par-dessus son épaule. Le deuxième homme commençait à s'éloigner d'un pas sautillant qui aurait mieux convenu à un individu moins corpulent. Il ne semblait pas avoir besoin de sa canne pour marcher, car il la fit tournoyer.

– Je ne l'ai jamais vu, souffla Benjamin.

– Est-ce qu'on doit le suivre ?

Benjamin hésita.

– Que fait Shiskine ?

– Il continue de lire ce qui reste du journal.

Raflant les pièces sur l'échiquier, Benjamin les fit tomber dans sa sacoche

– On le suit.

On prit la même direction que l'homme à la canne. Je jetai un coup d'œil furtif derrière moi et vis M. Shiskine qui relevait le nez et m'observait par-dessus son journal. Je me retournai promptement. Benjamin m'avait distancée, et plus loin devant lui, notre cible s'était arrêtée, attendant de pouvoir traverser la rue.

On le suivit à distance, longeant des allées tranquilles, jusqu'à un élégant immeuble en brique et en stuc. HOTEL CONNAUGHT disait une enseigne au-dessus de la porte. Le portier nous dévisagea d'un œil soupçonneux lorsqu'on s'arrêta devant le perron.

– Imagine que tu es riche, me conseilla Benjamin en se dirigeant vers la porte de l'hôtel d'un pas décidé, alors que je trottais maladroitement derrière lui.

Il décocha un petit signe de tête au portier qui nous ouvrit la porte. Comment Sarah Pennington se serait-elle comportée à ma place ? Aurait-elle souri à l'homme ? Aurait-elle plaisanté avec lui ? L'aurait-elle dédaigné ? Soudain intimidée, je regardai droit devant moi, en ignorant le portier, ce qui n'était sûrement pas la meilleure chose à faire.

À l'intérieur, le silence nous accueillit. Une épaisse moquette absorbait les bruits, les voix étaient feutrées et polies. On n'entendait que le tintement vague des verres dans le bar. Un escalier montait sur la droite à côté du comptoir en bois verni de la réception, mais l'homme du parc avait disparu. Benjamin s'approcha du réceptionniste.

– J'ai rendez-vous avec mon oncle, indiqua-t-il. Il est un peu trop grassouillet pour rester en forme, ainsi que je me tue à le lui répéter, et se sert d'une canne ridicule. L'avez-vous vu ?

Le réceptionniste regarda Benjamin dans les yeux.

– Beaucoup de nos clients ont une canne, répondit-il. Puis-je vous demander le nom de votre oncle ?

– Oh, je l'appelle toujours « mon oncle ».

Il y eut un silence.

– Sans doute. Mais *nous* ne l'appelons pas sûrement comme ça.

– Je suppose que non.

Le réceptionniste esquissa un sourire guindé.

– Ce n'est pas à moi de décider lequel de ces messieurs est plus corpulent que les autres.

– Ça n'était pas ce que je voulais dire...

– Au revoir, jeune homme.

– Oh ! s'écria une voix derrière moi. Mais c'est notre Jane de Californie.

Je me retournai et vis Sarah Pennington qui se tenait au milieu du hall. Comme si, en voulant imiter ses manières de gosse de riches, je l'avais fait se matérialiser pour de bon. Elle portait un imperméable bleu assorti à ses yeux. Elle était en compagnie d'une réplique plus âgée d'elle-même, une femme avec un petit chapeau gris tourterelle perché sur le côté de son élégante tête blonde.

– Ma mère, dit Sarah. Jane est une nouvelle élève de St Beden.

– Comment allez-vous ? demanda Mme Pennington.

– On m'appelle Janie, bredouillai-je. Je vais bien, merci. Et... voici Benjamin.

– Je connais Benjamin, déclara Sarah en le gratifiant d'un sourire, avant d'ajouter à mon intention : Tu n'as pas perdu de temps, Janie.

– Sarah ! la tança sa mère.

Je me sentis rougir jusqu'à la racine des cheveux. Et maintenant qu'il était en présence de vrais riches, Benjamin ne faisait plus son malin. Il semblait fasciné par la boucle métallique de sa sacoche.

– Vous vivez ici ? finis-je par demander.

– Oh non, on était en train de faire du shopping, expliqua Sarah, et on a eu envie de prendre un thé.

– Merci, monseigneur, dit le réceptionniste derrière nous.

Nous tournâmes tous les quatre la tête pour voir à qui l'on s'adressait ainsi. Je remarquai que Sarah et sa mère s'étaient retournées plus discrètement que Benjamin et moi. Aussitôt après, mon cœur bondit dans ma poitrine. L'homme que le réceptionniste avait appelé « monseigneur » était celui que nous avions suivi ! Il nous salua d'un petit signe de tête et se dirigea d'un pas léger vers la porte en faisant tournoyer sa canne noire.

– Vous connaissez cet homme ? demanda Benjamin à la mère de Sarah quand la porte se fut refermée derrière lui.

– Non, répondit Mme Pennington.

– Pourquoi au juste le réceptionniste l'a-t-il appelé « monseigneur » ? demandai-je.

– Parce qu'il doit être comte ou vicomte.

C'était la première fois que j'entendais prononcer ce mot, qui résonnait à mes oreilles comme « vie-conte ». Aujourd'hui, je sais que c'est un titre de noblesse qui se situe au-dessus de celui de baron et en dessous de celui de comte.

– Peut-être pourrait-il épouser tante Cécilia, suggéra Sarah.

Mme Pennington pinça ses lèvres comme pour s'empêcher de rougir sous son masque de poudre de riz.

– Il est temps de rentrer à la maison, assura-t-elle. Peut-être pourriez-vous prendre le thé avec nous un autre jour.

– Tante Cécilia est une vieille fille, nous informa Sarah sur le ton de la confidence, comme si elle cherchait à embarrasser sa mère. Nous voudrions tant pouvoir lui présenter un vicomte esseulé.

– Sarah ! l'admonesta sa mère.

– Salut ! ajouta Sarah en agitant la main par-dessus son épaule, tandis que sa mère l'entraînait vers la porte.

Benjamin se tourna vers le réceptionniste.

– L'homme qui vient de sortir est-il comte ou vicomte ?

– Je croyais que c'était votre oncle, répondit le réceptionniste.

– Il le sera quand il aura épousé tante Cécilia. Et, croyez-moi, il ne sera pas déçu. Elle est le portrait craché de Lana Turner[1].

Le réceptionniste ricana, feignant d'être absorbé dans sa paperasse.

– Je parie que c'est un prince russe exilé, lança Benjamin.

---

1. Célèbre actrice de cinéma des années 1950 à la vie sentimentale mouvementée (NDT).

– Nous protégeons la vie privée de nos hôtes, titrés ou non. Et maintenant, je vous prie de sortir.

Quand je rentrai à la maison, mon père leva le nez du scénario qu'il était en train de lire.

– Eh bien ? Qui a remporté le grand tournoi d'échecs ?

– Benjamin.

– Bah, tu le battras la prochaine fois.

– J'espère. J'y retourne demain.

Mes parents échangèrent un regard en coin.

– Déjà ? s'étonna ma mère.

– Je dois absolument prendre ma revanche. Il y va de mon honneur.

En réalité, Leonid Shiskine de l'ambassade soviétique allait chaque dimanche au parc, et Benjamin voulait l'observer à nouveau.

– Hum, toussa mon père, en refermant son cahier pour me regarder dans les yeux.

– Hum, répéta ma mère en écho.

– Quand vas-tu nous présenter le jeune monsieur Tour ? demanda mon père.

– Quand tu arrêteras de l'appeler comme ça. Et pas demain, car on a rendez-vous au parc.

J'avais déjà réfléchi à ce que j'allais écrire dans mon journal intime, mais, avant cela, je sortis mon jeu d'échecs. L'espionite de Benjamin était peut-être délirante, mais il était séduisant et courageux, un vrai Robin des Bois. Pas un comédien. J'avais l'impression que son audace était en train de déteindre sur moi et que ce n'était pas une mauvaise chose.

– Je suis prête pour ma leçon d'échecs, annonçai-je.

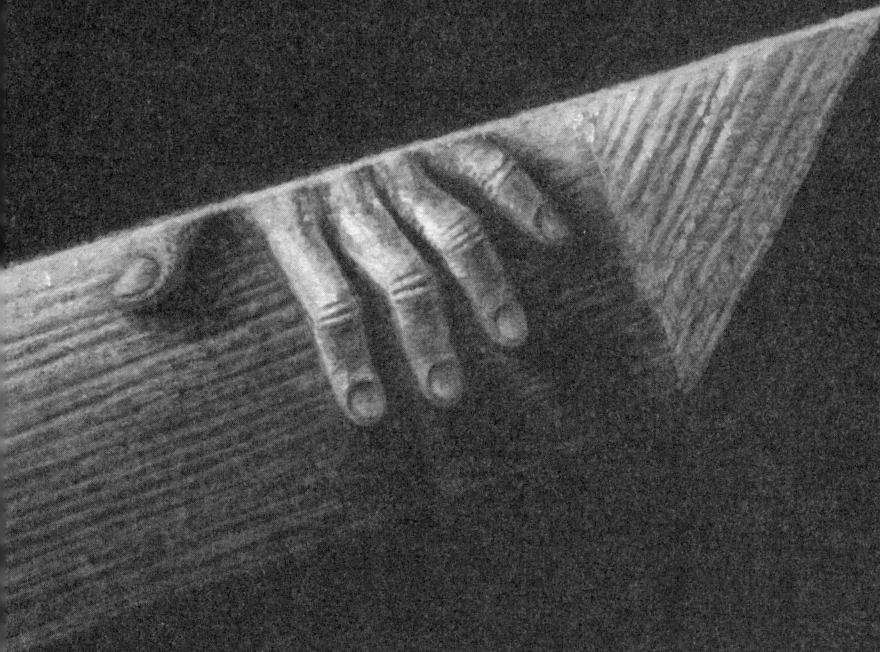

CHAPITRE 7

Le message

Le dimanche, en arrivant à Hyde Park, on aperçut M. Shiskine sur son banc, de dos, avec son pardessus gris. Benjamin installa le jeu d'échecs, en me donnant à nouveau les pions blancs, pendant que j'épiais M. Shiskine.

J'avançai mon roi, et, comme je m'y attendais, Benjamin avança son fou. J'avançai mon cavalier, ainsi que mon père me l'avait conseillé, et eus droit à un sourire approbateur de Benjamin.

– Excellent ! dit-il en avançant sa dame.

Je fis de même, et Benjamin prit l'un de mes pions. À mon tour, je capturai l'un des siens avec mon cavalier. Benjamin hocha la tête et avança son cavalier. Je jetai un coup d'œil au-dessus de son épaule et découvris un autre homme assis sur le banc, à côté de M. Shiskine. Je ne l'avais pas vu arriver.

– Il y a quelqu'un ! chuchotai-je. Un homme.

– Comment est-il ?

– Je ne sais pas, il est de dos. Il porte un chapeau.

Benjamin scruta mon visage comme s'il s'agissait d'un miroir dans lequel il pouvait voir la scène.

– Que fait-il ?

– Rien. Il est assis.

Même de dos, la silhouette du nouveau venu avait quelque chose d'étrangement familier.

Benjamin lança un rapide coup d'œil en direction de l'inconnu.

– Oh non ! soupira-t-il en se prenant la tête dans les mains.

– C'est l'apothicaire ! dis-je soudain. C'est ton père !

Benjamin fit mine d'étudier l'échiquier.

– Il va tout faire capoter, gémit-il. Mais pourquoi a-t-il fallu qu'il choisisse ce banc ? S'il est là, Shiskine ne pourra pas faire passer son message.

– Peut-être est-ce lui le messager ?

– Bien sûr que non.

C'est alors que je vis le père de Benjamin prendre une des pages du journal posées sur le banc sans regarder Shiskine. Je sentis les poils de mes bras se hérisser.

– Ton père vient de ramasser une page de journal, soufflai-je.

Benjamin me dévisagea, l'air effaré.

– Non !

– Si ! Et maintenant il s'en va. Regarde, si tu ne me crois pas.

Benjamin se retourna. Son père s'était arrêté de marcher et dépliait la page pour lire la partie qui l'intéressait. Soudain, l'attitude de l'apothicaire changea du tout au tout. Il déchira un petit bout de la page, puis jeta le tout dans une poubelle et se hâta de gagner la rue. Shiskine avait déjà commencé de s'éloigner dans l'autre direction, en boitillant sur sa jambe de bois.

– Viens, lança Benjamin. Il faut qu'on récupère ce message.

On courut jusqu'à la poubelle où son père s'était débarrassé de la page.

– Ne le perds pas de vue, insista Benjamin en plongeant la main dans la corbeille pour en ressortir la page pliée et quelques petits morceaux de papier.

Il les posa à terre et les remit dans l'ordre, pendant que je faisais le guet. Les mots avaient été griffonnés à la hâte en lettres capitales :

La tête me tournait. Quelqu'un jouait-il au chat et à la souris avec nous ? Était-ce une farce imaginée par Benjamin et son père ?

– C'est sérieux ? demandai-je. Ou tu es en train de me faire une blague ?

La mine consternée de Benjamin m'indiqua qu'il n'en était rien.

– Il est allé de quel côté ?

– Il a traversé la rue. Qui est Jin Lo ?

– Je ne sais pas.

Au moment de traverser pour suivre l'apothicaire, je regardai à droite alors que les voitures, en Angleterre, arrivent de la gauche. Un grand coup de klaxon retentit.

Benjamin me tira en arrière. Un peu plus et je me faisais renverser par un taxi. Le chauffeur passa la tête par la fenêtre et me couvrit d'injures. Le père de Benjamin venait d'entrer dans une cabine téléphonique de l'autre côté de la rue.

– Tu savais que ton père connaissait Shiskine ?

– Comment j'aurais pu le savoir ?

Nous traversâmes le carrefour et nous nous fondîmes dans une file de gens qui attendaient le bus. J'avais l'impression qu'on ne voyait que moi. L'apothicaire ressortit de la cabine sans nous remarquer.

– Laissons-le s'éloigner un peu, dit Benjamin.

– Il travaille pour les Russes ?

– Je n'en sais rien.

– Tu crois qu'il connaît le vicomte ? Ou le comte ?

– Arrête de me poser des questions, maintenant !

On continua à suivre le père de Benjamin. Il marchait très vite et semblait se diriger vers sa boutique. Quand on atteignit Regent's Park Road, il avait disparu. On se faufila dans un renfoncement et on attendit, mais on ne vit entrer personne dans la boutique.

– Rejoignons-le dans le magasin, proposai-je. Et demandons-lui carrément ce qui ce passe.

– Je ne peux pas, répliqua Benjamin.

Il était pâle, son audace envolée.

– Il le faut.

– Et si c'est un espion à la solde des Soviétiques ?

– Eh bien, tu en auras le cœur net.

J'émergeai du renfoncement, en regardant sur ma droite cette fois.

Benjamin finit par m'imiter et on se dirigea timidement vers la boutique. Il vérifia que nous n'étions pas suivis. La porte était verrouillée. Il l'ouvrit avec sa clé.

La boutique était silencieuse, mais il y flottait une drôle d'odeur de fumée. Benjamin referma la porte à double tour derrière nous et on longea les rayonnages déserts jusqu'à l'arrière-boutique, qui était éclairée. Je marchais sur la pointe des pieds pour ne pas faire de bruit, mais mes jambes se mirent à trembler si fort que je dus reposer mes talons par terre.

Quand on entra dans l'arrière-boutique, l'apothicaire était en train de brûler des papiers qu'il jetait un à un dans une petite corbeille en métal.

– Benjamin ! s'exclama-t-il. Il ne faut pas rester ici ! Ils arrivent !

– Qui arrive ?

– Je ne sais pas. Mais tu ne peux pas rester ici !

– Tu es un espion à la solde des Russes ?

Son père le fixa derrière ses lunettes.

– Bien sûr que non !

– Mais je t'ai vu dans le parc ! Shiskine t'a fait passer un message. Il travaille pour l'ambassade soviétique.

L'apothicaire secoua la tête.

– Je n'ai pas le temps de t'expliquer, Benjamin. Il faut que je cache le livre.

– Quel livre ?

L'apothicaire tira d'un placard un gros volume relié de cuir. Au même instant, on entendit trembler la porte verrouillée de la boutique.

– Ils sont là ! dit le père de Benjamin. Il faut vous cacher.

Il posa le livre, puis souleva une trappe grillagée ménagée dans le plancher, révélant un escalier qui menait à la cave.

– Pas question de descendre là-dedans ! se rebiffa Benjamin.

– Tu vas faire ce que je te dis ! ordonna son père sur un ton dont je ne l'aurais jamais cru capable.

Et dans un geste désespéré, il lui fourra le livre entre les mains.

– On peut rester pour t'aider, proposa Benjamin.

– Allez-vous-en ! s'écria son père.

– On va prévenir la police, dis-je.

– Surtout pas ! Il faut que vous protégiez la *Pharmacopée* et que vous la mettiez en sûreté. S'il vous plaît, faites ça pour moi.

– La protéger de quoi ? demanda Benjamin.

– De quiconque voudra s'en emparer.

– Mais, et toi ?

– Ne t'en fais pas pour moi. Prends simplement soin du livre. Il est dans notre famille depuis sept cents ans.

– Papa, attends !

– J'ai un plan. Ne t'inquiète pas. Et maintenant, partez.

L'apothicaire referma la trappe grillagée derrière nous. Quelqu'un frappait à grands coups sur la porte de la boutique.

La cave sentait la terre humide. On descendit quelques marches et on se retrouva dans une pièce au sol bétonné. Grâce au peu de lumière qui filtrait par la trappe on distingua des étagères couvertes de flacons poussiéreux et une grosse porte en fer. Benjamin essaya de tourner la poignée, mais elle était verrouillée.

Il y eut une violente explosion à l'étage. Instinctivement, on plongea derrière les étagères. Puis on entendit des pas et des éclats de voix qui s'exprimaient en allemand.

– Tu comprends ce qu'ils disent ? demandai-je.

Benjamin secoua la tête.

On tendit l'oreille. Des hommes étaient en train de fouiller l'officine. Je percevais la respiration de Benjamin dans le noir, et la mienne tremblante. Il contemplait le gros volume posé sur ses genoux, comme s'il se demandait s'il était plus précieux que la vie de son père.

Je voyais bien qu'il avait envie de remonter à l'étage et de se battre.

– Ils sont trop nombreux, murmurai-je. Ton père t'a demandé de protéger le livre.

On attendit pendant ce qui nous sembla un très long moment, puis il y eut un raclement métallique au-dessus de nos têtes, et Benjamin m'attira le plus loin possible derrière les étagères. La trappe se souleva, et un homme passa la tête à l'intérieur. Une longue cicatrice lui barrait la joue, et tête en bas, il était hideux à voir. Un sourire mauvais découvrait ses dents qui luisaient comme des crocs dans la pénombre. Soudain, la sirène d'une voiture de police résonna dans la rue et quelqu'un cria en allemand, visiblement pour ordonner à ses comparses de décamper. Le visage disparut, et la trappe retomba.

Benjamin et moi restâmes tapis dans l'obscurité, osant à peine respirer. Quand la terreur se fut dissipée, je réalisai qu'il avait passé son bras autour de mes épaules, et que nous étions blottis l'un contre l'autre. Comme s'il en prenait aussi conscience, il relâcha son étreinte et on s'écarta d'un poil. La sirène s'évanouit : la police devait être aux trousses d'autres malfaiteurs.

Quand tout fut redevenu silencieux, Benjamin et moi remontâmes l'escalier et ouvrîmes la trappe. Le bureau avait été saccagé. Ce n'étaient que papiers

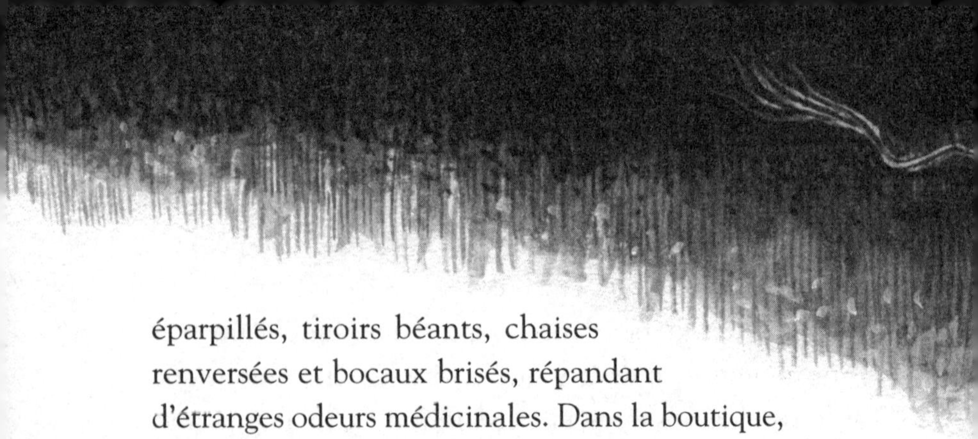

éparpillés, tiroirs béants, chaises renversées et bocaux brisés, répandant d'étranges odeurs médicinales. Dans la boutique, des boîtes de pilules, de bandages et de coton avaient été arrachées des rayonnages.

L'apothicaire avait disparu.

CHAPITRE 8

La Pharmacopée

L'appartement où vivaient Benjamin et son père se trouvant juste au-dessus de la boutique, nous jugeâmes plus prudent d'aller chez mes parents. On les trouva assis autour de la table, en pleine discussion. Quand on entra, mon père pivota sur sa chaise en souriant.

– Eh bien, cette revanche ?

– Super... vraiment super, bredouillai-je.

(J'avais complètement oublié la partie d'échecs.)

– Et qui a gagné ?

Benjamin et moi échangeâmes un regard.

– La partie a été interrompue, expliquai-je. Le père de Benjamin a été appelé d'urgence en Écosse, au chevet de sa tante malade.

– Oh non ! s'exclama ma mère, sincèrement désolée. Ce n'est pas trop grave, au moins ?

Je me sentis grandir d'un coup – non parce que j'avais ramené un garçon à la maison pour le présenter à mes parents, mais parce que je leur avais menti.

– J'ai pensé qu'on pourrait l'inviter à dormir chez nous, hasardai-je. Je veux dire, c'est son père qui me l'a demandé.

Mes parents se regardèrent d'un air entendu.

– Pourquoi pas ? lança mon père après un temps d'hésitation qui suggérait qu'il avait tout de même des doutes.

Pour le dîner, ma mère prépara encore une omelette, que l'on mangea serrés les uns contre les autres autour de la petite table pliante. Benjamin était exagérément cérémonieux et guindé, et nous étions tous mal à l'aise.

– Nous n'avons pas encore eu le temps d'aller au ravitaillement, expliqua ma mère. Alors, nous mangeons surtout les œufs que nous fournit la logeuse.

– Ils sont délicieux, susurra Benjamin. Ce n'est pas facile de s'en procurer.

Il y eut un silence gêné.

– Mais dites-moi, Benjamin, que font vos parents ? demanda mon père.

– Mon père tient la boutique d'apothicaire au bout de la rue.

Papa repoussa sa chaise, qui racla bruyamment le parquet.

– Sans blague ! Votre père nous fournit notre principale source de chauffage. Et votre maman ?

Mes parents travaillant tous les deux, ils trouvaient parfaitement naturel que les mères de mes amis aient un métier. De nos jours, la chose semble aller de soi, mais en 1952, la plupart des femmes étaient au foyer, et la question étonnait parfois.

– Ma mère est morte quand j'étais petit, répondit Benjamin.

J'écarquillai les yeux. Je ne l'avais jamais interrogé sur sa mère, et lui non plus n'y avait jamais fait allusion.

– Je suis désolée, compatit maman. Comment est-ce arrivé ?

– Au cours d'un raid aérien, expliqua-t-il. Pendant la guerre.

– Comme c'est triste.

– Mais j'étais tout petit. Je ne me souviens pas vraiment d'elle.

Il y eut un autre long silence. Mes parents, habituellement chaleureux et expansifs, ne savaient pas comment réagir face à cette annonce tragique, formulée par un garçon froidement poli. S'ils l'avaient vu au moment de l'exercice d'alerte à la bombe, imperturbable et obstiné, je suis sûre qu'ils l'auraient admiré. Je comprenais à présent pourquoi il ne prenait pas ces exercices au sérieux – ou pourquoi il était tellement sérieux quand il refusait d'y participer.

Voyant la sacoche de Benjamin posée sur notre petit canapé, avec la volumineuse *Pharmacopée* qui dépassait, mon père demanda :

– Et peut-on savoir de quoi traite ce gros volume ? C'est un livre de chimie ?

– En quelque sorte, répondit Benjamin.

– Je peux y jeter un coup d'œil ? Je suis curieux de voir ce qu'on enseigne en Angleterre.

– Je suis très fatigué, répondit Benjamin un peu trop vite. Et j'ai un devoir à finir. Si ça ne vous ennuie pas, monsieur, j'aimerais m'y mettre tout de suite.

– Mais bien sûr, approuva mon père en décochant à Benjamin le grand sourire qu'il adoptait quand quelqu'un cherchait à le baratiner. À condition que vous ne m'appeliez pas « monsieur ».

*

Après m'être assurée que mes parents dormaient, je me faufilai dans le séjour où ma mère avait fait un lit pour Benjamin sur le canapé. Il tenait la *Pharmacopée* ouverte sur ses genoux.

– Tu ne m'avais pas dit que ta mère était morte ! murmurai-je.

– Tu croyais qu'elle était où ? demanda-t-il. À Tombouctou ?

– Je n'ai pas vraiment eu le temps d'y penser.

– Et moi, je n'ai pas le temps d'en parler, rétorqua-t-il. J'ai jeté un coup d'œil au livre. Il est presque entièrement en latin.

Il se poussa pour me faire de la place. Après les évènements de la journée, j'étais bouleversée, mais rien ne me rendait aussi nerveuse que d'être assise à côté de lui sur le canapé, au milieu de la nuit. À Los Angeles, il aurait été impensable qu'un garçon dorme sur le canapé de mes parents, et de toute façon, là-bas, jamais aucun garçon ne m'avait fait cet effet.

J'examinai le livre – dans mon excitation, je n'avais pas vraiment pris le temps de le regarder. Des feuilles volantes étaient intercalées entre les pages qui semblaient avoir été calligraphiées à la main très longtemps auparavant. Le papier ivoire, qui avait jauni sur le pourtour, portait par endroits des marques de brûlure. On aurait dit une version antique et savante du gros livre de recettes de ma mère, *Les joies de la cuisine*.

– Je pense qu'il s'agit d'un latin très ancien, dit Benjamin. Tout au moins pour une partie. Je suis censé pouvoir lire le latin, en tant que futur apothicaire, mais ce n'est pas mon fort.

– Et ça, c'est dans quelle langue ? m'enquis-je en désignant des mots dont les lettres m'étaient inconnues.

– Je crois que c'est du grec.

Il tourna la page. Des symboles et de petits dessins se mêlaient au texte. L'un d'eux représentait une sorte de serpent à l'intérieur d'un cercle.

– Peut-être s'agit-il d'un remède contre les piqûres de serpent, supposai-je.

– Mais pourquoi mon père redoute-t-il que les Allemands le trouvent ?

– Parce que c'est un livre de grande valeur ?

– Ces types n'étaient pas des voleurs ordinaires.

– Sans doute pas, affirmai-je avec un frisson en me rappelant l'homme à la cicatrice. Où crois-tu qu'ils l'ont emmené ?

– Aucune idée. Si seulement je comprenais l'allemand.

– Et le latin.

– Et le latin.

– Ou le grec.

Il referma le livre et nous contemplâmes le symbole gravé sur la couverture : un cercle avec un triangle inversé au milieu. Autour du cercle, il y avait une étoile à sept pointes, elle-même contenue à l'intérieur d'un cercle plus grand, et de petits cercles entre les pointes de l'étoile.

Je fis courir mes doigts sur les creux et les bosses gravés dans le cuir patiné par les ans.

– Ce truc me rappelle quelque chose, remarqua Benjamin. Mais je ne sais plus quoi.

– On pourrait demander à M. Danby de traduire certains passages.

– Il faut ne le montrer à personne.

– Mais M. Danby est un héros de guerre.

– Mon père n'a pas dit que nous pouvions faire une exception pour les héros de guerre. Il nous a ordonné de le tenir hors de portée de quiconque cherchait à le voir.

– Mais M. Danby n'a jamais cherché à le voir, arguai-je.

Mes yeux commençaient à me piquer et j'avais les paupières lourdes.

– Dommage que ton père ait dû se faire kidnapper pour que tu commences à lui obéir.

– Je crois que tu ne saisis pas la gravité de la situation, Janie.

– Si. Simplement, je suis fatiguée.

Je posai ma tête sur le bras du canapé, pour me reposer un instant. À peine avais-je fermé les yeux que Benjamin me secouait pour me réveiller. Il faisait toujours noir et je ne savais plus où j'étais. Il me fallut lutter pour émerger du sommeil.

– Le symbole ! murmura Benjamin. Je sais où je l'ai vu !

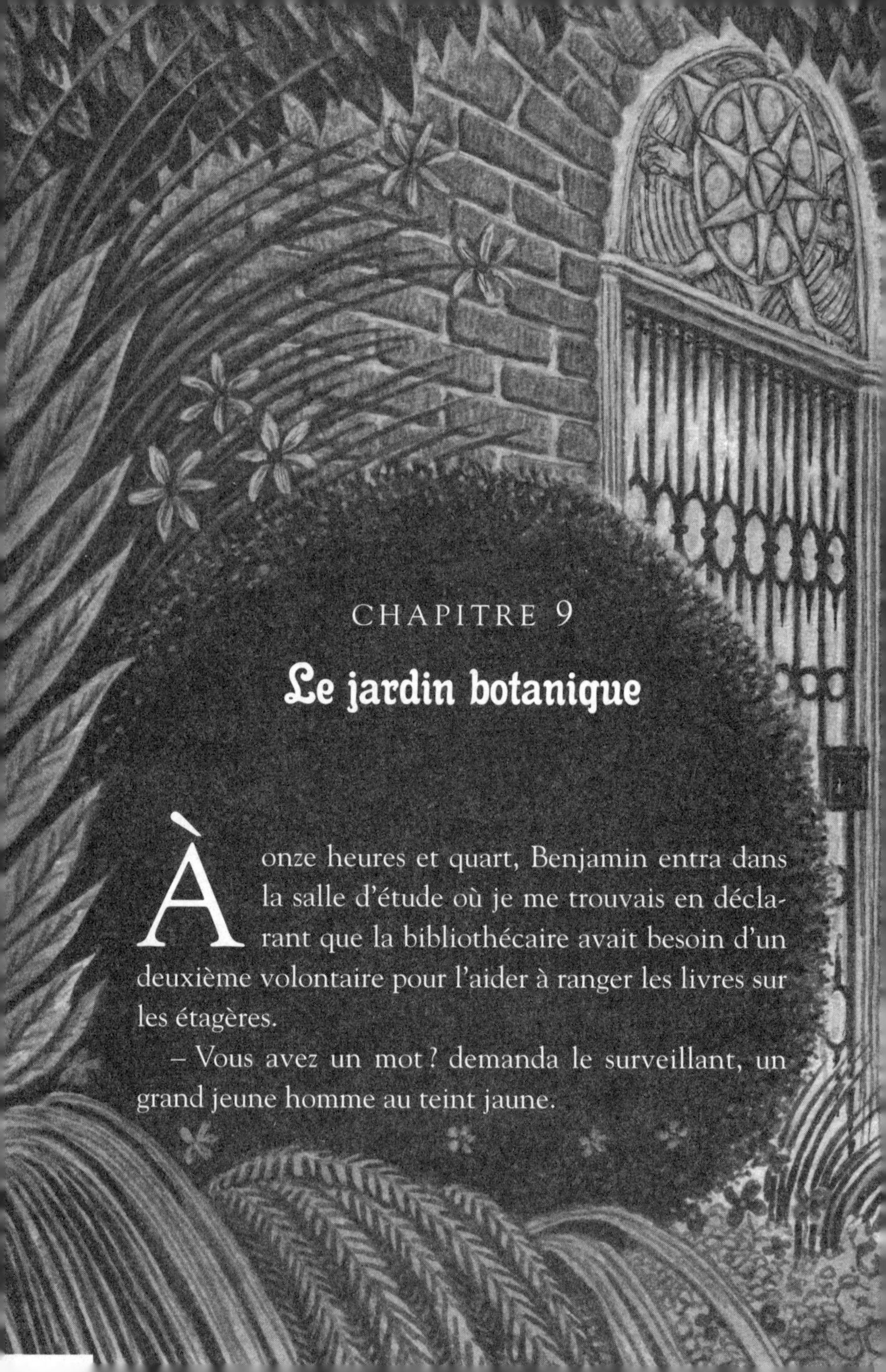

CHAPITRE 9

Le jardin botanique

À onze heures et quart, Benjamin entra dans la salle d'étude où je me trouvais en déclarant que la bibliothécaire avait besoin d'un deuxième volontaire pour l'aider à ranger les livres sur les étagères.

– Vous avez un mot ? demanda le surveillant, un grand jeune homme au teint jaune.

– La bibliothécaire est trop occupée pour écrire un mot, expliqua Benjamin. Elle m'a prié de vous demander de l'excuser.

Je levai la main.

– Est-ce que je peux y aller ? Je voudrais devenir bibliothécaire plus tard.

Cette remarque déclencha une vague de rires moqueurs auxquels le surveillant répondit par un froncement de sourcils sévère. Je savais qu'il avait pitié de moi, pauvre petite nouvelle qui passait son heure de déjeuner à étudier.

– Entendu, accepta-t-il avant de se retourner vers Benjamin. Mais la prochaine fois, insistez pour qu'elle vous fasse un mot.

Une fois dans le couloir, après nous être assurés que personne ne nous voyait, on se faufila à l'extérieur et on dévala les marches du perron. Benjamin ne se souvenait plus où se trouvait exactement le jardin botanique de Chelsea, mais il savait que c'était sur les bords de la Tamise, si bien qu'on longea la rive du fleuve.

Aujourd'hui, je sais que le jardin botanique fut fondé au XVIIe siècle. C'était à l'époque une sorte de musée-jardin de plantes médicinales. À mesure que l'Angleterre étendait son empire, les botanistes et médecins de la marine royale rapportaient des spécimens des quatre coins du globe et les plantaient à Chelsea. Aujourd'hui, l'Empire britannique a cessé d'être, mais son fantôme verdoyant continue d'exister, abritant en son sein et en plein cœur de Londres des petits morceaux d'Inde, de Chine, d'Afrique, d'Australie, de Nouvelle-Zélande et des îles du Pacifique.

– Avant, je venais tout le temps ici avec mon père, se rappela Benjamin. Pendant qu'il cueillait des greffons, je m'amusais à faire des ricochets sur le petit étang, jusqu'à ce que le jardinier m'ordonne d'arrêter, parce qu'il avait peur que je casse une vitre.

– Mais pourquoi est-ce que tu ne viens plus ?

– Quand j'ai eu dix ans, j'en ai eu assez d'accompagner mon père au jardin. J'estimais ne plus avoir l'âge d'être surveillé.

Derrière la haute grille en fer forgé du jardin botanique, la guérite du gardien était vide. On entra. Le jardin était si luxuriant que la forêt en carton-pâte des studios Riverton, bien que très réussie, ne supportait pas la comparaison. Ici, tout était incroyablement vert et silencieux, comme si les plantes absorbaient les bruits de la ville. Les allées étaient bordées de longs roseaux feuillus qui poussaient plus haut que ma tête, et d'arbres d'où pendaient des grappes de fleurs jaunes, ainsi que de plantes qui ressemblaient à des pieds de rhubarbe aux feuilles gigantesques.

– Si mon père à moi venait travailler ici, dis-je, je l'accompagnerais à chaque fois.

On pénétra sous un dais de feuillage si touffu qu'il arrêtait presque entièrement la lumière du jour. Tous les deux mètres environ, il y avait une liane grimpante au bout de laquelle une unique fleur rose retombait comme un lampion. De drôles de bruissements nous parvenaient des buissons où nichaient des oiseaux et d'autres petits animaux. Au bout de l'allée se trouvait une autre grille.

– Le voilà ! s'écria Benjamin.

Je suivis son regard jusqu'au sommet du portail et vis le même symbole que celui gravé sur la couverture de la *Pharmacopée*, avec les cercles et l'étoile. On jeta un coup d'œil à l'intérieur du jardin clos. Quelques allées, des massifs de plantes, et au-delà une petite maison en brique à la façade peinte en blanc. Benjamin essaya d'ouvrir la grille, mais elle était verrouillée.

– On l'escalade ? suggérai-je.

Juste comme je disais cela, une silhouette émergea de la chaumière. C'était un homme qui avait dû être grand et imposant jadis, mais qui marchait à présent avec le dos voûté. Une barbe grise encadrait son visage ridé et bienveillant. Il portait un ciré et des bottes en caoutchouc, et tenait un panier et un sécateur à la main.

– Ohé ! appela Benjamin. Monsieur ?

L'homme releva la tête, surpris.

– Désolé de vous déranger, s'excusa Benjamin. Mon père est membre de la Société des Apothicaires. Et je suis moi-même boursier de la Société. Je...

L'homme au ciré l'observa en plissant les yeux.

– Tu ne serais pas Benjamin Burrows ?

Cette fois, ce fut au tour de Benjamin d'avoir l'air surpris.

– Si !

L'homme s'empressa de venir nous ouvrir la grille avec une grosse clé en fer.

– Entrez, entrez donc, dit-il, puis il scruta l'intérieur du tunnel de verdure, derrière nous, et referma la grille.

À l'intérieur de la petite maison de brique, le jardinier ôta son ciré et l'accrocha à un portemanteau, puis nous fit signe de nous asseoir autour de la table.

– Peut-on savoir qui est la jeune demoiselle ? demanda-t-il.

– C'est Janie. Une amie américaine, précisa Benjamin comme si cela suffisait à dissiper toute suspicion.

– Je vois, dit le jardinier.

Puis se tournant vers Benjamin, il déclara :

– Je me souviens de toi quand tu étais petit et que tu galopais partout dans le jardin. J'ai bien connu ton grand-père. Et ton père continue de venir chercher des plantes rares. Il va bien ?

– Je ne sais pas, avoua Benjamin en me regardant comme pour me demander mon soutien.

Je hochai la tête – le jardinier avait l'air d'un homme digne de confiance. Benjamin accepta la chaise qu'il lui offrait, et moi aussi. Il lui raconta comment son père avait disparu et les échanges de pages de journaux qu'il avait surpris sur le banc dans le parc.

Le jardinier eut l'air sérieusement inquiet.

– Ils ont aussi capturé Jin Lo ?

– Qui est Jin Lo ?

– Un chimiste chinois, expliqua le jardinier. Un correspondant de votre père. Avez-vous vu les hommes qui ont saccagé sa boutique ?

– Seulement un, répondit Benjamin. Il avait une cicatrice sur la joue. Lui et ses complices parlaient l'allemand.

– Et ton père ? Il t'a dit ou montré quelque chose ?

Je voyais bien que Benjamin hésitait à mentionner le livre. Il semblait au supplice.

– Eh bien...

Le jardinier soupira.

– Je comprends. Le simple fait de poser cette question me rend suspect. Mais le temps joue contre nous. Sais-tu où se trouve la *Pharmacopée* ?

Benjamin me dévisagea à nouveau pour recueillir mon approbation, puis sortit le livre de sa sacoche et le posa sur la table.

– Ah ! fit le jardinier en écarquillant les yeux.

Il semblait profondément ému, comme s'il s'agissait d'un objet sacré. Il l'effleura, fasciné.

– Il y a si longtemps que je ne l'avais pas vue.

– Nous sommes venus ici parce que le symbole gravé sur la couverture est le même que celui de votre portail, expliqua Benjamin.

– Oui, dit le jardinier en faisant courir ses doigts noueux sur le cuir patiné. C'est l'Azoth des Philosophes. Le triangle au milieu représente l'Eau, la source de toute vie. Les sept petits cercles sont les principales opérations alchimiques : calcination, séparation, dissolution – pourquoi fais-tu cette tête ?

– Parce que les alchimistes étaient des illuminés, affirma Benjamin. Des gens qui voulaient fabriquer de l'or.

– Quelques-uns cherchaient à fabriquer de l'or, rectifia le jardinier. Et leur cupidité a fini par nuire à la réputation de tous les autres. Mais le grand Isaac Newton était un alchimiste. N'as-tu jamais étudié la calcination, la séparation et la dissolution ?

– Non, reconnut Benjamin, légèrement embarrassé.

– Mais qu'est-ce qu'on vous apprend à l'école ?

– Les maths. La littérature.

Le jardinier fronça les sourcils.

– Vous lisez des romans, soupira le vieil homme, dépité. Et voilà que tu te retrouves en possession de la *Pharmacopée* alors que rien ne t'y a préparé.

– J'ai juste besoin de savoir de quoi traite le livre, dit Benjamin. Je ne comprends ni le latin ni le grec.

Le jardinier secoua la tête.

– Il contient des secrets consignés au fil des siècles, et qui ont nécessité des vies entières de recherche et d'expérimentation. Et nous avons si peu de temps.

– Ne pourriez-vous pas nous en expliquer quelques-uns ? m'enquis-je.

Le jardinier nous considéra un instant, comme s'il cherchait à nous jauger, puis il ouvrit le livre avec mille précautions, pour ne pas déchirer les vieilles pages.

– Bien... je ne sais pas par où commencer. Il y a de simples infusions, comme celle-ci, le Parfum de Vérité. Celui qui l'ingurgite se trouve dans l'impossibilité de mentir. Ce symbole, ici, avec le soleil au zénith, signifie que l'*Artemisia veritas* doit être cueillie quand il est midi au soleil, ce qui n'est pas la même chose que midi à l'horloge.

Il tourna une page.

– Il y a également des teintures couvrantes qui permettent de changer l'apparence des choses sans en changer l'essence. Celle-ci, appelée *Aidos Kyneê*, confère une sorte d'invisibilité. Elle tire son nom de la cape que portaient les dieux grecs. *Aidos* signifie pudeur, il s'agit donc d'une parure extrêmement couvrante, ce qui ne manque pas de sel quand on sait que...

– Qu'est-ce qu'il est écrit ici ? demandai-je en montrant une note rajoutée dans la marge.

Le jardinier baissa le nez et lut en silence la formule latine.

– Il est écrit que… si plus d'une personne utilise la teinture couvrante, il est recommandé de laisser une partie du corps visible pour éviter… de se cogner, je suppose. Ce doit être un conseil de quelqu'un qui l'a utilisée. Ce livre est un document vivant. Au fil du temps, chaque nouvelle découverte y est consignée.

– Ah oui ? Et est-ce qu'on peut consigner que tout ceci n'est qu'un tas d'âneries ? se moqua Benjamin. Depuis quand peut-on rendre les gens invisibles ?

Le jardinier l'ignora et tourna une autre page. Son regard s'illumina.

– Ah, nous y voilà, dit-il. Les recettes les plus délicates à réaliser sont les élixirs de transformation permettant d'altérer la substance du sujet. L'élixir *avien*, par exemple, permet de changer l'être humain en oiseau.

– Ben voyons, grommela Benjamin.

Le jardinier haussa ses sourcils broussailleux.

– Ne sois pas si sceptique, Benjamin. Je ne l'ai jamais vu de mes yeux, mais je me suis laissé dire que le résultat est remarquable.

– Et celui qui est transformé peut voler ? m'enquis-je.

– Bien sûr.

– Qu'est-ce que fabriquait mon père avec ce livre de sortilèges bidon ? grogna Benjamin.

– Ce n'est pas un livre de sortilèges, rectifia le jardinier. C'est une pharmacopée, une compilation de remèdes, du moins à l'origine. La plupart de ces recettes n'étaient autrefois rien de plus que des techniques de soins : comment panser une plaie ? Comment combattre la maladie dans le corps humain ? Mais certains esprits curieux sont allés jusqu'à explorer les propriétés fondamentales de la matière. De la même façon que les peintures rupestres ont abouti aux fresques de la chapelle Sixtine, la médecine antique a conduit à la pharmacopée. Le monde est constitué d'atomes qui peuvent être influencés, masqués, réagencés si l'on détient le savoir nécessaire. Je suis surpris que ton père ne t'ait jamais initié.

Benjamin baissa les yeux.

– Il me demandait souvent de l'aider, mais j'avais toujours quelque chose de plus important à faire, avoua-t-il. Je croyais qu'il voulait que je reprenne la boutique. Pour vendre des sels de bain, des bouillottes – enfin, ce genre de choses.

Le jardinier balaya sa remarque d'un revers de main.

– La Société des Apothicaires ne t'aurait jamais accordé une bourse pour cela. Ils attendent de toi que tu poursuives les travaux de ton père.

– Qui consistent en quoi, au juste ? demanda Benjamin. Pour quelle raison ces hommes l'ont-ils enlevé ?

– Je l'ignore, répondit le jardinier. Mais c'est ce que nous devons découvrir. Et le plus vite possible.

– On pourrait interroger M. Shiskine, hasardai-je. C'est lui qui lui a fait passer le message.

– Mais on ne sait pas s'il est digne de confiance, remarqua Benjamin. Et puis, ça m'étonnerait qu'il se confie à deux collégiens.

– Et si on employait le Parfum de Vérité dont il est question dans le livre ? suggérai-je.

Benjamin et le jardinier me dévisagèrent. J'eus l'impression d'avoir dit une énormité.

– Tu sais que ce n'est pas une mauvaise idée, finit par reconnaître le jardinier. Pensez-vous pouvoir approcher cet homme sans risques ?

– Son fils est un camarade de classe, indiquai-je.

– Dans ce cas, il faut tenter le coup, assura le jardinier en regardant par la fenêtre pour examiner le ciel. Laissez-moi consulter mes registres. Un sextant ne nous sera d'aucune utilité ici, étant donné qu'il n'est pas possible de voir l'horizon.

Prenant un livre sur son étagère, il fit courir son doigt le long d'une liste.

– Le midi solaire surviendra exactement à... douze heures quatorze minutes et neuf secondes, dit-il. Nous ne devrions pas en être loin.

On sortit de la maison et il nous emmena jusqu'à une table de pierre surmontée d'un triangle de cuivre qui avait verdi avec le temps. Un cadran solaire. Le soleil n'était pas éclatant, mais l'ombre portée était visible, indiquant que midi était passé de quelques minutes.

– Pourquoi est-ce si important de cueillir la plante à une heure précise ? demandai-je.

– Le livre dit que c'est parce que c'est l'heure où la lumière du jour est si éclatante qu'elle élimine les ombres de la tromperie, expliqua le jardinier. C'est très poétique. Mais en réalité, ce doit être une question de photosynthèse et de structure moléculaire de l'*Artemisia veritas*. Les premiers alchimistes avaient compris qu'il fallait la cueillir à midi, mais ils ne savaient peut-être pas précisément pour quelle raison. Depuis toujours cette plante pousse ici, à côté du cadran solaire.

Il désigna des rangées bien ordonnées de petits végétaux feuillus.

On attendit, sans quitter des yeux la lente progression de l'ombre projetée.

– Tout cela n'a aucun sens, estima Benjamin.

Le jardinier l'observa comme s'il se demandait s'il était à la hauteur de la mission qui l'attendait.

– Nous éprouvons tous de l'appréhension quand nous sommes confrontés à notre propre destin, assura-t-il. Il faut que tu retrouves ton père. Quel que soit son plan, il va avoir besoin de ton aide.

– Pouvez-vous nous aider ? implorai-je.

– Hélas, non, confessa le jardinier. Je suis vieux et perclus de rhumatismes et je ne sors pour ainsi dire jamais de ce jardin – je ne ferais que vous ralentir et éveiller les soupçons. Et maintenant, il est temps.

Il se baissa et coupa quelques feuilles avec son sécateur.

– Tenez, dit-il. Vous allez les broyer, puis les faire bouillir afin d'en faire sortir l'arôme. Mais soyez prudents. Cette petite herbe peut vous jouer des tours si vous n'êtes pas prêts à affronter la vérité.

CHAPITRE 10

Le Parfum de Vérité

On quitta le jardin botanique avec un pied d'*Artemisia veritas* et ce qui ressemblait à un plan – pour moi tout au moins –, car Benjamin ne voulait rien savoir.

– Un ramassis d'âneries ! pesta-t-il tandis que nous commencions à longer le quai de Chelsea en sens

inverse. Un sortilège d'invisibilité. Des plantes qui vous font dire la vérité si vous les cueillez à midi. Si le jardinier avait prétendu être Merlin l'Enchanteur, tu l'aurais cru ?

– Non, concédai-je. Mais il est possible que la plante affecte les fonctions cérébrales, comme l'alcool ou le café.

– Et donc, tu comptes entrer par magie chez Shiskine et lui faire renifler ton pot de fleurs. Sais-tu comment sont formés les agents secrets soviétiques ?

– Non, et toi ?

– Je sais que nous ne sommes pas de taille.

Était-ce parce que je me trouvais dans un pays étranger, ou parce que je voulais me prouver que j'étais aussi courageuse que Benjamin ? Toujours est-il que j'étais déterminée à m'engager dans la seule voie possible.

– Je croyais que tu voulais vivre une vie d'aventure, fis-je remarquer. Essayons la plante et voyons si ça marche.

On retourna chez moi. Un silence inquiétant régnait dans l'appartement quand mes parents n'étaient pas là. Je remplis une casserole d'eau selon les instructions du jardinier, et y jetai les feuilles broyées pour les faire bouillir sur la gazinière de la minuscule cuisine. Assis à la table, les bras croisés, Benjamin faisait sa tête de mule. En infusant, les feuilles prirent une coloration vert sombre, tandis qu'une vapeur piquante à l'odeur mentholée s'échappait de la casserole. Je me penchai au-dessus de la gazinière et inspirai profondément pendant quelques secondes, puis me tournai vers lui.

– Et maintenant, à toi, dis-je, légèrement étourdie.

Benjamin me regarda d'un drôle d'air.

– Tu es sûre que ça va ?

– Je me sens un peu bizarre, avouai-je. Mais, vas-y toi, essaie. C'est toi qui doutes que cela fasse effet.

– Et que suggères-tu pour vérifier que ça marche, madame Curie ?

– Il faut qu'on trouve une question à laquelle on n'aimerait ni l'un ni l'autre répondre en temps normal.

Il se pencha au-dessus de la casserole et fixa les feuilles du regard.

– Je sais : qui est-ce qui te fait craquer ?

– Par exemple, approuvai-je, alors que je redoutais plus que tout de devoir y répondre.

Mais il n'était plus possible de mentir.

Benjamin inspira longuement la vapeur, puis s'avança vers moi.

– Eh bien. Qui est-ce qui te fait craquer ?

J'hésitai.

– « Craquer », tu veux dire avec qui j'aimerais bien sortir ? demandai-je pour essayer de gagner du temps.

– Exactement.

Je serrai les dents pour empêcher la réponse de m'échapper, en vain.

– Toi, lâchai-je malgré moi.

– Moi ? répéta Benjamin en rougissant jusqu'à la racine des cheveux.

Je me sentis devenir toute rouge, moi aussi.

– Oh, c'est trop gênant, dis-je. Vite, avant que l'effet ne s'estompe, qui est-ce qui te fait craquer ?

– Je refuse de répondre.

– Il le faut.

Je voyais bien qu'il luttait contre lui-même.

– Aaargh, s'écria-t-il. Je déteste ce jeu, moi aussi ! Bon, OK ! Je craque pour Sarah Pennington !

J'étais tellement abasourdie que ce ne soit pas moi que j'en oubliai d'être vexée.

– Sarah Pennington ? Cette peste, snob et arrogante !

– Je sais, reconnut-il, visiblement désolé. Mais elle est tellement belle. Je n'ai pas envie de craquer pour elle. Mais je ne peux pas m'en empêcher ! Quand elle est assise devant moi, en cours de maths, rien que de regarder sa nuque, sous sa tresse, ça me rend dingue.

– Stop ! m'écriai-je. Ça suffit ! L'infusion est efficace.

On se dévisagea l'un l'autre sans rien dire.

– De toute façon, elle est amoureuse de M. Danby, déclarai-je sans même réfléchir.

Cette fois, ce fut Benjamin qui resta sans voix.

– M. Danby ?

– Elle aime son côté rêveur. Et je la comprends. Il est intelligent et gentil.

Benjamin avait l'air contrarié. Il y eut un nouveau long silence obstiné. Ne sachant pas si je devais me réjouir ou non de l'avoir blessé, je croisai les bras et regardai par la fenêtre. En bas, dans St George Street, le malheureux tailleur attendait toujours sur le pas de sa porte des clients qui ne venaient pas.

– Comment on peut savoir quand cette chose arrête de faire effet ? demanda Benjamin.

– Tu ne me plais pas du tout, essayai-je, à titre expérimental. Mais non, ce n'est pas un bon test. Parce que là, tout de suite, c'est vrai. Dis que Sarah Pennington ne te plaît pas.

– Sarah Pennington ne me plaît pas du tout.

– Et voilà, constatai-je avec un pincement au cœur. Tu peux mentir. La potion ne fonctionne plus.

– Oublions tout ce qui vient de se passer, proposa-t-il.

– Tu penses toujours que ce sont des âneries ?

Il secoua la tête.

– Non.

CHAPITRE 11

Le samovar

À force de jouer les espions, Benjamin avait réussi à localiser l'appartement des Shiskine, près de l'ambassade soviétique. L'après-midi avait fraîchi et nous marchions en silence, emmitouflés dans nos écharpes, en remâchant les décevantes révélations du Parfum de Vérité.

La maison des Shiskine se trouvait parmi une rangée d'étroites bâtisses en brique toutes semblables et collées les unes aux autres. Il fallait gravir quelques marches pour accéder à la porte d'entrée.

– Et maintenant, on fait quoi ? s'enquit Benjamin.

– On pourrait dire qu'on est venus voir Sergueï, suggérai-je. Pour qu'il m'aide en latin.

– Vu ton niveau, personne ne peut t'aider !

– Dans ce cas, juste pour lui rendre visite. On veut lui faire goûter un merveilleux thé qu'on a découvert.

– Tu ne trouves pas que c'est un peu gros ?

– Tu as une meilleure idée, monsieur Super-Espion ?

– Non.

– Très bien, dis-je en montant les marches et en appuyant sur la sonnette.

Sachant que Benjamin aurait préféré être avec Sarah Pennington, je me demandais bien pourquoi je me donnais tout ce mal.

– Janie, attends !

– Tu viens, oui ou non ?

Benjamin inspecta attentivement la rue déserte, comme s'il espérait voir surgir quelqu'un qui lui proposerait un meilleur plan, puis il monta les marches en courant.

– C'est complètement débile, lâcha-t-il.

Sergueï ouvrit la porte. Il avait échangé son uniforme contre un pull, un pantalon gris et une paire de pantoufles. Ses larges épaules me parurent moins voûtées que lorsqu'il était au collège. Il eut l'air surpris de nous voir, et rejeta en arrière la mèche de cheveux qui lui tombait devant les yeux. Il avait l'air si seul que n'importe quel projet, si farfelu soit-il, l'enthousiasmerait, songeai-je pour me donner du courage.

– Salut, Sergueï ! lançai-je. On se demandait si tu aurais un peu de temps à nous consacrer.

– Pour quoi faire ?

– On voudrait participer au concours de sciences du collège, et on a besoin d'une troisième personne pour former une équipe.

– Un concours de sciences ?

– On aimerait concourir en botanique, expliquai-je en priant le ciel pour ne pas me mettre à rougir. On est en train d'explorer les propriétés de cette plante.

– Une plante tout à fait remarquable, ajouta Benjamin. On peut entrer ?

Sergueï recula pour nous laisser entrer dans le petit vestibule où étaient accrochés les manteaux et d'où partait un escalier qui menait à l'étage. Je me demandai si son père, l'agent soviétique, était à la maison.

– Il faut la faire infuser, comme du thé, poursuivis-je. On peut utiliser ta cuisine ?

– Vous avez besoin du samovar ?

On le regarda sans comprendre.

– C'est une théière russe.

– Parfait ! dit Benjamin.

Alors que Sergueï nous conduisait dans la cuisine, j'entendis un bruit de pas irrégulier. Je me rappelai la jambe de bois de M. Shiskine. Donc il était là. Nous allions pouvoir tester l'infusion sur lui. La cuisine était de toute évidence celle de deux hommes seuls : elle était pleine d'assiettes sales et sentait l'oignon.

– Ma mère est en Russie avec ma sœur, s'excusa Sergueï. Voici le samovar.

C'était un grand récipient en argent délicatement sculpté de feuilles de vigne et surmonté d'une petite bouilloire, qui détonnait avec la cuisine mal tenue.

– Il a appartenu à ma grand-mère, précisa-t-il. On vient de prendre le thé, il est encore chaud.

– Super ! s'exclama Benjamin.

Il y eut un bruit sourd, puis un autre, puis le martèlement délicat de la jambe de bois de M. Shiskine qui descendait l'escalier. Je m'efforçai de me comporter normalement, m'affairant autour de la gazinière, mais mon cœur battait comme s'il allait bondir hors de ma poitrine.

Soudain, M. Shiskine parut sur le seuil.

– Qu'est-ce que vous faites avec le samovar ? demanda-t-il.

Il avait un accent russe plus marqué que celui de Sergueï, et semblait encore plus costaud de près. Sa silhouette occupait tout le cadre de la porte et ses mains avaient la taille de gants de baseball.

– Nous préparons du thé, monsieur, répondit Benjamin. Désolés de vous envahir.

– Vous êtes des amis de Sergueï ?

– Oui, confirmai-je.

Son regard se porta sur la pile d'assiettes sales derrière nous, dans l'évier.

– Ma femme est en Russie, expliqua-t-il. Et je ne sais pas tenir une maison.

– Ce n'est pas grave, le rassura Benjamin. Voulez-vous bien vous installer dans le salon avec Sergueï ? Nous aimerions tenter une petite expérience.

M. Shiskine plissa les yeux, soudain suspicieux.

– Quelle sorte d'expérience ?

– Vous ne tarderez pas à le découvrir, annonça Benjamin sur le ton du prestidigitateur qui va faire son numéro. Une expérience scientifique. Mais s'il vous plaît, allez vous asseoir.

Tandis que les deux Shiskine se retiraient à contrecœur dans le petit salon, Benjamin et moi remplîmes la bouilloire de feuilles broyées, puis d'eau bouillante provenant du grand récipient. On entendait le père et le fils bavarder, et au milieu du russe je distinguai les mots « concours scientifique ».

– Tu crois que ça va marcher dans le samovar ? demandai-je.

– Je n'en sais rien, avoua Benjamin. Il va falloir transférer l'infusion dans un autre récipient.

Je lui tendis l'unique tasse propre suspendue à une rangée de crochets pour qu'il y verse le breuvage vert pâle.

– N'inspire pas la vapeur, le prévins-je. Sinon tu vas tout avouer.

Benjamin prit la tasse dans une main, tout en tenant un torchon devant son visage de l'autre, et se dirigea vers le salon. Je le suivis.

– Ce qu'il y a de fascinant avec cette plante, expliqua Benjamin aux Shiskine, à travers le torchon, c'est qu'elle change constamment d'odeur. Au début, le parfum est très piquant et euphorisant. Tenez, essayez.

Il tendit la tasse à M. Shiskine, mais celui-ci recula sa tête.

– Pourquoi te couvres-tu la figure ?

– Parce que je couve un rhume, monsieur. S'il vous plaît, sentez le thé avant qu'il ne change d'odeur.

– Sens-le-toi d'abord. Au cas où ce serait dangereux.

– Oh, mais je l'ai déjà senti, assura Benjamin.

– Résultat : tu es malade !

– Non, c'est un rhume de cerveau. Je ne voudrais pas vous contaminer.

M. Shiskine croisa ses gros bras sur sa poitrine.

– Nous sommes russes. Nous ne prenons jamais froid.

Sergueï chuchota quelque chose à son père sur un ton implorant, et pour finir, ce dernier décroisa les bras en soupirant et se pencha au-dessus du mince filet de vapeur qui s'échappait de la tasse. Il sembla surpris par l'odeur et regarda Benjamin droit dans les yeux.

– Où avez-vous trouvé cette plante ? demanda-t-il.

– Dans... dans le parc.

M. Shiskine bondit sur Benjamin. Il était d'une agilité surprenante malgré sa corpulence et sa jambe de bois.

– *Chush sobach'ya !* rugit-il. Toi, sens-la et dis-moi où tu l'as trouvée !

Je me réfugiai dans la cuisine, Benjamin sur mes talons. Il tenait la tasse devant lui comme un bouclier. En colère, M. Shiskine me parut encore plus grand et imposant.

– Papa ! s'écria Sergueï, consterné. Laisse-les tranquilles. Ils m'ont proposé de participer avec eux au concours scientifique.

– Ils ne participent à aucun concours ! rétorqua M. Shiskine.

Sergueï s'interposa entre son père et nous, les bras écartés pour nous protéger.

– Ça fait trois ans qu'on vit ici, plaida-t-il. C'est la première fois que des amis viennent me rendre visite à la maison et tu vas les faire fuir !

– Ce ne sont pas tes amis, grommela son père en le poussant de côté. Ils ont inventé cette histoire de toutes pièces pour pouvoir m'approcher.

Je reculai, paniquée. Ma manche accrocha le robinet du samovar, faisant vaciller le récipient en argent qui alla s'écraser à terre sans que je puisse le retenir. L'eau chaude s'échappa de la bouilloire, répandant l'odeur mentholée et piquante des feuilles dans toute la cuisine. Cette fois, il n'y avait plus moyen de ne pas la respirer.

– Où avez-vous trouvé cette plante ? demanda à nouveau M. Shiskine.

La sensation d'étourdissement me reprit, doublée d'une irrépressible envie de dire la vérité. Je me mordis la langue de toutes mes forces, mais ne pus résister.

– Dans le jardin botanique de Chelsea. C'est le jardinier qui nous l'a donnée.

Il se tourna vers Benjamin, qui tenait toujours le torchon devant sa figure.

– C'est vrai ?

– Non ! cria Benjamin d'une voix étouffée. Cette histoire n'a ni queue ni tête. Elle raconte n'importe quoi !

– Je dis la vérité, repris-je. Dimanche dernier, vous avez fait passer un message au père de Benjamin. Et après cela, il a été enlevé. Par qui ?

Le visage de M. Shiskine avait viré au gris, comme s'il s'était vidé de son sang. Il alluma la radio qui se trouvait sur le comptoir de la cuisine et monta le volume.

– Stupides gamins ! souffla-t-il, la voix brouillée par les accords rythmés de la musique. Vous ne savez pas que les murs ont des oreilles ?

J'avais entendu dire que certaines maisons étaient placées sur écoute, mais à aucun moment je n'avais songé que ce puisse être le cas de celle-ci. Shiskine avait raison : nous étions des gamins stupides. Comment avais-je pu imaginer que nous serions capables de mener un interrogatoire ?

La voix toujours masquée par la musique, Shiskine chuchota :

– C'est donc là que je vous ai vus – dans le parc. Ton père est Marcus Burrows ? Retire ce torchon ridicule de ta figure.

– Oui, répondit Benjamin en abaissant le torchon.

– Qui d'autre sait que vous avez fait le lien entre lui et moi ?

– Le jardinier, c'est tout.

– As-tu vu les hommes qui ont enlevé ton père ?

– On était cachés dans la cave. On a entendu parler allemand.

– Est-ce que l'un d'eux portait une cicatrice ?

– C'est nous qui sommes censés poser les questions ! protesta Benjamin.

– Vous n'avez pas idée du danger que vous courez ! répondit Shiskine dans un murmure rauque.

– L'homme à la cicatrice était là, confirmai-je. Qui est-ce ?

– C'est un membre de la Stasi, la police secrète d'Allemagne de l'Est. Mais il travaille pour le compte des services secrets soviétiques, le MGB. Ils ont dû découvrir l'apothicaire.

Il s'affala sur une chaise, la tête entre les mains. Son regard tomba sur le samovar cabossé qui gisait à terre.

– Vous savez quelle est l'autre signification de « samovar » en Russie ? demanda-t-il. Ce mot désigne les soldats qui ont perdu leurs bras et leurs jambes pendant la guerre à cause d'une mine ou d'un obus. Parce qu'ils ressemblent à des bouilloires, sans bras ni jambes. Les Soviets les envoyaient en Sibérie pour les cacher, de façon que les gens ne soupçonnent pas les ravages de la guerre. Mon frère en faisait partie. Il est mort là-bas. Ils l'ont envoyé au combat et, ensuite, ils l'ont puni parce qu'il s'était battu. Moi, j'ai perdu une jambe. Ça encore, j'aurais pu l'accepter, mais je ne leur ai jamais pardonné ce qu'ils ont fait à mon frère, un héros de guerre. Quand il est mort, j'ai décidé d'aider ton père.

Il y eut un silence, le temps de digérer l'effroyable confession. La musique continuait de swinguer.

– Aider mon père à faire quoi ? demanda Benjamin au bout d'un moment. Pourquoi les Russes le poursuivraient-ils ?

Les muscles du cou de M. Shiskine se tendirent ; je voyais bien qu'il résistait au besoin impérieux de dire la vérité. À la radio, un solo de trompette éclata.

– Deux autres scientifiques travaillent avec ton père, dit-il. Ils sont venus à Londres pour collaborer avec lui.

– Jin Lo en fait partie ? voulus-je savoir.

M. Shiskine luttait si fort contre l'envie de répondre que son visage était cramoisi.

– S'il vous plaît, arrêtez de me poser des questions. Il en va de la sécurité de ton père. Si Jin Lo et lui ont été enlevés, ma vie aussi est menacée par les services secrets, tant britanniques que soviétiques. Et celle du jardinier également. Et la vôtre. S'il vous plaît, ne mêlez pas mon fils à tout cela.

– Mais papa ! protesta Sergueï. On est dans la même équipe pour le concours !

– Il n'y a pas de concours ! beugla M. Shiskine. Ils t'ont mené en bateau !

Sergueï se tut quelques instants, puis hasarda timidement :

– Mais ils pourraient s'inscrire au club d'échecs.

– Monsieur Shiskine, il faut que je retrouve mon père, reprit Benjamin. Si vous ne nous dites pas comment faire, nous ne laisserons pas Sergueï tranquille. Non seulement nous allons le prendre dans notre équipe pour le concours, mais nous allons nous inscrire au club d'échecs.

Shiskine hésita. D'abord le sérum de vérité, et maintenant une tentative de chantage !

– J'ignore où il est, lâcha-t-il, excédé. Nous devions nous rencontrer dans deux jours sur le port de Londres. Si ton père ne vient pas, on est tous fichus.

– Et quel est votre plan ?

Shiskine plongea la main dans sa poche et en ressortit une petite capsule.

– Du cyanure ! s'écria Benjamin en se jetant sur lui pour l'arrêter. Non !

Avec son gros bras, Shiskine envoya Benjamin au tapis. Puis il plaça la capsule entre ses dents et la croqua.

– Ce n'est pas du cyanure, rectifia-t-il. Tu lis trop de romans. Ce comprimé n'aura d'autre effet que de me rendre temporairement muet. Je pensais m'en servir pour résister au MGB et à la torture – pas à un gamin armé d'une tasse de thé.

– Dites-moi simplement quel est le rôle des services secrets soviétiques dans cette histoire !

– Je veux qu'on me laisse tranquille, lâcha Shiskine. Laissez-moi tran...

Il s'interrompit. Il ne pouvait plus émettre le moindre son, pas même un murmure.

– Attendez ! Il faut que je sache ! insista Benjamin.

L'air de swing endiablé s'acheva, laissant place au silence. Il y eut un gémissement. C'était Sergueï, assis sur le carrelage trempé, le samovar esquinté de sa grand-mère sur les genoux, et le visage défait. Son père était en danger, il ne participerait à aucun concours scientifique et ne s'était pas fait un seul ami en trois ans. Un autre air de musique débuta à la radio.

M. Shiskine nous empoigna par la peau du cou, Benjamin et moi, puis nous propulsa jusqu'au vestibule où étaient accrochés les manteaux. Il savait être éloquent malgré son silence, et quand il nous déposa dehors comme deux paquets de linge sale et fit claquer la porte, ses intentions étaient on ne peut plus claires.

CHAPITRE 12

Retour au jardin

Maintenant que nous savions, par M. Shiskine, que le jardinier était en danger, il était urgent de le prévenir. Le jardin botanique avait fermé ses grilles pour la nuit quand on arriva devant, mais Benjamin me fit la courte échelle pour

que je puisse escalader le mur de brique. Puis je l'aidai à se hisser à son tour au sommet du mur et on se laissa retomber de l'autre côté, sur le gazon.

On se dirigea aussitôt vers le corridor de verdure qui menait au jardin médicinal. Dans l'obscurité de la nuit, l'exubérante végétation et les fleurs grimpantes avaient quelque chose d'inquiétant.

Arrivés au portail surmonté de l'Azoth des Philosophes, on scruta la petite maison du jardinier. Il y avait de la lumière.

– You-hou ! appela Benjamin.

– S'il est à l'intérieur, il ne nous entendra pas, objectai-je.

On escalada ce deuxième portail et on approcha de la chaumière. En passant devant le cadran solaire, un détail attira mon regard : le triangle de métal qui indiquait l'heure avait disparu. On l'avait arraché.

– Comment c'est possible ? m'étonnai-je en touchant le socle de cuivre déchiqueté.

Nos regards se portèrent sur la maison. Elle paraissait inoffensive, éclairée de l'intérieur par une petite lampe. On se faufila à pas de loup jusqu'à la porte. Entrouverte, elle laissait passer un trait de lumière vertical.

– Tu crois qu'on devrait frapper ? demandai-je.

Benjamin poussa la porte qui grinça, nous faisant tous deux sursauter. La maison était silencieuse.

– Y'a quelqu'un ? appela de nouveau Benjamin.

– Je n'aime pas ça, dis-je dans un murmure. On devrait s'en aller.

Une lanterne était posée sur une chaise à côté de la porte, comme si le jardinier s'apprêtait à sortir dans la nuit. Son ciré était accroché au portemanteau. Sur la table, le couvert était soigneusement mis pour une personne : un set de table, une serviette pliée, et un bol blanc qui n'avait pas servi.

À l'autre bout de la pièce, il y avait un poêle à bois sur lequel reposait une casserole. Saisissant la lanterne, Benjamin en inspecta le contenu. C'était une sorte de potage qui avait dû mijoter, mais le feu s'était éteint, et la soupe s'était figée sur les bords.

Quand je voulus reculer, mon pied heurta quelque chose. Je me cognai dans Benjamin, faisant vaciller le verre de lampe.

Un rai de lumière tomba sur la semelle d'une botte en caoutchouc (celle qui m'avait fait trébucher). Puis sur une deuxième botte. Je retins mon souffle quand Benjamin leva la lanterne, révélant deux jambes étendues sur le plancher, une paire de bretelles par-dessus une chemise en lainage, puis la barbe grise du jardinier.

Une auréole poisseuse s'étalait sur la chemise du vieil homme. Des petits points lumineux se mirent à danser devant mes yeux, réduisant mon champ de vision à un tunnel à l'intérieur duquel je distinguai le pointeur du cadran solaire planté dans la poitrine du jardinier. Je ne perdis pas connaissance, mais tombai à genoux.

– Janie ! s'écria Benjamin.

Durant mes cours de secourisme, j'avais appris qu'il ne fallait jamais ôter un objet logé dans la chair, car le blessé risquait de se vider de son sang, mais l'idée de laisser là cette horrible chose m'était insupportable. Et de toute façon, l'homme était déjà mort. Je tendais le bras pour arracher le pointeur, quand une grosse main calleuse m'attrapa le poignet et le retint fermement.

Je poussai un hurlement.

– Chut, murmura le jardinier sans me relâcher.

La paume de sa main était aussi rugueuse que l'écorce d'un arbre.

– Vous êtes vivant !

– Sauvez-vous, haleta-t-il d'une voix rauque, en fixant sur moi deux prunelles vitreuses.

– Il faut qu'on aille chercher du secours, dit Benjamin, qui s'était accroupi à côté de moi.

– Non ! s'écria le jardinier en essayant de se redresser. On ne peut pas… se fier à la police.

– Mais pourquoi ?

Il secoua la tête.

Je songeai à toutes les plantes médicinales rapportées du monde entier qui poussaient dans le jardin botanique.

– Est-ce qu'il n'y a pas une plante qui vous aiderait à guérir ? demandai-je. Je vais aller la cueillir !

Sa main serra la mienne, mais je voyais bien qu'il était à bout de forces.

– *Artemisia veritas*, parvint-il à articuler.

Le Parfum de Vérité. Nous étions venus lui en parler et le prévenir qu'il était en danger – mais trop tard.

– On l'a utilisée ! dis-je. Et ça a marché. Est-ce qu'elle ne pourrait pas vous aider ?

Le jardinier secoua à nouveau la tête.

– Non. Souvenez-vous, vous devez… *saisir* l'occasion.

Son étreinte sur ma main se relâcha et son corps devint affreusement immobile.

– Attendez ! m'exclamai-je en passant mes doigts sous sa barbe broussailleuse pour palper sa carotide.

La peau de son cou était inerte. Je ne sentis aucune pulsation, hormis les battements de mon propre cœur.

– Il est mort ? demanda Benjamin.

– Je pense que oui.

– Il faut décamper d'ici.

– J'ai l'impression que je ne peux plus bouger.

– Il le faut. Ceux qui l'ont tué risquent de revenir.

Il me prit par la main pour me relever. Je jetai un dernier coup d'œil à la table où le jardinier ne dînerait plus jamais, puis on franchit la porte et on passa devant le cadran solaire vandalisé et les plants bien ordonnés d'*Artemisia veritas*.

– Attends ! dis-je en tirant Benjamin par la manche.

Le jardinier ne pouvait pas avoir gaspillé ses dernières paroles pour savoir si le Parfum de Vérité avait fonctionné.

– Il a cherché à nous dire quelque chose au sujet des plantes.

Je m'accroupis devant la rangée de plants feuillus et me mis à tâter la terre entre chaque pied. C'est alors que ma main rencontra un objet dur et lisse caché sous les feuilles. C'était une petite bouteille enveloppée dans une feuille de papier retenue par une ficelle.

– Il nous a laissé quelque chose, constatai-je.

– Prends-le, cria Benjamin. Et filons d'ici !

Je rangeai la bouteille dans ma poche et on escalada de nouveau le portail du jardin médicinal. Les arbres immenses semblaient tendre leurs branches pour essayer de nous attraper, tandis que nous détalions vers la grille.

Une fois de l'autre côté, je me laissai tomber au pied du mur de pierre, les larmes aux yeux.

– Ils l'ont tué à cause de nous. Parce qu'il a cherché à nous aider.

– Lève-toi ! m'ordonna Benjamin. On n'en sait rien.

– Mais si ! La maison de Shiskine est sur écoute, et j'ai parlé du jardinier quand on était là-bas. Je suis trop bête ! On doit tout raconter à la police.

– On ne peut pas leur faire confiance.

– Dans ce cas, il faut le dire à mes parents.

– Surtout pas, contra Benjamin. Quand ils apprendront qu'il y a eu un meurtre, ils préviendront la police.

– Un meurtre. Et tout ça à cause de moi !

– Tiens, dit-il en sortant un mouchoir de sa poche.

Le mouchoir blanc, parfaitement propre et plié, avait sans doute été repassé par son père, le gentil et méthodique apothicaire. Je me mouchai et le rangeai dans ma poche, avec le flacon de verre.

– Et la bouteille ? demandai-je.

– Commençons par trouver un endroit sûr, proposa Benjamin.

CHAPITRE 13

La lettre du jardinier

L'appartement de mes parents n'était pas à proprement parler un endroit *sûr*, mais je n'avais d'autre choix que de rentrer à la maison.

– Qu'est-ce que c'est que ces façons de rentrer à dix heures du soir sans même prévenir ! s'écria mon père, furieux.

– Dix heures ? m'étonnai-je.

(J'aurais juré qu'il était beaucoup plus tard.)

– Te rends-tu compte que nous nous sommes fait un *sang d'encre* ? demanda ma mère.

– Je crois que oui.

– Mais enfin, où étais-tu passée ?

Après une longue et âpre discussion, Benjamin et moi étions convenus de ne pas leur parler du meurtre, de peur qu'ils ne racontent tout à la police contre laquelle le jardinier et l'apothicaire nous avaient tous deux mis en garde. Comme mes parents voyaient bien que j'étais dans tous mes états et que j'avais pleuré, il fallut inventer quelque chose.

– C'est une très longue histoire, répondis-je.

– Dans ce cas, commence par le début, ordonna mon père. Et je veux la vérité !

Pointant un doigt sur Benjamin, il demanda :

– Ta mère est vraiment morte pendant la guerre ?

– Oui, confirma Benjamin.

– Bon. Admettons. Mais est-ce que ton père est vraiment au chevet d'une tante malade ?

– Non.

– J'en étais sûr ! Où est-il ?

– Je ne sais pas.

– Dans ce cas, il faut prévenir la police, déclara ma mère.

– Non ! Nous ne pouvons pas faire confiance à la police, protesta Benjamin.

– Tu as fait quelque chose de mal ?

– Non.

– Dans ce cas, pourquoi ne pas aller à la police ?

– Parce que c'est impossible.

– Tu ne faisais pas confiance aux agents de la police fédérale, rappelai-je à mon père. Et pourtant tu n'avais rien fait de mal.

– Ce n'est pas la même chose.

– Comment le sais-tu ?

Mon père n'aimait pas tirer des conclusions hâtives sur les autres. Il se radoucit.

– Je ne le sais pas. Mais tu vas me le dire. Où étiez-vous ?

– Chez un ami, pour travailler sur un devoir de sciences, expliqua Benjamin. Nous avons... un peu semé la pagaille et le père de notre ami s'est fâché.

C'était assez proche de la réalité.

– Je suppose donc que vous avez tout remis en ordre et que vous avez oublié de nous appeler. Et ensuite ?

– Justement, confirma Benjamin. Ça nous a pris très longtemps.

– Et comment s'appelle cet ami ?

Benjamin hésita.

– Stephen Smith.

– Tu mens, monsieur Tour, accusa mon père. Je travaille dans le cinéma depuis suffisamment longtemps pour savoir reconnaître un mensonge.

– Je ne peux pas vous dire son nom, répondit Benjamin avec obstination.

Nous avions promis à M. Shiskine de les laisser, lui et Sergueï, en dehors de cette histoire, et Benjamin tiendrait sa promesse quoi qu'il advienne.

– Dans ce cas, je te demanderai de bien vouloir quitter ma maison.

– Il n'a nulle part où aller ! m'écriai-je. Laissez-le dormir ici encore une nuit.

– À condition qu'il me dise la vérité.

– Il ne peut pas ! Il a promis !

– Promis à qui ? demanda mon père. Eh bien ? J'attends une réponse.

Mais Benjamin garda le silence, la tête obstinément baissée.

– Dehors ! répéta mon père. Et toi, Janie, file te coucher.

*

J'eus beau supplier mes parents, ils ne voulurent rien entendre. Je me sentais impuissante et prise au piège. Le jardinier était mort et Benjamin était à la rue, sa vie menacée, sans que je puisse l'aider. J'étais au lit, en train d'écrire rageusement dans mon journal que mes parents ne comprenaient rien à rien, quand j'entendis frapper au carreau. Je fis coulisser la fenêtre à guillotine, et Benjamin, sa sacoche en bandoulière, se glissa sans bruit à l'intérieur. Il ôta ses chaussures avant que ses pieds touchent le parquet.

– Comment tu as réussi à grimper jusqu'ici ? chuchotai-je.

J'étais tellement estomaquée que j'en oubliai que j'étais en chemise de nuit. Bah, de toute façon la vieille chemise de nuit en flanelle de la fille d'Olivia Wolff était aussi transparente qu'une robe de nonne.

– J'ai d'abord grimpé dans l'arbre, et de là sur le rebord de la fenêtre.

– Si mes parents t'attrapent...

– Aucun risque. Je serai parti avant qu'ils se lèvent demain matin.

J'eus beau réfléchir à d'autres options, je n'en vis aucune. Il n'avait nulle part où aller.

Benjamin déposa sa sacoche sans bruit.

– Tu tiens un journal ? demanda-t-il en voyant le cahier ouvert sur mon lit.

Je le refermai et le glissai sous mon oreiller.

– Ça m'arrive.

– Tu n'as rien écrit sur la *Pharmacopée* ou le jardinier au moins ?

– Non. (C'était en partie vrai.) Que des choses incompréhensibles pour un étranger.

– Ce serait terrible si quelqu'un tombait dessus et s'en servait contre nous.

Je sentis les larmes me monter aux yeux.

– Benjamin – le jardinier.

– Il faut être forts, dit-il. Ne pleure pas.

– Où est-ce que tu vas dormir ?

Mon lit était beaucoup trop étroit, et de toute façon, je ne me voyais vraiment pas lui proposer de lui faire une place.

– Par terre.

Je lui donnai une de mes couvertures de laine et il s'allongea sur le plancher avec sa sacoche en guise d'oreiller. Il s'étendit sur le dos, les mains croisées derrière la tête.

– Pourquoi est-ce que ton père m'a appelé monsieur Tour ?

Je grimpai dans mon lit en m'efforçant de ne pas penser au jardinier.

– Parce qu'il trouve ça drôle.

– Mais *Tour ?*

– Quand j'ai dit à mes parents que j'allais jouer aux échecs avec toi, ma mère m'a taquinée en disant que j'avais un petit ami. Quelqu'un a suggéré en blaguant que c'était un *tour de son imagination*. Et à partir de là, les blagues ont fusé.

Benjamin observait le plafond en silence.

– C'est sympa d'avoir des parents qui aiment rigoler. Mon père à moi est toujours si sérieux. Je me demande comment il serait si ma mère n'était pas morte ; s'il serait comme... tes parents. Capable de rire de temps en temps.

Je ne pouvais m'imaginer mes parents autrement que plaisantant. Cela faisait partie de notre quotidien.

– Et qu'est-ce que tu racontes sur moi dans ton journal ? demanda Benjamin.

– Que je n'arrive pas à croire que mes parents aient pu te jeter à la rue par ce froid.

– C'est tout ?

– Qu'il t'arrive d'être un peu trop directif quand tu joues aux échecs.

– Directif ! C'est de la calomnie !

– La vérité est un moyen de défense, soulignai-je.

(C'était l'une des formules préférées de mon père avant que les agents fédéraux se lancent à ses trousses.)

Benjamin sourit. On frappa à la porte de ma chambre.

– Vite, sous le lit ! chuchotai-je en lui tendant sa couverture et sa sacoche.

Je sortis mon journal et le posai sur mes genoux.

– Oui ? lançai-je sur un ton boudeur.

Mon père ouvrit la porte et passa la tête à l'intérieur de la chambre.

– Couvre-feu.

– Je n'ai pas fini d'écrire.

– Tu dois dormir.

– Benjamin aussi, mais ça ne t'a pas empêché de le mettre dehors.

Je m'efforçai de me comporter comme je l'aurais fait si Benjamin n'avait pas été sous le lit, sans toutefois engager la conversation pour éviter que mon père ne s'attarde dans ma chambre. J'échouai : papa soupira et traversa la chambre pour venir s'asseoir sur le lit. En entendant grincer les ressorts métalliques, je priai le ciel pour qu'il n'écrase pas Benjamin.

– Janie, commença mon père. Nous savons que tu es dans tous tes états. Ta mère et moi voulons simplement que tu sois en sécurité. Benjamin semble être un garçon débrouillard. Il est probablement chez lui, hors de danger, à l'heure qu'il est.

J'eus envie de rétorquer que sa maison était tout sauf un endroit sûr, mais je ne pouvais pas risquer de mettre la puce à l'oreille de mon père. C'est pourquoi je répondis :

– Peut-être.

– Il te plaît, je parie ?

– *Papa*, dis-je, en imaginant la tête de Benjamin sous le lit.

Bien sûr, je lui avais déjà avoué qu'il me plaisait, mais j'estimais que l'affaire était close, dans la mesure où il s'agissait d'un aveu extorqué sous la contrainte du Parfum de Vérité. Je n'avais donc aucune intention de le répéter.

– Allons, tu peux me le dire, insista mon père.

Je restai bouche cousue.

– C'est un brave petit, monsieur Tour. Quoiqu'un peu arrogant, ajouta mon père.

Croyant entendre un son sous le lit, je me retournai brusquement pour faire grincer les ressorts et masquer le bruit.

– Et peut-être pas aussi responsable que je l'aurais souhaité. Ta mère et moi avons eu la peur de notre vie aujourd'hui. Nous avons cru que quelque chose de terrible était arrivé.

– Je sais, concédai-je. Mais ce n'était pas le cas.

Je songeai au jardinier se vidant de son sang sur le plancher de sa chaumière, et me demandai si nous avions laissé des traces de pas ou des empreintes.

– Le plus drôle dans l'histoire, c'est que nous attendions impatiemment ton retour pour t'annoncer la nouvelle : Olivia nous a proposé d'aller passer quelques jours dans un château où va avoir lieu une partie du tournage. Nous avions préparé exprès un petit discours dans lequel nous vantions ton sens des responsabilités. Sauf que tu n'es pas rentrée à la maison. Et après cela, voyant que l'heure tournait et que tu ne donnais aucun signe de vie, nous avons imaginé le pire. Et maintenant, je crains que nous ne soyons obligés de t'emmener.

– Mais, et le collège ?

– Ce ne sont que quelques jours.

– Mais j'ai déjà un énorme retard à rattraper.

Je ne pouvais pas laisser Benjamin s'occuper seul de retrouver son père. Je cherchai désespérément une excuse.

– Un *château*, Janie, insista mon père.

– Oui, je sais ! (Peu de temps avant, j'aurais adoré manquer l'école pour assister à un tournage dans un château. Mais maintenant, c'était hors de question.) Et sinon, c'était quoi votre plan, quand vous pensiez que j'étais une fille responsable ?

Mon père fronça les sourcils.

– Te placer sous la garde de Mme Parrish, la logeuse.

– Parfait ! m'exclamai-je, criant presque.

– Mais Janie, tu es rentrée à dix heures ce soir. Il est hors de question que tu fasses la même chose avec Mme Parrish.

– Je ne le ferai pas ! Promis ! affirmai-je, sans me douter que j'aurais du mal à tenir ma promesse.

Mon père secoua la tête.

– Nous avons hésité à nous décommander auprès d'Olivia, car nous venons seulement de commencer à travailler avec elle. (Il se tut, regarda ses mains.) Nous ne voulons pas t'inquiéter, Janie, mais nous avons absolument besoin de ce travail.

– Je sais, dis-je. Je suis désolée de m'être comportée comme une peste quand nous avons quitté Los Angeles. Et je suis désolée d'être rentrée aussi tard ce soir. Je te promets de respecter le couvre-feu quand je serai sous la garde de Mme Parrish. Vraiment. Vous pouvez partir sans crainte.

Mon père réfléchit un moment, puis secoua la tête.

– Je ne vois pas d'autre solution. Tu nous as fait une peur bleue. Si nous étions hors de nous, c'est uniquement parce que nous t'aimons et que nous ne voulons pas qu'il t'arrive quelque chose.

– Je sais. Je vous aime, moi aussi.

– Et maintenant, tu éteins la lumière ?

Quand la porte se referma, Benjamin surgit de dessous le lit.

– Je suis *arrogant* ? murmura-t-il, indigné.

– Mais gentil.

– Et irresponsable.

– Nous sommes rentrés tard, déclarai-je. Et tu as refusé de leur expliquer quoi que ce soit !

– Tu as raison. J'aurais dû dire que mon père s'était fait kidnapper et que le jardinier avait été poignardé avec l'aiguille d'un cadran solaire.

– Non.

On se tut un moment. Puis Benjamin reprit :

– Alors comme ça, tu vas rester à Londres.

Je le regardai. Était-il content ? Avais-je bien fait d'insister pour rester ?

– Oui, confirmai-je du bout des lèvres.

Il ne chercha pas mon regard, ne laissant rien paraître de ce qu'il ressentait.

– Et au fait, que dit cette lettre que le jardinier nous a laissée ? demanda-t-il.

Le message ! Je l'avais complètement oublié. Je sortis la petite bouteille de la poche de mon manteau accroché au montant du lit. Le message était noué autour du goulot avec un bout de ficelle. Je dépliai la feuille de papier et l'étalai sur le lit. Benjamin vint s'asseoir à mes côtés. Sa main effleura la mienne, ce qui m'empêcha de me concentrer pendant un instant, puis je me plongeai dans la lecture.

Chers enfants,

Après mûre réflexion, je pense que ma vie est en danger. J'aperçois l'homme à la cicatrice à l'instant où j'écris ces mots. Je vais cacher cette lettre parmi les seules plantes dont vous connaissez les propriétés. Si vous revenez dans le jardin en mon absence, vous aurez peut-être l'idée de chercher là. Je ne vois aucun autre moyen de vous mettre en garde.

Il est de toute première importance de retrouver le père de Benjamin. Je suis convaincu qu'il ne cherche qu'à faire le bien. J'ai réfléchi à la meilleure façon de vous aider.

Il y a l'élixir de transformation auquel vous n'aviez pas l'air de croire, et j'ai pris la liberté d'en préparer un peu pour vous, à partir des indications contenues dans votre remarquable recueil de recettes.

J'ai songé à m'en servir moi-même pour m'échapper, mais je suis vieux et n'ai nulle part où aller. Je serais perdu ailleurs que dans mon jardin. S'il vous plaît, usez de l'élixir avien avec tout le respect qui lui est dû – ne vous en servez pas comme d'un jouet, pour vous amuser, mais traitez au contraire la transformation avec tout le sérieux que l'apothicaire apportait à son travail. C'est le seul moyen de le retrouver.

Je prie pour que vous ne trouviez pas cette lettre en des circonstances tragiques. J'aimerais pouvoir vous remettre la bouteille en mains propres. Mais je n'ai guère d'espoir. Je vous souhaite bonne chance.

Votre ami

Je saisis la bouteille.

– Un élixir de transformation, dis-je. Le sortilège de l'oiseau.

– Oh, super ! railla Benjamin. Le plus délirant de tous.

– Tu ne crois pas que ça peut marcher ?

– Non. Sinon il s'en serait servi pour s'échapper.

– Pour aller *où* ? Il n'avait nulle part où aller. Il l'a expliqué lui-même.

– Ce n'est tout simplement pas possible, Janie. Ce n'est pas comme de renifler un sérum de vérité. Il y a des lois physiques – à commencer par la conservation de la masse. Un être humain ne peut pas prendre la taille d'un moineau. À la rigueur celle d'une autruche. Auquel cas, je ne vois pas vraiment l'intérêt.

– Un condor géant ? suggérai-je.

– Un peu trop voyant dans une ville comme Londres.

Il attrapa la bouteille.

– Tiens, on va l'essayer tout de suite pour vérifier.

Je lui repris promptement l'élixir.

– Le jardinier a recommandé de ne pas s'en servir comme d'un jouet. Ce serait *extraordinaire* si on pouvait se transformer en oiseaux et voler !

– Hum, fit Benjamin.

La chose semblait en effet très improbable. La fatigue de la journée s'abattit sur moi d'un seul coup. J'eus l'impression qu'un bâillement immense s'emparait de mon corps tout entier.

– Comment est-ce que tu comptes sortir d'ici demain matin ?

– Comme je suis entré.

Il se tourna sur le côté, la tête posée sur sa sacoche, et remonta la couverture sur lui.

J'éteignis la lampe et on resta un moment sans rien dire. Dans ma tête, les récents évènements se rejouaient à toute allure. Je revis d'abord l'homme à la cicatrice tête en bas puis l'expression de colère de M. Shiskine quand il avait allumé la radio, la raideur glacée de la gorge du jardinier sous mes doigts alors que je tâtais sa carotide, la colère de mes parents, et l'annonce de leur prochain départ. Puis je fus envahie par le regret de ne pas pouvoir leur dire la vérité. Enfin, mes pensées revinrent à Benjamin Burrows, couché sur le plancher. À la façon dont il respirait, je savais qu'il ne dormait pas non plus.

– Benjamin ? murmurai-je.

– Oui ?

– Qu'est-ce qu'on va faire demain ?

– Je ne sais pas.

– Je n'ai pas l'habitude que quelqu'un dorme dans ma chambre.

– Vous ne faisiez jamais de soirées pyjama entre filles, à Hollywood ?

– Si, bien sûr, mais personne ne dormait, dis-je. Et puis, tu n'es pas spécialement une fille.

– Je vais le prendre comme un compliment. C'est déjà mieux que d'être arrogant.

– Il a dit que tu étais débrouillard.

– J'aime ça. Hé, Janie ?

– Quoi ?

– Je suis content que tu restes à Londres.

– Merci, moi aussi.

Je souris bêtement dans le noir pendant un moment, et quand la respiration de Benjamin devint régulière, j'essayai de me concentrer sur nos problèmes, en espérant qu'ils trouveraient une solution pendant que je dormirais. C'était un truc que ma mère m'avait appris, sauf que je n'avais jamais eu à résoudre de problèmes aussi sérieux. L'épuisement finit par prendre le dessus et je sombrai dans le sommeil.

CHAPITRE 14

Scotland Yard

Benjamin était déjà parti quand je me réveillai. Il avait laissé un mot sur le rebord de la fenêtre me donnant rendez-vous au collège. Pendant que je petit-déjeunais, le facteur apporta mon uniforme emballé dans du papier kraft. Je le passai et allai me regarder dans le miroir de la salle de bains. Une jupe

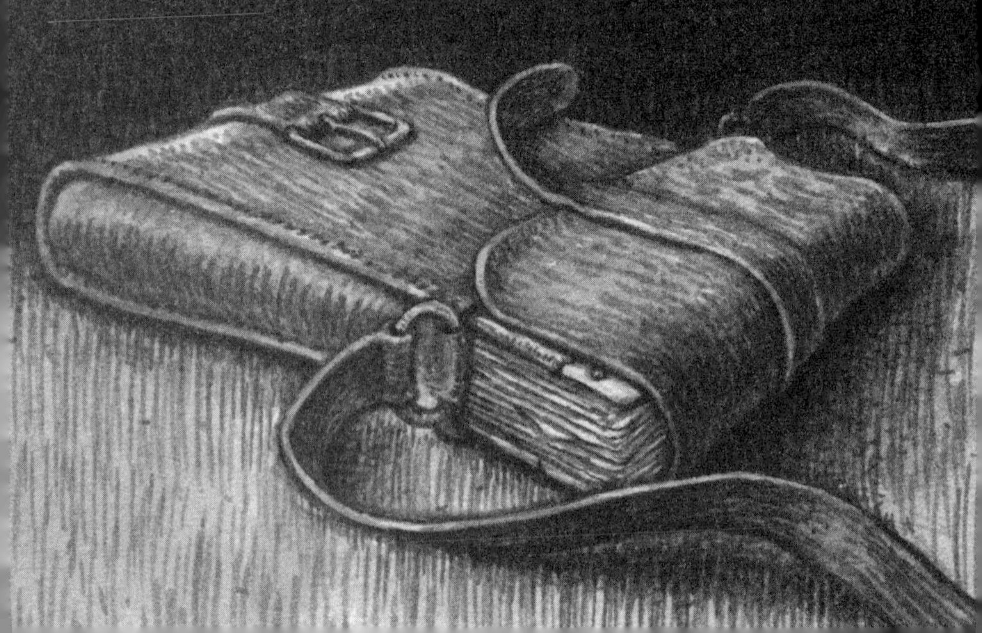

plissée toute raide, une chemise blanche boutonnée devant, et un blazer bleu marine. Tous portaient la mention PREMIÈRE NÉCESSITÉ.

– Qu'est-ce que ça veut dire ? demandai-je à mon père en lui montrant l'étiquette.

– Ça doit avoir un rapport avec le rationnement, expliqua-t-il. Les vêtements fournis par les autorités sont taillés simplement et avec juste ce qu'il faut de tissu.

Comme la jupe était trop grande, ma mère m'apporta une épingle à nourrice pour l'ajuster.

– S'ils voulaient vraiment faire des économies de tissu, ils enverraient la bonne taille et supprimeraient les plis.

– Une jupe d'uniforme sans plis ! Mais tu n'y penses pas ? s'exclama mon père.

Ma mère sourit.

– C'est inscrit dans la Grande Charte[1] ?

– Bien sûr. « Aucune fille du royaume ne pourra être contrainte de se rendre sur son lieu d'apprentissage sans…

Il fit une pause pour réfléchir.

– « avoir les jambes convenablement couvertes par une ample jupe de lainage », poursuivit ma mère.

---

1. Ou *Magna Carta*, promulguée par le roi d'Angleterre en 1215, elle regroupait un certain nombre de règles constitutionnelles, comme le droit à la liberté individuelle (NDT).

– « Par ordre du roi », ajouta mon père.

Ma mère éclata de rire, et moi aussi. La vie semblait avoir retrouvé un cours normal, Dieu merci. Soudain sérieuse, ma mère me prit la main.

– Janie. Tu me promets d'aller voir Mme Parrish tous les jours, matin et soir, et de faire attention à toi ?

– Bien sûr ! J'ai suffisamment de plis à ma jupe, maintenant. Je serai sage.

On descendit chez Mme Parrish, qui accepta de bon cœur de veiller sur moi. Puis elle me serra dans ses bras pour me dire au revoir, et je décelai une odeur qui évoquait vaguement l'essence de pin. « Peut-être un produit de ménage typiquement anglais », songeai-je. Mais quand elle se redressa maladroitement, je réalisai qu'elle sentait le gin. À huit heures du matin ! Ne voulant pas affoler mes parents qui m'attendaient dehors, je sortis sans rien dire et refermai doucement la porte derrière moi.

Au collège, n'apercevant pas Benjamin sur le perron, j'entrai seule dans le hall. Plus personne ne me dévisageait maintenant que j'étais en uniforme. C'était le camouflage idéal pour se fondre dans la masse, et peut-être qu'en ayant l'air d'une collégienne comme les autres, j'allais en devenir une pour de bon.

Dans la classe de M. Danby, je me glissai discrètement derrière mon pupitre. Sarah Pennington fit une entrée majestueuse et vint s'asseoir devant moi.

Le garçon à côté de moi avait retourné les manches de son blazer et repassé à l'encre l'étiquette, remplaçant NÉCESSITÉ par FUTILITÉ.

Sergueï Shiskine n'était pas à son bureau. Il s'agissait sans doute d'un simple retard, mais une vision de l'homme à la cicatrice s'introduisant dans la cuisine des Shiskine un couteau à la main s'imposa à mon esprit. Je réalisai que nous aurions dû les avertir de ce qui était arrivé au jardinier pour les mettre en garde.

Il y avait de nouvelles citations d'Horace au tableau. Un garçon boutonneux se mit à réciter de la poésie latine d'une voix aiguë et chevrotante, et j'eus tellement honte pour lui que j'en oubliai presque que nous étions en danger. Tandis qu'il ânonnait son texte, j'étudiai la nuque de Sarah Pennington. Sa peau était lisse et nacrée, et des mèches blondes et soyeuses, échappées de sa tresse, rebiquaient derrière ses petites oreilles parfaitement ourlées. Mais bon sang, ce n'était qu'une nuque – pas la septième merveille du monde !

Enfin, la sonnerie retentit et tout le monde se dirigea en file indienne vers la sortie. En passant devant le bureau du prof, Sarah Pennington lui décocha un sourire éclatant.

– Merci, monsieur Danby.

Il la salua d'un vague signe de tête, puis, se tourna vers moi.

– Mademoiselle Scott, je vous ai apporté ceci.

Il me tendit *Portrait de Femme* et *Daisy Miller*, deux romans de Henry James. Les filles en robe blanche qui illustraient la couverture me semblaient à des années-lumière de mes préoccupations du moment. Mais j'appréciai le geste.

– Merci, dis-je en sentant le rouge me monter aux joues.

Sarah Pennington me lança un regard assassin.

Il était impossible de qualifier les yeux de M. Danby autrement que de *caressants*. Ils portaient en eux une profonde blessure. Et s'il n'avait pas été héros de guerre, il aurait pu être star de cinéma. À Hollywood, il aurait probablement été les deux. Après la démobilisation, un producteur l'aurait remarqué en train de déjeuner dans un bar et l'aurait fiancé à une starlette pour lui faire de la pub. Mais en bon Anglais, il était simplement devenu professeur de latin. Je réalisai soudain qu'il n'y avait plus que lui et moi dans la salle de classe.

– Est-ce que vous commencez à vous habituer à la vie londonienne ? demanda-t-il en effaçant le tableau.

Des images du jardinier mort et de l'apothicaire terrifié surgirent devant mes yeux, mais je les repoussai et déclarai :

– Le collège me plaît.

– Et le reste ?

– Disons que... ça peut aller.

– J'imagine que je ne peux rien faire pour vous ?

Je songeai que, si je n'avais pas dit à Benjamin que M. Danby plaisait à Sarah Pennington, il aurait peut-être été d'accord pour que je lui demande son aide. Et d'ailleurs, Sarah Pennington n'avait strictement rien à voir là-dedans. M. Danby était bienveillant et de bon conseil, tout comme le jardinier, mais en plus, c'était un homme d'expérience. Il devait savoir ce que signifiait être en danger de mort, lui qui avait été abattu en plein vol au-dessus de l'Allemagne. Et il connaissait les institutions britanniques beaucoup mieux que mes parents. Je pris une profonde inspiration.

– En fait, me lançai-je. Il y a un livre…

M. Danby se figea, le chiffon à la main.

– Ah oui ? fit-il, surpris.

– Il s'agit d'un ouvrage très rare que des gens cherchent à s'approprier.

– Quels gens ?

– Je ne sais pas exactement.

– Et à qui appartient l'ouvrage ?

– Au père d'un ami. Mais il l'a confié à son fils pour qu'il le mette en lieu sûr.

– Et où est cet homme ?

– Nous pensons qu'il a été enlevé.

– Enlevé ? répéta M. Danby, l'air inquiet. Vous en avez parlé à Scotland Yard ?

– Non. (Cette fois je ne pouvais plus faire machine arrière.) Nous… mon ami n'est pas certain que la police comprendrait.

– Mademoiselle Scott, il faut… il faut prévenir la police. Est-ce qu'il a fait quelque chose de mal ?

– Non ! Mais il semblerait qu'on ait cherché à lui prendre le livre.

M. Danby demanda :

– Quelle sorte de livre ?

– Un livre écrit presque entièrement en latin. Et un peu en grec. C'est pourquoi je pensais que vous pourriez nous aider. Mais mon ami ne veut le montrer à personne.

– Je vois.

– Peut-être vais-je réussir à le convaincre. Si vous êtes d'accord.

– Si c'est votre souhait, oui, bien sûr. Mais je pense que vous devriez aller trouver la police. Bon sang, mademoiselle Scott, je croyais que votre unique problème était de vous familiariser avec les règles compliquées qui régissent la vie à St Beden. Mais apparemment, euh… c'est bien pire.

*

Au déjeuner, j'informai Benjamin que nous avions un nouvel allié. Il explosa.

– Tu as fait *quoi* ?

– Je suis restée vague, répondis-je, désarçonnée par sa réaction. Mais je crois qu'il peut nous aider.

Nous étions assis tous les deux seuls à une table et je le vis qui foudroyait la femme de service du regard.

– On était censés n'en parler à personne !

– Ton père n'a pas dit ça. Il t'a juste demandé de protéger la *Pharmacopée* de ceux qui voudraient la dérober. Et on a besoin d'aide. On est totalement dépassés par les évènements.

Benjamin contempla son plateau-repas d'un air renfrogné. Puis un long coup de sonnerie familier retentit.

– Exercice d'alerte à la bombe ! cria la femme de service. Tout le monde sous les tables !

– Encore ? m'écriai-je en regardant autour de moi.

Les élèves commençaient à repousser les bancs.

– C'est complètement stupide, ronchonna Benjamin en rentrant la tête dans les épaules pour échapper au tintamarre.

– Complètement, confirmai-je. Mais ce n'est pas le moment de faire une scène et de se prendre une colle. Imagine qu'ils décident d'appeler ton père.

– C'est ridicule.

– Moi, je me mets sous la table.

– On serait calcinés comme des allumettes en cas d'attaque atomique, insista Benjamin. Instantanément. On serait déjà réduits en cendres.

– Je sais. Cendrier, me voilà.

Je me glissai sous la table.

Benjamin ne bougea pas de sa place et je vis approcher les mollets gainés de bas blancs de la femme de service.

– Benjamin ? appela-t-elle. Tenez-vous absolument à aller faire un tour dans le bureau du principal ?

Je l'entendis soupirer, puis il repoussa son banc et me rejoignit sous la table.

– Merci, monsieur Burrows, lança-t-elle en s'éloignant.

Benjamin s'écarta de quelques centimètres de moi.

– Contente ? demanda-t-il.

– Oui. Tu as bien fait.

À la fin de l'exercice, je me redressai et vis Sarah Pennington et ses amies qui piquaient un fou rire. Les autres élèves sortaient de dessous leurs tables en discutant et en riant.

C'est alors que j'aperçus un officier de police en uniforme et un homme en costume marron qui s'entretenaient avec la femme de service. Elle se tourna et nous montra du doigt.

– Benjamin Burrows et Jane Scott ? lança l'homme en costume en venant se poster derrière moi, son chapeau à la main.

Il était grand, et ses cheveux blonds étaient clairsemés et duveteux comme ceux d'un enfant ou d'un vieillard.

– Inspecteur Montclair, de la police métropolitaine. Et voici l'officier O'Nan. Nous vous demandons de nous suivre.

– Pourquoi ? s'enquit Benjamin.

– S'il vous plaît, dit l'inspecteur.

– Vous nous arrêtez ?

L'inspecteur se tourna vers l'officier O'Nan, un petit homme trapu, avec une coupe en brosse comme un hérisson. Au même instant, Benjamin fonça vers la porte.

– Sauve-toi, Janie !

Je me levai, affolée, mais les deux hommes étaient derrière moi, et l'inspecteur me saisit par les épaules.

– Lâchez-moi ! m'écriai-je.

Tout le réfectoire avait les yeux rivés sur nous.

Benjamin allait franchir la porte, quand la femme de service, bras croisés, se planta devant lui pour lui barrer le passage.

Le policier en uniforme fondit sur Benjamin, qui s'étala de tout son long sur le plancher.

Propulsée à l'autre bout du réfectoire, sa sacoche atterrit juste devant les pieds de Sergueï Shiskine. Benjamin et lui échangèrent un regard. Puis Sergueï ramassa discrètement le cartable et le balança sur son épaule comme si c'était le sien, avec un sang-froid impressionnant.

Pendant ce temps, Benjamin se débattait à coups de pied et de poing afin de détourner l'attention des policiers, qui ne remarquèrent pas qu'il s'était débarrassé de sa sacoche. J'essayai moi aussi de me dégager, mais l'inspecteur était plus fort que moi, et pour finir, Benjamin et moi nous retrouvâmes plaqués au sol, sous l'œil réprobateur de la surveillante. Sans doute pensait-elle que la mauvaise graine qui refusait de faire l'exercice d'alerte à la bombe était destinée à finir entre les mains de la police.

Une berline noire était stationnée devant le collège.

– Nous n'avons rien fait, protesta Benjamin.

– Dans ce cas, pourquoi résistez-vous ? demanda O'Nan.

– Parce que nous n'avons rien fait !

Ils nous poussèrent à l'intérieur de la voiture. Par la fenêtre, je regardai les élèves qui s'étaient amassés sur le perron. Sarah Pennington et ses amies observaient la scène, tandis que Sergueï restait silencieux, la sacoche en bandoulière. L'officier de police O'Nan prit le volant.

– Nous sommes en état d'arrestation ? demandai-je, tandis que la voiture démarrait.

– Pas encore, répondit l'inspecteur Montclair en pivotant sur son siège pour nous sourire.

Il avait des dents tordues et ses cheveux étaient ébouriffés à cause de l'empoignade.

– Nous voulons simplement vous poser quelques questions.

– À quel sujet ?

– Un homme a été poignardé à mort hier soir, dans le jardin botanique de Chelsea.

– Quoi ? s'écria Benjamin. Nous n'avons rien à voir là-dedans !

J'étais paniquée. Quelqu'un avait dû nous voir sortir du jardin. Il nous fallait imaginer un alibi, mais nous ne pouvions pas en parler en présence des policiers.

On roula en silence dans les rues de Londres. On s'enfonça dans des quartiers crasseux où les dégâts provoqués par les bombardements n'avaient manifestement pas été réparés. Je cogitais à toute allure pour trouver une explication plausible à notre présence dans le jardin. Notre projet de concours scientifique, peut-être – sauf qu'aucun concours n'avait été organisé par le collège.

– Pourquoi nous emmenez-vous dans l'East End ? demanda Benjamin.

– Parce que c'est là-bas que se trouve Turnbull Hall, le tribunal pour enfants, indiqua l'inspecteur Montclair.

– Je croyais que vous vouliez simplement nous interroger.

– C'est vrai. Mais il s'agit d'une procédure de routine.

– Je veux appeler mes parents, exigeai-je, même s'ils ne pouvaient m'être d'une grande aide dans leur château à la campagne.

– Mais naturellement, dit l'inspecteur.

– Vous ne pouvez pas nous interroger sans qu'ils soient présents, improvisai-je.

Il sourit de ses dents tordues.

– Oh, mais si, chère demoiselle, s'amusa-t-il. Nous ne sommes pas au « pays de la liberté », ici. Alors, tenez-vous tranquille.

CHAPITRE 15

Turnbull Hall

On s'arrêta devant un édifice en brique coiffé d'un toit à pignons semblable aux orphelinats des romans de Dickens. Au XIXe siècle, Turnbull Hall accueillait des enfants pauvres qui étaient logés, nourris et éduqués par des universitaires aux idées progressistes. À l'époque, ce devait être un

établissement respectable, pimpant et bien entretenu, mais en 1952, ce n'était plus qu'une bâtisse sordide et froide, avec des vitres sales et des surveillants à la mine renfrognée, qui abritait un tribunal pour enfants et une maison de redressement.

L'officier de police O'Nan emmena immédiatement Benjamin dans un bureau, tandis que l'inspecteur Montclair m'entraînait dans un couloir. On dépassa une salle de classe pleine d'enfants à l'air morose et au teint maladif. Il flottait dans l'air une odeur de misère, d'abandon et de négligence, et de générations d'enfants mal lavés et mal aimés.

On entra dans une salle de classe vide et délabrée. L'inspecteur Montclair m'ordonna de m'asseoir, puis se contorsionna pour pouvoir se glisser à son tour derrière un pupitre face à moi. Ses cheveux clairsemés étaient toujours en bataille.

– Et maintenant, comment t'appelles-tu, Jane ou Janie ? demanda-t-il.

– Jane, répondis-je, sèchement, pour mettre le plus de distance possible entre nous.

– Tu es américaine.

Je hochai la tête.

– Tes parents travaillent ici ?

L'inspecteur était très calme et parlait d'une voix apaisante. Il me faisait penser au cobra que j'avais vu dans un documentaire, qui se balançait d'avant en arrière pour hypnotiser sa proie, puis fondait sur elle comme l'éclair. J'acquiesçai.

– Comment te sens-tu à Londres ?

– Suis-je en état d'arrestation ?

– Non.

– Dans ce cas, j'aimerais m'en aller.

– Pourquoi ne me racontes-tu pas ce qui s'est passé dans le jardin ?

Je me mordis la lèvre. Il était évident qu'ils nous avaient séparés, Benjamin et moi, pour pouvoir comparer nos versions des faits. Or nous n'avions pas eu le temps de nous mettre d'accord sur ce que nous allions dire. Mes déclarations risquaient donc de différer de celles de Benjamin.

– Je veux un avocat, lançai-je.

Mes parents m'avaient expliqué qu'il fallait toujours demander à parler à un avocat quand on était accusé de quelque chose, en particulier quand on était innocent.

– Mais tu n'es pas en état d'arrestation.

– Dans ce cas, je veux partir.

– Dans ce cas, je vais devoir t'arrêter.

– Soit. Mais je veux parler à un avocat.

Il se tut, inclina la tête.

– Tes parents aiment leur travail, Janie ?

– Oui. Et mon nom est Jane.

– Eh bien, *Jane*. Je peux te faire expulser si tu refuses de coopérer avec la police. Ce qui veut dire que tes parents vont devoir te ramener en Amérique. Or, j'ai comme l'impression qu'ils n'ont pas envie de retourner à Los Angeles.

– Qu'en savez-vous ?

– J'ai lu leur dossier.

– Ils ont un dossier ?

– Bien sûr. On ne laisse pas entrer n'importe quel communiste dans ce pays.

– Ils ne sont pas communistes !

– Et maintenant, tu es fichée, toi aussi. Alors, faisons en sorte que ton dossier à toi ne comporte que de bonnes appréciations. Par exemple : « jeune fille disposée à coopérer avec les autorités dans les affaires importantes ».

– Je n'ai que quatorze ans, protestai-je. Je ne peux pas être fichée.

L'inspecteur Montclair jeta un regard à la vieille salle de classe et sourit benoîtement à la vue des pupitres déglingués et du tableau couvert de poussière.

– Lorsque cette institution a été fondée, susurra-t-il, un enfant de six ans était en âge de travailler. Ce qui signifie que, si tu étais née à cette époque, tu trimerais déjà depuis huit ans. Un travail dur, épuisant physiquement. C'est pourquoi il me semble que tu es assez grande pour répondre à quelques questions concernant un meurtre, et aider ainsi le pays où tes parents communistes ont trouvé à la fois un refuge et un emploi.

– Arrêtez de dire qu'ils sont communistes. Ce n'est pas vrai.

– Où étais-tu hier soir ?

– À la maison.

– Toute la soirée ? Si nous appelons tes parents et leur demandons à quelle heure tu es rentrée, que vont-ils répondre ?

Sentant les larmes me monter aux yeux, je me mordis la lèvre encore plus fort pour les empêcher de couler. Si seulement Benjamin et moi avions pu mettre au point un scénario. Si seulement j'avais averti mes parents de rester bouche cousue. Ce serait un jeu d'enfant pour Scotland Yard de trouver le château où ils étaient allés.

– J'ai comme l'impression que la version de tes parents serait tout autre, médita l'inspecteur Montclair.

Comme je me taisais, le policier reprit, d'une voix doucereuse :

– Si Benjamin a agi seul, tu peux me le dire.

Je le dévisageai. J'aurais aimé avouer qu'un Allemand avec une cicatrice sur la joue avait probablement tué le jardinier et qu'en ce moment même, il était à la recherche de mon ami. Mais je ne devais pas prendre le risque de contredire la version de Benjamin. Sans compter que le jardinier nous avait mis en garde contre la police.

– Je vais te laisser le temps de réfléchir, déclara l'inspecteur, et il sortit de la pièce.

Je supposai qu'il allait parler à Benjamin. Je serais condamnée pour entrave à la justice, et peut-être même pour meurtre. Je m'efforçai de me rappeler quels objets nous avions touchés dans la maison du jardinier et où nous avions laissé des empreintes. Sur la lanterne, c'était sûr. Je me sentais prise au piège et paniquée, et j'avais beau me dire que c'était précisément l'effet recherché par le policier, cela n'y changeait rien.

Au bout d'une demi-heure, l'officier de police O'Nan vint me chercher pour me transférer dans une autre salle. Celle-ci était fermée par une porte à chaque extrémité, et sur un côté, il y avait deux cellules pareilles à des cages, séparées par un épais mur en béton. J'aperçus Benjamin dans la première, agrippé aux barreaux, et un autre garçon avec lui, malingre et dépenaillé. Le policier me fit signe d'avancer jusqu'à l'autre cellule, d'où je ne pourrais plus les voir. Le cachot était froid et humide, et garni d'un banc de bois.

Quand O'Nan fut parti, je m'approchai des barreaux.

– Benjamin ? chuchotai-je, en me rappelant la cuisine des Shiskine truffée de micros.

Il ne fallait pas que je dise quoi que ce soit de compromettant.

– Qu'est-ce que tu leur as raconté ? murmura-t-il à son tour.

– Rien ! Ils ont essayé de me monter contre toi et de me faire avouer que tu étais coupable. Je les hais.

– Ils ont employé la même méthode avec moi.

Je passai un bras à travers les barreaux pour mesurer la distance entre les cellules. Ma main rencontra celle tendue de Benjamin et je fus parcourue par un courant électrique. Nos doigts s'enlacèrent étroitement.

– Tout ira bien, Janie, promit-il.

C'est alors que l'autre garçon parla, sa voix pointue résonnant, claire et sonore, dans la cellule de Benjamin. Il avait un accent qu'on n'entendait pas à St Beden.

– Eh, vous deux, z'avez un plan pour qu'on se fasse la belle, ou faut-y que j'm'en charge ? demanda-t-il.

On desserra nos mains.

– Lui, c'est Pip, m'informa Benjamin. Il est pickpocket. Et cambrioleur.

– N'empêche que j'ai jamais *zigouillé* personne, moi, dit le garçon.

Mon cœur se mit à battre violemment. Je songeai aux films policiers où l'on voyait des mouchards dans les cellules.

– Benjamin, murmurai-je. Ils l'ont enfermé avec toi pour qu'il essaie de te faire parler !

– L'idée m'a effleuré, concéda Benjamin, à voix haute cette fois. Encore heureux que je n'aie rien à raconter.

– T'inquiète, lança Pip gaiement, ils trouveront bien un moyen d'te faire plonger. Y savent s'y prendre.

J'entendis une sorte de grattement. Je me retournai et vis un gros rat gris trotter le long du mur, sous le banc de bois, qui arrivait droit sur mes pieds. Je ne pus réprimer un hurlement.

– Janie ? cria Benjamin.

– Il y a un rat dans ma cellule !

La bestiole se figea et s'aplatit contre le mur.

– Ah, mince, j'ai cru qu'on t'égorgeait, railla l'autre garçon.

Ce qui me mit hors de moi, car je n'étais pas une poule mouillée. Au cours des dernières vingt-quatre heures, j'avais vu mourir un homme, laissé un garçon quasi inconnu dormir dans ma chambre, et été menacée d'expulsion par la police. Et je m'en étais plutôt bien sortie. Mais un gros rat d'égout me filant entre les jambes, c'était insupportable ! Il m'observait de ses petits yeux ronds et luisants, comme s'il guettait ma réaction.

– Je veux rentrer chez moi, gémis-je.

– Dans ce cas, passe-moi une épingle à chignon, chuchota Pip de l'autre côté de la paroi.

– Une quoi ?

– Tu sais, ces petits machins en ferraille que les filles se mettent dans les cheveux.

– Une barrette.

– Drôle de nom.

– Je n'en ai pas, répondis-je.

– Hein ? T'es une fille et t'as pas d'épingle à chignon ?

– Non ! dis-je sans quitter le rat des yeux.

– C'est parce qu'elle a des cheveux américains, expliqua Benjamin.

– Et peut-on savoir ce que sont les cheveux américains ? demandai-je.

– C'est... disons, des tas de cheveux qui partent dans tous les sens au lieu d'être attachés.

– Tu dis n'importe quoi.

– Pas du tout, rétorqua Benjamin. On reconnaît toujours une Américaine à ses cheveux. Et à ses chaussures.

– C'est vrai, acquiesça Pip.

Je baissai les yeux sur mes chaussures quand soudain je me rappelai ma jupe trop grande.

– Attendez ! J'ai une épingle à nourrice !

– Tu pouvais pas l'dire plus tôt ? soupira Pip.

Je détachai l'épingle de ma jupe et la passai à travers les barreaux le long du mur, en croisant les doigts pour ne pas perdre ma jupe.

– Dommage qu'elle soit pas plus grosse, ronchonna-t-il.

– C'est tout ce que j'ai, d'accord ?

En appuyant mon front contre les barreaux, je parvins tout juste à voir les mains crasseuses de Pip qui faisaient tournicoter l'épingle à nourrice au petit bonheur dans la serrure. En vain.

Soudain, la porte sur notre droite s'ouvrit. Les mains de Pip disparurent illico. Une surveillante au teint rouge entra et déclara :

– Quelqu'un pour vous.

– Pour moi ? dit Pip.

– Non.

Un bruit de pas résonna dans le couloir, derrière elle, puis M. Danby parut. Jamais je n'avais été aussi soulagée de voir quelqu'un.

– Ce sont eux ? demanda la surveillante. Pas le petit, les deux autres.

– Oui, ce sont eux ! s'exclama M. Danby. Ils ne vous ont pas malmenée au moins, mademoiselle Scott ?

– Non ! ironisai-je. Ils n'ont pas arrêté de nous répéter qu'on n'était pas en état d'arrestation, pour qu'on ne puisse pas demander à voir un avocat, ils ont menacé d'expulser mes parents, on se gèle dans ce trou, et j'ai un *rat* dans ma cellule. Et le pire, c'est qu'on n'a rien fait de mal ! ajoutai-je pour faire bonne mesure.

– Nous allons vous sortir d'ici, me rassura-t-il. Et franchement, madame, vous devriez vous occuper des rats. C'est inacceptable d'enfermer des enfants là-dedans.

– Oui, monsieur, concéda la surveillante, bien qu'il fût évident qu'elle ne ferait rien.

Elle ouvrit la cellule et me laissa sortir.

Benjamin demanda :

– Et la police ? Comment avez-vous réussi à nous faire libérer ?

– Ce monsieur travaille pour le ministère de l'Intérieur, expliqua la surveillante.

– Le ministère de l'Intérieur ?

– Oui, dit M. Danby, l'air légèrement dépité.

J'ignorais ce que notre professeur de latin trafiquait avec le gouvernement : tout ce qui m'importait, c'était qu'il puisse nous sortir de là.

Pip essaya de se faufiler derrière Benjamin, mais la surveillante referma la grille sous son nez et la verrouilla. Il pressa sa figure contre les barreaux.

– Emmenez-moi !

Quand j'avais entraperçu Pip, en arrivant dans la cellule, il m'avait semblé tout jeune, car il était beaucoup plus petit que Benjamin ; mais en fait, il devait avoir treize ou quatorze ans, comme nous. Il portait des cheveux coupés ras comme tous les enfants de Turnbull Hall, pour éviter les poux, et il avait d'immenses yeux noisette qui me rappelaient un lémurien que j'avais vu une fois au zoo.

– Ne me laissez pas ! cria-t-il.

– Je suis désolé, déclara M. Danby, mais je n'ai le droit de libérer que M. Burrows et Mlle Scott.

– Mais on est tous potes ! protesta Pip.

M. Danby se tourna vers Benjamin.

– C'est vrai ?

Benjamin secoua la tête.

– Je crois plutôt que c'est un mouchard !

M. Danby et la surveillante nous entraînèrent dans le couloir.

– S'il vous plaît ! cria Pip. Emmenez-moi avec vous !

M. Danby l'ignora.

On repassa devant la salle de classe où j'avais été interrogée, et celle pleine d'élèves dépenaillés. Ils étaient en train de se chamailler, et la surveillante s'arrêta pour les calmer.

Mon cœur se serra à la pensée des pauvres enfants enfermés ici.

– Quel endroit misérable, constata M. Danby tandis que nous continuions de longer le couloir. Dickens ne serait pas dépaysé dans ce taudis. Et maintenant, allons boire un chocolat bien chaud.

– Où est l'inspecteur Montclair ? demandai-je.

– Je l'ai renvoyé.

– Que faites-vous au juste au ministère de l'Intérieur ? s'enquit Benjamin.

– C'est un peu compliqué à expliquer, mais je vais essayer.

– Vous êtes agent secret ?

M. Danby sourit.

– Crois-tu que je te le dirais si c'était le cas ?

– Vous l'êtes ! s'exclama Benjamin, ravi. Mais alors, pourquoi enseignez-vous le latin ?

M. Danby soupira.

– Notre pays a perdu beaucoup de braves à la guerre, expliqua-t-il. Et maintenant, nous devons nous battre sur un autre front. Un garçon intelligent comme toi sait sûrement que nous plaçons des agents dans les meilleures écoles, afin de repérer de futurs talents.

Benjamin se tut, abasourdi et ravi à l'idée que M. Danby soit un espion chargé de recruter des espions en herbe. Mais moi, j'avais eu ma dose de sensations fortes, et je ne voulais rien d'autre que déguster un bon chocolat chaud.

– Et si tu veux tout savoir, ajouta M. Danby, j'ai été nommé à St Beden spécialement pour te garder à l'œil.

– *Moi ?* s'exclama Benjamin.

– Je vous propose d'aller chez E. Pellici, un peu plus haut dans la rue, dit M. Danby. C'est une bonne adresse. Mon chauffeur nous attend.

La surveillante nous avait rejoints. Quand elle déverrouilla la lourde porte pour nous laisser sortir, Benjamin lui sourit de toutes ses dents.

– Merci, madame, pour votre hospitalité, susurra-t-il en imitant l'exquise politesse de M. Danby.

La surveillante le foudroya du regard, mais fit un pas de côté pour nous laisser passer.

Dehors, il faisait soleil, et en humant l'air frais, je réalisai combien l'atmosphère était confinée et malsaine à l'intérieur du bâtiment.

J'inspirai profondément.

Je me sentais presque en sécurité. M. Danby allait tout arranger.

– Voici la voiture, dit-il en désignant une rutilante berline verte garée dans l'allée circulaire.

Quand le chauffeur tourna la tête et nous adressa un grand sourire, mon sang se glaça dans mes veines.

C'était l'homme à la cicatrice.

CHAPITRE 16

Le pickpocket

Il ne me fallut pas plus d'une seconde et demie pour comprendre ce que signifiait le sourire du chauffeur à la joue balafrée. Danby n'avait nullement l'intention de nous emmener boire un chocolat chaud, il n'était pas notre ami, et quelle que soit sa mission au ministère de l'Intérieur – s'il travaillait vraiment là-bas –, elle allait à l'encontre de nos intérêts.

Benjamin et moi eûmes la même idée au même instant : nous rentrâmes en courant dans Turnbull Hall.

La surveillante, qui devait nous épier par la porte entrouverte, manqua tomber à la renverse quand on se précipita dans le corridor. Benjamin fit claquer la porte derrière nous et bloqua le battant avec son épaule.

– Donnez-moi les clés ! ordonna-t-il tout en tenant la poignée pour l'empêcher de tourner. Remettez-nous au cachot ! Donnez-nous les clés !

Danby tambourinait de l'autre côté de la porte.

– Ouvrez ! criait-il, à travers le lourd vantail.

La surveillante hésita.

– Mais... il est envoyé par le ministère.

– Non ! C'est un espion soviétique !

Je n'avais pas encore réussi à emboîter toutes les pièces du puzzle, mais il me sembla évident que Benjamin avait raison. Shiskine nous avait expliqué que le balafré travaillait pour les Soviétiques, et Danby travaillait avec le balafré ; par conséquent, Danby travaillait pour les Soviétiques. Et s'il avait gardé Benjamin à l'œil, c'était à cause de l'apothicaire, et non pas parce que Benjamin était une recrue prometteuse pour les services secrets.

– Balivernes ! dit la surveillante en s'approchant de la porte pour l'ouvrir.

Je lui arrachai le trousseau de clés. Elle me saisit par les cheveux et me tira brutalement en arrière. Je lançai les clés à Benjamin, pivotai sur moi-même et la repoussai sans ménagement. Quand elle chuta lourdement à terre, je dus faire un effort pour ne pas me répandre en excuses.

On fonça tête baissée dans le hall. Quand on passa devant la salle de classe pleine d'enfants, Benjamin cria par la porte ouverte :

– On est poursuivis par un espion russe ! Par où est-ce qu'on peut sortir ?

Les élèves nous regardèrent, interloqués, puis un petit garçon s'écria :

– Par la cuisine !

On détala, les enfants bondissant de leurs pupitres pour nous imiter. Tel un troupeau, ils s'éparpillèrent dans le couloir jusqu'à bloquer complètement le passage. J'entendis la surveillante qui leur criait de se ranger.

On courut jusqu'à la salle aux cachots, et Benjamin ferma la porte à double tour derrière nous grâce au trousseau de la surveillante. Pip essayait toujours de forcer la serrure de sa cellule avec mon épingle à nourrice.

– Où est votre ami ? demanda-t-il, stupéfait.

– Ce n'est pas notre ami ! m'écriai-je. Tu peux nous aider à nous évader si on t'ouvre la porte ?

Il haussa les épaules.

– J'suis presque venu à bout d'ce fichu verrou.

Le repoussant, Benjamin introduisit la clé dans la serrure et la déverrouilla.

– Oh non, j'y étais presque ! ronchonna Pip en tapant du pied. Et j'en ai bavé !

– Il y a une issue de secours dans la cuisine, dis-je. Tu sais où se trouve la cuisine ?

– Par ici, indiqua Pip en nous entraînant vers l'autre porte.

On emprunta un corridor tout blanc, puis un autre où flottait une forte odeur de soupe, et on déboucha dans une grande salle embuée où trois cuisinières s'affairaient devant des fourneaux. Sans ralentir, Pip prit un petit pain sur un plateau et mordit dedans à pleines dents. À l'autre bout de la cuisine, j'avisai une porte qui semblait ouvrir sur l'extérieur.

– Par ici ! lançai-je.

Mais la porte pivota sur ses gonds et Danby entra.

– Demi-tour ! cria Benjamin.

Nous enfilâmes à nouveau à toutes jambes l'étroit corridor.

– En haut ! ordonna Pip, la bouche pleine.

On prit à droite et on gravit quatre à quatre une volée de marches, Danby sur nos talons. Sur le palier, il y avait une vieille malle. Benjamin la poussa vigoureusement. Elle dégringola les marches avec un boucan de tous les diables avant d'aller se fracasser contre le mur, obligeant Danby à faire un bond en arrière. Pip lui lança le reste de son petit pain à la tête, et l'atteignit juste au-dessus de l'œil.

On se remit à courir le long d'un étroit corridor, puis on monta d'autres marches, et enfin une échelle qui menait à une trappe dans le plafond. Pip la poussa et se hissa à l'intérieur du grenier avec l'agilité d'une araignée. Benjamin et moi l'imitâmes tant bien que mal et nous retrouvâmes sous les combles au milieu d'un tas de pupitres cassés et de vieux matelas poussiéreux.

– Par ici ! cria Pip dans le noir.

Je traînai avec Benjamin l'une des paillasses jusque sur la trappe pour la tenir fermée, puis, rampant sur nos mains et nos genoux pour ne pas nous cogner aux poutres, on rejoignit Pip. Il avait repéré une lucarne dont la vitre crasseuse était couverte de ruban adhésif.

– Qu'est-ce qu'il y a de l'autre côté ? demandai-je.

– Le toit.

– Et ensuite ?

– Ch'ais pas, dit-il. Tu préfères rester ici ?

La lucarne refusait de s'ouvrir. S'arc-boutant sur ses mains, Pip balança un coup de talon dans la vitre. Mais le ruban adhésif était solide, et il dut s'y reprendre à plusieurs fois.

– Quelle discrétion ! bougonna Benjamin.

Pip l'ignora et commença à ôter méticuleusement les échardes de verre.

– Pourquoi est-elle scotchée ? demandai-je.

– Pour ne pas exploser en cas de bombardement, m'informa Benjamin.

Pip se pencha dehors pour chercher une prise au-dessus de la lucarne. Il était d'une agilité stupéfiante. En un clin d'œil, ses jambes grêles disparurent, tandis qu'il se hissait à travers l'ouverture.

Je passai ma tête par le vasistas. En voyant les éclats de verre sur le sol, quelques dizaines de mètres plus bas, je fus prise de vertige. J'entendis un martèlement. C'était Danby qui cherchait à ouvrir la trappe bloquée par le poids du matelas. Je levai la tête pour regarder Pip, qui se tenait à présent sur la crête du toit, à une hauteur vertigineuse.

– Je ne pourrai jamais monter là-haut ! gémis-je.

Pip déclara calmement :

– Accroche-toi au r'bord supérieur de la lucarne avec ta main gauche, et à la pente du toit avec la droite.

Je fis ce qu'il me disait, certaine que j'allais tomber dans le vide.

– Et maintenant, grimpe sur le r'bord de la fenêtre et donne-moi ta main gauche.

J'obtempérai, et Pip me tracta avec une force incroyable. Le toit d'ardoises était très pentu et glissant, et quand je m'agrippai au faîtage, quelque chose au creux de mon estomac manifesta vigoureusement son désaccord.

Pip hissa ensuite Benjamin.

– Et maintenant ? demandai-je.

– Faut qu'on trouve une gouttière, dit Pip. Qu'on s'accroche à un tuyau pour descendre.

Il rampa jusqu'au bord du toit pour jeter un coup d'œil en dessous, et rien que de le voir, je sentis mon estomac chavirer à nouveau. S'il fallait dévaler cette pente abrupte pour atteindre une gouttière, je ne m'en sentais pas le courage. Benjamin n'avait pas l'air plus à l'aise que moi – à califourchon sur le toit, on aurait dit qu'il chevauchait un cheval sauvage.

Un cri s'éleva dans la cour. Tous les enfants étaient sortis par la porte de derrière et nous observaient, le nez en l'air, en compagnie de la surveillante au teint rouge.

Pip remonta au sommet du toit.

– Y sont juste sous la gouttière, constata-t-il. On peut pas descend' par là.

– Tu parles d'un plan, railla Benjamin.

– Ouais. Ben, trouves-en un, toi, si t'es plus malin !

– L'élixir avien !

Je plongeai la main dans la poche de mon blazer. Le jardinier nous avait recommandé de nous en servir seulement en cas de force majeure ; or, s'échapper de ce toit en était un. Mais ma poche était vide. Je tâtai l'autre.

– Je l'ai perdu, soupirai-je, dépitée. J'étais pourtant certaine de l'avoir sur moi.

– C'est quoi un liquesir ? demanda Pip.

– Un élixir, rectifia Benjamin. C'est un sirop.

J'étais trop abasourdie pour songer à mentir. Baissant la voix pour que les gens qui se trouvaient dans la cour ne m'entendent pas, j'expliquai :

– C'est une potion qui euh... permet de se transformer en oiseau. On le pense, tout au moins. Mais je l'ai perdue.

– Comment tu as pu la perdre ? s'offusqua Benjamin.

– Oh, ça va ! rétorquai-je. De toute façon, tu es convaincu que ça ne marche pas !

– Mais toi, tu es convaincue du contraire ! Donc, tu n'as aucune excuse !

C'est alors qu'un grognement essoufflé nous parvint. La main de Danby surgit à côté de la lucarne par laquelle on était sortis. Paniquée, je me tournai vers Pip et vis qu'il tenait le petit flacon de verre brun entre son pouce et son index.

– Ce serait pas ça, des fois ?

– Où est-ce que tu l'as trouvé ?

– Dans ta poche, dit-il. Quand vous êtes partis avec vot'copain là.

D'un signe de tête, il désigna les doigts pâles de Danby agrippés au toit.

Je plongeai ma main dans ma poche de blazer sans comprendre à quel moment Pip avait subtilisé le flacon. Il y eut un autre râle, et une deuxième main vint se placer à côté de la première. Puis la figure de Danby parut, grimaçant sous l'effort. Il n'avait pas encore trouvé le moyen de se hisser sur le toit.

– Benjamin, appela-t-il. Janie. S'il vous plaît. L'homme que vous avez vu dans la voiture est un ami. Il travaille pour le gouvernement anglais. Je peux vous en donner la preuve.

– Vous mentez ! m'écriai-je.

Puis je me tournai vers Pip.

– Donne-moi ce flacon.

Pip recula sur la crête du toit.

– Pour que vous m'laissiez seul encore une fois ? dit-il. Et si je l'sifflais et que j'vous plantais là ?

– Nous ne pouvions pas t'emmener, plaidai-je, en commençant à ramper vers lui. Mais maintenant, si. On va partir tous ensemble.

– Ça fait effet combien de temps ?

– On ne sait pas.

– Y en a assez pour trois ?

– Probablement.

– Tu dis ça au pif !

Il y eut un bruit sourd. Danby avait réussi à passer une jambe dehors. Pip se leva et se mit à courir sans effort sur le faîtage. Benjamin et moi tentâmes de le rattraper, mais mes pieds glissaient sur les bords pentus de la toiture.

De style gothique, Turnbull Hall était coiffé de deux pignons triangulaires dont le plus éloigné était flanqué d'une tour de guet crénelée. Pip se laissa glisser jusque dans le creux formé par les deux versants du toit, puis remonta la pente du second pignon. J'hésitai à l'imiter.

– Vas-y ! m'encouragea Benjamin.

Non sans mal, je me laissai glisser à mon tour, puis partis à l'assaut du deuxième pignon, Benjamin à ma suite. Danby continuait tant bien que mal de longer l'arête du toit sur ses semelles de cuir lisses et glissantes.

– Ne soyez pas stupide, mademoiselle Scott, me cria-t-il. Nous sommes dans le même camp !

Arrivé au sommet du second pignon, Pip disparut de l'autre côté dans ce qui semblait être le vide.

Sauf qu'à cet endroit, la tour de guet et le pignon étaient rattachés. La foule, dans la cour, s'était déplacée et se trouvait exactement au-dessous. Pip contourna la base de la tourelle et entreprit de l'escalader. Benjamin et moi le suivîmes. Les interstices entre les briques offraient des prises pour les pieds et les mains. Je commençais presque à m'habituer à l'altitude. En bas, les enfants poussaient des cris d'encouragement, aussi heureux et excités que s'ils regardaient un film.

Une fois au sommet de la tour, on constata qu'on n'avait aucun moyen de rentrer dans la maison. Peut-être y avait-il eu jadis une porte, mais il ne restait à présent qu'une gouttière pour évacuer l'eau de pluie. La plate-forme était entourée de murs d'un mètre de haut, si bien que les spectateurs en bas ne pouvaient pas nous voir, à moins qu'on ne passe la tête par-dessus les créneaux.

Les enfants crièrent de joie, tandis que la surveillante nous intimait :

– Descendez ! Vous ne pouvez aller nulle part.

– Appelez la police ! répondit Benjamin. Dites-leur de revenir !

Il pointa le doigt vers Danby, qui s'était assis sur le premier pignon pour se reposer.

– C'est un espion russe !

Danby s'essuya le front avec un mouchoir.

– Benjamin, haleta-t-il, épuisé. Je ne suis pas plus un espion russe que toi.

– Sautez ! nous cria l'un des enfants. On vous rattrapera !

– Oui, sautez ! renchérirent les autres en riant et en faisant des bonds pour nous montrer l'exemple.

Danby amorça la descente vers la base de la tourelle. Je me baissai derrière le muret et murmurai à Pip :

– Ouvre le flacon. On va tous en prendre.

Voyant qu'il hésitait, Benjamin perdit patience. Il lui arracha l'élixir des mains et en but une gorgée.

Immédiatement, il prit un air effaré et reposa la bouteille. Pendant une seconde, rien ne se passa. Je jetai un coup d'œil par-dessus le parapet et vis Danby escalader la tour. Il glissait et jurait.

Quand je regardai à nouveau Benjamin, il avait commencé à rapetisser. En même temps qu'elle s'allongeait, sa tête se tassait entre ses épaules. Son corps basculait en avant au niveau de la taille. Une queue couverte de plumes lui avait poussé et il rétrécissait à vue d'œil. Ses mains disparurent et ses bras devinrent des ailes. Puis tout ce qui ressemblait à Benjamin se volatilisa.

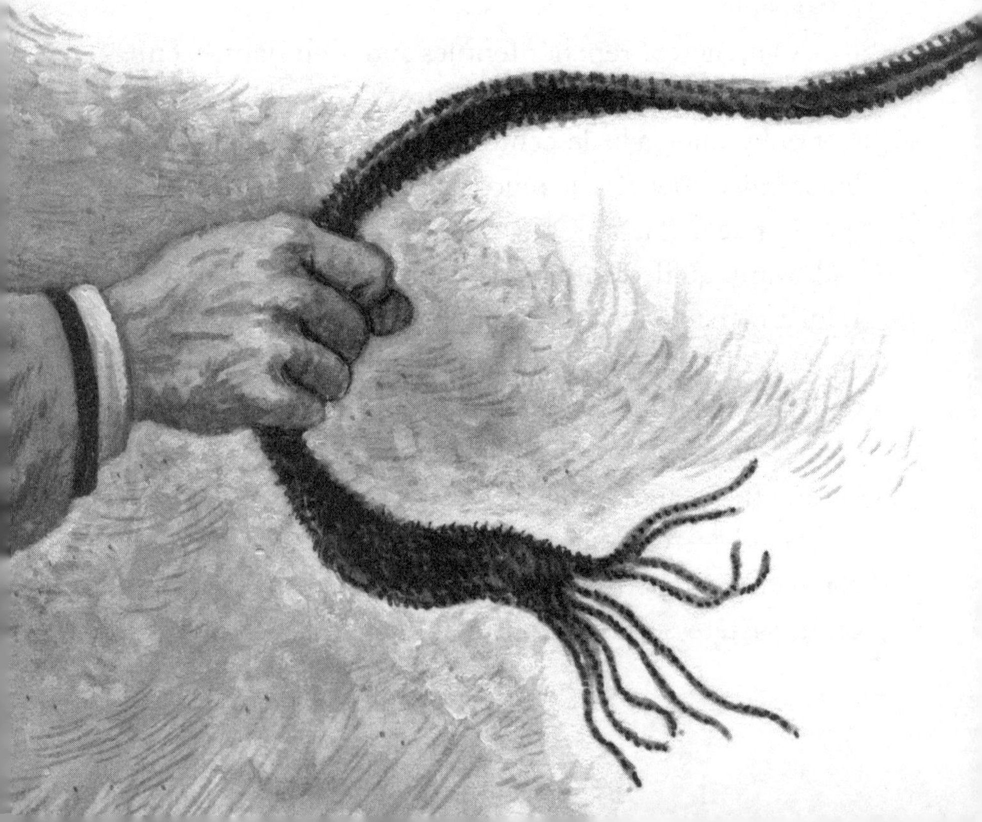

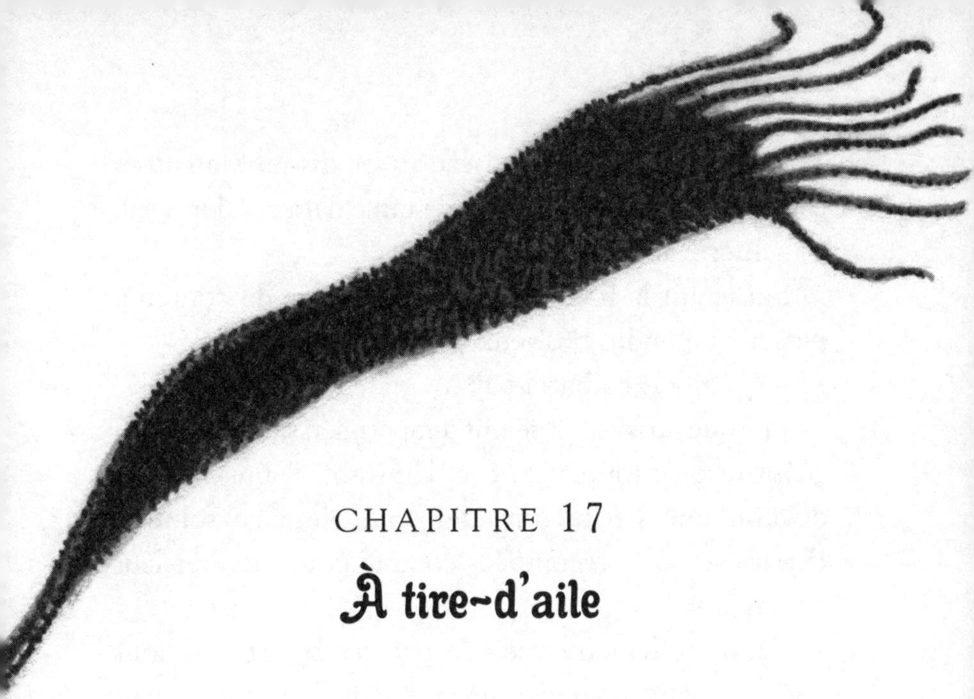

CHAPITRE 17

À tire-d'aile

Là où s'était tenu Benjamin quelques instants plus tôt, se trouvait à présent un oiseau au jabot proéminent et au plumage beige, la tête surmontée d'une aigrette. Plus tard, je me suis souvent demandé pourquoi je n'avais pas été plus surprise que ça de voir Benjamin se transformer en oiseau. Mais comment aurais-je pu ne pas y croire, alors que la transformation avait eu lieu sous mes yeux et qu'il me suffisait de tendre la main pour toucher la crête de mon ami. Sur le coup, je ne le savais pas, mais Benjamin s'était transformé en alouette, un volatile aussi énergique et peu soucieux de son apparence que lui.

– Je ne sais pas quel oiseau tu es, dis-je. Mais tu es capable de voler et tu n'as pas la taille d'un condor royal.

– Incroyab' ! s'extasia Pip.

Saisissant la bouteille, il but la moitié du contenu, puis me la tendit. Ses yeux s'écarquillèrent.

– Ça alors ! balbutia-t-il.

Presque aussitôt, il se mit à rapetisser, sa tête s'allongeant jusqu'à former un bec. L'instant d'après, il était devenu une petite hirondelle au plumage sombre. Il étira ses ailes recourbées comme pour mesurer leur envergure.

J'étais tellement fascinée par ces transformations que je n'avais pas remarqué la tête de Danby, qui avait surgi de l'autre côté du muret crénelé de la tourelle. Il me regarda, regarda les deux oiseaux, cherchant des yeux les garçons.

– Où sont-ils passés ? demanda-t-il.

En bas, la surveillante cria, affolée :

– Qu'y a-t-il, monsieur ? Qu'est-ce qui se passe ?

– Il n'y a que la fille ici, répondit Danby. Et deux oiseaux.

– Deux quoi ?

– Deux *oiseaux*, répéta Danby.

Il commença à se hisser par-dessus le muret pour venir dans notre direction. Je reculai.

Pip l'hirondelle sautilla deux fois, avant de s'envoler le plus naturellement du monde. Il n'avait pas l'air d'un garçon devenu oiseau par hasard – il volait comme s'il avait toujours été une hirondelle, piquant vers la terre, puis s'élevant comme une flèche dans le ciel. Benjamin l'alouette l'observait.

Une voix aiguë d'enfant s'écria :

– Peut-être qu'ils sont devenus des oiseaux !

Une fille plus âgée rétorqua :

– Les personnes ne peuvent pas devenir des oiseaux.

Je repensai aux paroles du jardinier : « On ne peut pas douter de tout », et j'eus de la peine pour la grande fille, que son manque d'imagination empêchait de voir ce qui était une évidence pour un plus petit qu'elle.

Danby, en revanche, semblait avoir compris, car il plongea pour attraper l'alouette. Benjamin sauta sur le muret pour lui échapper. Quand il prit son envol, il poussa un piaillement de surprise, puis se mit à tournoyer dans les airs en jetant des petits cris qui ressemblaient à des éclats de rire. Il n'était pas aussi gracieux que Pip, mais il volait. Les enfants applaudirent. Aucun d'entre eux ne semblait plus douter.

Pendant que Danby regardait Benjamin s'envoler, je bus le reste du flacon. L'élixir sirupeux avait un goût amer de lichen.

Une étrange sensation m'envahit, comme un liquide s'écoulant rapidement dans mes veines, et je compris pourquoi Benjamin et Pip avaient eu l'air si surpris.

Puis je sentis les battements de mon cœur s'accélérer, tandis que mes os s'allégeaient. Je lâchai la bouteille, qui tomba à terre. Le bruit du verre brisé tira Danby de sa rêverie et il fondit sur moi.

J'eus l'impression que mon crâne changeait de forme, devenait plus léger, et je songeai : « On ne peut pas douter de tout. » Je fis un bond, encore humain, et m'élançai par-dessus l'avancée du toit. Danby attrapa le bout de mon écharpe. Par chance, elle n'était pas nouée, sans quoi il m'aurait brisé le cou. Elle glissa de mon épaule au moment où je sautai, et lui resta dans la main.

Je me sentis tomber dans le vide, mais je savais pour avoir vu Benjamin et Pip que la transformation allait s'opérer très vite. Mes mains devinrent des ailes en plein vol, et mes jambes, de minuscules pattes d'oiseau. Je déployai timidement mes ailes toutes neuves, et juste au moment où j'allais m'écraser au sol, je parvins à me propulser dans les airs.

Je remontai jusqu'aux fenêtres du deuxième étage, puis du troisième. Je me regardai dans les vitres et vis un plumage lisse et rouge. J'étais un rouge-gorge ! Mais quelque chose clochait avec la partie supérieure de mes ailes, là où se trouvaient mes épaules. Comme Danby m'avait arraché mon écharpe juste au moment où je commençais à me métamorphoser, il devait me manquer des plumes.

Benjamin et Pip m'appelaient en décrivant des cercles au-dessus de ma tête. Maladroitement, je commençai à m'élever pour les rejoindre. Mais dès que je me mis à réfléchir aux mouvements qu'il fallait faire pour prendre de l'altitude, je me sentis tomber.

– Attrapez le rouge-gorge ! hurla M. Danby.

– Je m'en occupe ! répondit la surveillante.

La terre se rapprochait à toute allure, et les enfants criaient :

– Envole-toi ! Envole-toi vite !

L'alouette jeta un cri affolé. Cette fois, j'oubliai de penser et montai comme une fusée dans les airs. Les enfants poussèrent des hourras, tandis que je m'envolais vers la liberté. De là où on était, on pouvait voir la mine stupéfaite et furieuse des adultes, et la joie des enfants riant à gorge déployée. L'instant d'après, on filait à tire-d'aile.

*

Il m'était déjà arrivé de rêver que je pouvais voler, mais les rêves n'ont rien à voir avec la réalité. Tandis que nous survolions le quartier de l'East End, les gens dans les rues nous paraissaient tout petits. De là-haut, on voyait les endroits qui avaient été touchés par les bombes durant la guerre, et les immeubles restés intacts. Pip exécutait loopings et vrilles, piquant droit vers la terre, puis remontant brusquement en flèche en poussant des piaillements qui ressemblaient à des rires d'oiseaux.

Mes ailes déplumées ne me permettaient pas d'en faire autant. Je me demandai si Danby avait toujours mon écharpe, ou si celle-ci s'était transformée en plumes dans sa main. Je regardai derrière moi, vers Turnbull Hall, et j'aperçus la berline verte qui démarrait et quittait l'allée privative. Danby et le balafré devaient savoir où le père de Benjamin était enfermé. Peut-être que, si nous les suivions, nous pourrions le découvrir, nous aussi.

Benjamin avait dû avoir la même idée. Quand je virai de bord pour suivre la voiture, les garçons m'imitèrent. On croisa quelques vrais oiseaux en cours de route, mais tous se tinrent à distance, trouvant sans doute suspect qu'une alouette, une hirondelle et un rouge-gorge volent ensemble. Seul un corbeau osa nous approcher. N'ayant rien détecté d'anormal, il poussa un

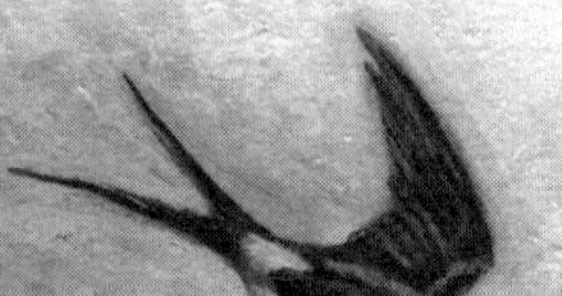

croassement
et s'éloigna d'un
lourd battement d'ailes.

La berline prit au sud, puis à l'ouest, avant de s'arrêter dans un quartier populaire, aux rues bordées de maisons toutes pareilles et collées les unes aux autres. Elle se gara dans une allée transversale, mais personne n'en descendit.

Je me posai sur le toit de la voiture en essayant d'atterrir le plus doucement possible. Par la vitre abaissée côté passager s'échappait une volute de fumée de cigarette. Je m'approchai. Benjamin, puis Pip, vinrent se poser à mes côtés. Je ne pouvais pas voir le balafré assis derrière le volant, mais mon ouïe fine de rouge-gorge me permettait d'entendre tout ce qu'il disait.

– Les enfants ne se transforment pas en oiseaux comme ça, déclara-t-il avec son fort accent étranger.

– Je suppose que non, dit Danby, sauf que je l'ai vu de mes yeux.

– Ils ne peuvent pas rapetisser.

– Mais ils l'ont fait ! s'écria Danby. C'est à cause de ce maudit bouquin. Le livre de l'apothicaire. Cette fille, Scott, l'Américaine, était à deux doigts de me le donner.

Benjamin se tourna vers moi. Ses petits yeux brillaient et son bec d'alouette s'entrouvrit d'une façon qui semblait dire : « Je t'avais prévenue. » J'étais soulagée que Danby n'ait pas découvert que Sergueï détenait la *Pharmacopée*.

– Les enfants t'ont reconnu, apparemment, reprit Danby. Ce qui veut dire que tu n'as pas été assez prudent.

– Je suis toujours prudent, rétorqua sèchement l'Allemand.

– Ils ont dû te voir dans la boutique, supposa Danby. Ou dans le jardin. Si tu avais été prudent, tu les aurais remarqués.

Le balafré marmonna des paroles incompréhensibles.

– Et maintenant, ils se sont envolés, soupira Danby. Ils ne me font plus confiance. Quant à notre prisonnier, il a pris des pilules qui rendent muet. Impossible de le faire parler.

Benjamin et moi échangeâmes un regard. Le prisonnier muet était certainement son père. Il avait dû avaler les mêmes pilules que Shiskine pour ne pas parler. Danby fit tomber la cendre de sa cigarette par la fenêtre ouverte. Je me demandai comment j'avais pu trouver ces longues mains pâles attirantes. Elles me semblaient sinistres à présent.

– Je peux le faire parler, annonça le balafré.

Danby soupira.

– La pilule prive complètement celui qui la prend de l'usage de la parole. C'est très malin.

La porte côté passager s'ouvrit brusquement. Paniquée, je filai me réfugier dans un arbre. Benjamin et Pip s'envolèrent aussi. Danby ne semblait pas nous avoir vus. Il sortit de la voiture, écrasa sa cigarette avec son talon, puis rectifia sa cravate et tourna au coin de la rue.

On s'envola pour le suivre en gardant nos distances. Danby marcha jusqu'au bout du pâté de maisons. Il s'arrêta devant une bâtisse carrée comme une boîte, tourna une clé dans la serrure, et disparut à l'intérieur.

Il y avait un grand arbre qui ressemblait à un sycomore à l'extérieur. Je me posai dans le feuillage d'une branche basse, à côté de Benjamin et Pip. Je ne savais pas à quoi servait cette bâtisse, mais j'étais certaine que c'était là qu'ils avaient enfermé le père de Benjamin.

On ne pouvait pas se parler. Toutefois, je devinai que Benjamin voulait se faufiler dans la maison dès que quelqu'un ouvrirait la porte, alors que Pip trouvait que ce n'était pas une bonne idée. Je ne saurais expliquer comment, mais je le voyais à leurs yeux et à la façon dont ils bougeaient la tête et les ailes.

Pendant ce bras de fer entre Benjamin et Pip, un gros chat roux grimpa dans notre arbre. On était tellement occupés à surveiller la porte qu'on n'y prêta pas attention.

C'est alors que la porte du bunker s'ouvrit sur un homme. Benjamin étira ses ailes, prêt à s'engouffrer à l'intérieur, tandis que Pip voletait autour de lui pour l'en empêcher. Au même instant, l'énorme matou bondit sur Benjamin qui poussa un piaillement. Il essaya de s'échapper, mais le monstrueux félin le tenait entre ses griffes.

J'étais paralysée de frayeur, Pip non. Il fondit sur le chat en visant ses yeux jaunes avec son bec. Le matou miaula, lâcha Benjamin qui tomba à terre, puis d'un coup de patte, cloua Pip sur la branche.

Alerté par le raffut, l'homme du bunker leva la tête. Comme ce n'était qu'un chat en train de pourchasser des oiseaux dans un arbre, il s'éloigna en allumant une cigarette. Juste au moment où le chat saisissait Pip entre ses dents pointues, je lui attrapai l'oreille avec mes serres et le pinçai de toutes mes forces. Le chat passa de la douleur à l'effarement quand Pip, ayant perdu ses plumes, reprit son corps de garçon sous ses griffes. Effrayé, il recula et chuta dans une pirouette au pied de l'arbre. Tel un éclair de poils roux, il détala sans demander son reste.

Pip se suspendit à la branche par les bras et se laissa tomber sur le sol. Assis par terre, Benjamin aussi avait repris forme humaine. Tous deux avaient l'air un peu sonnés, et Pip se frottait la nuque, là où les crocs du chat avaient laissé quatre petites marques rouges. Ce devait être la peur qui avait provoqué la transformation des garçons, car je n'avais toujours pas repris forme humaine. Mais il est vrai que j'avais été la dernière à boire l'élixir avien et que je ne m'étais pas retrouvée entre les griffes d'un chat. Je vins me poser à côté de Benjamin, qui était en train de se palper les jambes.

– Rien de cassé, constata-t-il. Du moins, je ne crois pas.

– Cette saleté de bestiole m'a mordu ! pesta Pip.

Je voletai jusqu'à son épaule pour jeter un coup d'œil aux morsures. Benjamin regarda aussi.

– Elles sont minuscules.

– Tu parles !

– Il faut trouver un moyen de rentrer dans cette bâtisse, dit Benjamin. Janie n'a qu'à suivre le type à l'intérieur quand il reviendra.

– Impossib' ! contra Pip. J'ai essayé d'te dire que c'était un bunker. Elle s'fera prendre si elle s'transforme en fille, et de toute façon, elle peut pas porter ton paternel sur ses petites ailes.

Benjamin écarquilla les yeux.

– C'est un bunker ?

– Ouais. Un abri souterrain. Construit pour Churchill et sa clique, en cas d'nouvelle guerre.

– Comment tu sais tout ça ? demanda Benjamin.

Pip haussa les épaules, manquant me faire tomber.

– *Tout le monde* le sait. Pour installer un fichu bunker de c'te taille à Bethnal Green, y faut des maçons, non ? Les maçons, y racontent tous que c'est un chantier top secret, et occupe-toi d'tes oignons, jusqu'au moment où y z'ont un coup de trop dans le nez. Alors y s'mettent à causer, et causer en t'faisant promet' d'tenir ta langue.

– Il est grand comment, le bunker ?

– Tout le pâté de maisons.

J'avais une idée, mais je ne pouvais pas parler. Soudain, je fus prise d'une étrange sensation, comme une vague qui déferlait en moi sans que je puisse l'arrêter. Je sautai de l'épaule de Pip et sentis les battements de mon cœur qui ralentissaient. J'éprouvai des picotements partout sur les bras, car les plumes disparaissaient en se rétractant dans ma chair. Mes doigts et mes orteils repoussaient, tandis que mon crâne s'élargissait, s'épaississait et se couvrait de cheveux.

L'instant d'après, j'étais assise sur l'herbe dans mon uniforme de collège.

– Bon, fit Pip. Elle peut plus entrer en volant.

À travers le brouillard qui régnait dans ma tête, mon idée reparut.

– Et si on se rendait invisibles ? proposai-je.

– Sûr que ça réglerait un tas de problèmes, dit Pip, comme si je plaisantais.

– Il nous faut la *Pharmacopée*, ajoutai-je.

– La femme à qui ?

– C'est un livre. Et c'est Sergueï qui l'a.

– On l'espère, tout au moins, précisa Benjamin.

CHAPITRE 18

Le jeu de l'opéra

La fin des cours venait de sonner quand on arriva à St Beden pour récupérer la *Pharmacopée*. En contemplant la foule des élèves qui se déversait dans la grisaille de cet après-midi de février (pour se rendre à l'entraînement de hockey sur gazon ou aller à la chorale), je compris qu'un gouffre immense, infranchissable s'était creusé entre nous. J'aurais aimé que mes problèmes se résument à un uniforme ridicule ou à des cours de latin.

Pip s'arrêta au pied de l'escalier pour scruter l'imposante bâtisse victorienne.

– J'vous attends ici, dit-il en frissonnant.

Je trouvais plutôt comique que Pip, qui était capable de courir sur le toit d'un immeuble de trois étages ou de s'attaquer à un chat cent fois plus gros que lui, puisse paniquer à la vue d'un établissement scolaire, même après la fin des cours. On aurait dit qu'il craignait de se faire attraper et épingler comme un papillon dans une boîte.

– L'école est finie, l'encouragea Benjamin. Tu ne risques rien.

Pip n'avait pas l'air convaincu.

– Personne ne va te kidnapper pour t'obliger à suivre les cours, insistai-je. On ne te remarquera même pas dans la foule des élèves.

Benjamin et moi commençâmes à gravir l'escalier, mais Pip refusa de nous suivre.

C'est alors que Sarah Pennington parut, et le soleil perça à travers les nuages (littéralement). Un rayon tomba sur sa chevelure blonde lorsqu'elle s'arrêta au sommet des marches, quelques mèches échappées de sa tresse formant une auréole dorée autour de son visage.

Pip resta bouche bée devant cette collégienne à la beauté parfaite, tandis que Sarah, éblouie par la lumière inattendue, faisait battre ses longs cils.

Quand son regard rencontra les yeux noisette de Pip, qui la dévisageait avec une admiration béate, elle eut l'air stupéfaite. Elle m'examina, puis observa Benjamin, puis à nouveau Pip. On se tenait quelques marches plus bas, tels trois laquais devant une reine. Peut-être était-ce mieux pour Pip qu'elle ne puisse pas deviner combien il était petit.

– Salut, lança-t-elle.

– Salut, répondit Pip comme dans un rêve.

– Enchantée, poursuivit-elle.

Il hocha la tête, transi d'amour.

– C'est notre ami Pip, dis-je.

– Pip ? répéta-t-elle en inclinant la tête avec grâce. Comme dans *Les grandes espérances*[1] ?

– Pourquoi pas ? rétorqua Pip.

Elle sourit.

– Tu as de grandes espérances ?

– Maintenant, oui.

– Tu fréquentes ce collège ?

– Pas encore. Mais ça ne saurait tarder.

Je remarquai qu'il soignait sa diction, et me demandai s'il adaptait sa façon de parler aux circonstances.

---

1. Roman de Charles Dickens dont le héros se prénomme Pip (NDT).

Sarah rougit, visiblement troublée. Maintenant qu'elle avait entamé ce petit jeu de séduction, elle ne savait plus comment s'en sortir.

– Ma voiture m'attend, indiqua-t-elle.

Puis nous dépassant d'un pas léger, elle lança un dernier regard à Pip et commença à descendre les marches. Pip la suivit des yeux. Il dégringola ensuite l'escalier jusqu'à l'endroit où était garée la voiture noire, et, prenant le chauffeur de court, ouvrit la porte arrière pour Sarah.

– C'est une limousine ? demandai-je à Benjamin.

– Une Daimler. Elle passe la prendre tous les jours.

Tandis que la Daimler s'éloignait, avec Sarah bien en sécurité à l'intérieur, Pip posa une main sur son cœur en faisant mine de chanceler sur ses jambes comme Charlot, puis remonta les marches en courant.

– Je crois que j'devrais fréquenter c'collège, annonça-t-il.

– Qu'est-ce qu'elle t'a dit ?

– Son nom. Sarah Eleanor Pennington ! soupira-t-il.

– Elle t'a dit *tous* ses prénoms ? demanda Benjamin.

– Benjamin craque sur elle, expliquai-je.

– Pas du tout !

– Ah non ? Pourtant tu as remarqué que son chauffeur passe la prendre chaque jour à la sortie du collège.

– Elle me *plaisait*, rectifia Benjamin. Mais plus maintenant.

Pip toisa son rival, puis haussa les épaules et lança :

– Que l'meilleur gagne.

Benjamin entra d'un pas décidé dans le hall et laissa la porte se refermer derrière lui. Prétendait-il que Sarah ne lui plaisait plus parce qu'il était jaloux de Pip, ou était-il sincère ?

– Qu'est-c'elle a dit déjà à propos des espérances ? demanda Pip.

– *Les grandes espérances*, expliquai-je. C'est un roman. L'histoire de Pip, un garçon pauvre qui tombe amoureux d'une fille riche et belle.

– Et la fille aussi, elle tombe amoureuse de lui ?

– Je ne peux pas te raconter la fin.

– Hum, fit Pip. Dans ce cas, y va falloir que j'le lise.

*

On trouva Sergueï dans la salle où se réunissait le club d'échecs. Six élèves à l'air un peu complexé étaient assis autour de trois échiquiers. Sergueï était face au garçon boutonneux de notre cours de latin. Il allait déplacer son premier pion, quand il nous aperçut. Il se leva d'un bond.

– Benjamin ! Janie ! J'ai votre...

Il s'arrêta net en voyant Benjamin le foudroyer du regard.

– Pardon ! Mais c'est le club d'échecs ici. Ce sont tous des amis !

Benjamin entraîna Sergueï au fond de la salle, là où on ne pourrait pas les entendre, et Pip en profita pour prendre sa place devant l'échiquier.

– C'est comme un jeu d'dames ? demanda-t-il au boutonneux.

Le garçon roula des yeux.

– Non. Enfin. Seulement de prime abord.

– De prime à quoi ?

Le garçon réfléchit.

– Seulement en apparence.

– Ah ! OK ! dit Pip. Et tu mises combien ?

– Rien. On joue pour le plaisir.

– Le *plaisir*, répéta Pip. C'est nul. Qu'est-c'tu dirais d'une demi-couronne ? Je peux bouger c'te p'tit pion-là ?

Je les laissai à leur jeu et allai rejoindre Benjamin et Sergueï au fond de la classe.

– J'ai le livre ici avec moi ! murmura Sergueï. Je l'ai gardé tout le temps sur moi ! Où est-ce que les policiers vous ont emmenés ?

Il était rouge d'excitation.

– Quelqu'un t'a posé des questions sur le livre ?

Sergueï réfléchit un moment.

– Non ! Qu'est-ce qu'on va faire, maintenant ?

– Rien, assura Benjamin. Je veux juste récupérer le livre.

Sergueï lui tendit sa sacoche à contrecœur.

– Je n'ai même pas eu le temps d'y jeter un coup d'œil, grommela-t-il.

– Il me faut aussi ton livre de latin.

Sergueï fouilla dans son cartable et en sortit son *Manuel de latin pour débutants*.

– Je ne peux pas vous aider ? S'il te plaît ! Je suis bon en latin.

– On a promis à ton père de ne pas te mêler à tout ça, répliqua Benjamin.

– Il ne le saura pas !

– Au fait, il va bien ? demandai-je. Il n'a pas été inquiété après notre visite chez vous ?

– Je ne crois pas, répondit Sergueï. Et il a retrouvé la parole.

– Dis-lui d'être prudent, chuchotai-je. Il est en grand danger.

– Vraiment ?

À l'autre bout de la salle, Pip s'écria :

– Échec et mat !

Son adversaire scruta l'échiquier, puis me regarda, scandalisé.

– Il m'a demandé si c'était comme de jouer aux dames !

– Une demi-couronne, s'te plaît, lança Pip, content de lui.

– Je n'ai pas une demi-couronne.

– Pas grave, conclut Pip. J'vais prendre ton nom. T'as pas le choix, mon pote.

On se pencha sur l'échiquier. Sergueï l'examina un moment, puis regarda Pip, visiblement impressionné.

– C'est le jeu de l'opéra ?

– Le quoi ?

– C'est du vol pur et simple ! s'insurgea le boutonneux.

– Le jeu de l'opéra a été joué en seize coups, expliqua Sergueï, par un grand maître américain contre deux amateurs, dans une loge d'opéra. Où tu as appris à jouer aux échecs ?

– Nulle part, répondit Pip. C'est mon onc' qui m'a montré, au pub.

– Ça te dirait de faire partie du club ?

– Pas question ! protesta le garçon. Il m'a piégé !

– Il ne peut pas, précisa Benjamin. Il n'est pas au collège.

– Mais j'vais m'inscrire bientôt !

– Allons-nous-en, ordonna Benjamin en poussant Pip vers la sortie.

Sergueï me prit par le bras.

– Emmenez-moi.

– Je suis désolée, Sergueï, mais c'est impossible, dis-je en se dégageant doucement.

Nous n'étions décidément pas des as de la discrétion. On avait interrogé notre allié dans une maison truffée de micros, on s'était transformés en oiseaux devant tous les pensionnaires de Turnbull Hall, et maintenant, en cinq minutes, on avait réussi à semer la pagaille dans le club d'échecs de St Beden. Quand on quitta la salle, Sergueï avait l'air effondré, le garçon boutonneux était hors de lui, et les autres nous regardaient comme si le ciel leur était tombé sur la tête. À l'avenir, si on voulait passer inaperçus, on allait avoir besoin d'aide.

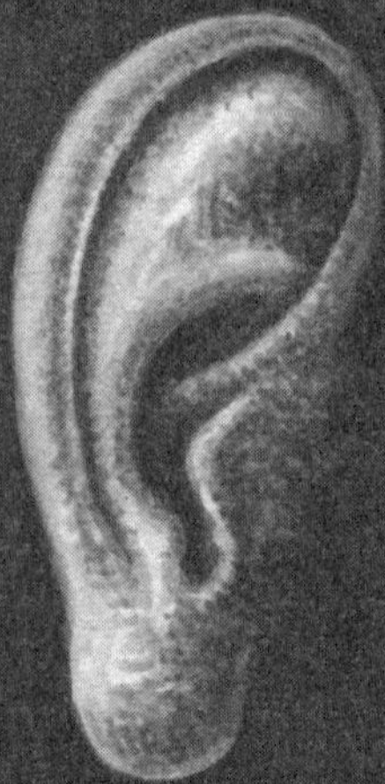

CHAPITRE 19

Invisibles

La classe de chimie de M. Gilliam était fermée à clé, mais il ne fallut que quelques secondes à Pip pour la déverrouiller à l'aide d'un trombone. Benjamin referma la porte derrière nous et la bloqua en calant une chaise sous la poignée.

Je me souvenais que le sortilège d'invisibilité se trouvait sur la page avec les lettres grecques en en-tête, juste après le Parfum de Vérité. Je m'en souvenais parce que devenir invisible me faisait rêver – beaucoup plus que de pouvoir voler. On retrouva la page de la

Pharmacopée que nous avait montrée le jardinier, et Benjamin commença à la traduire grâce au manuel de Sergueï.

– *Balineum* signifie « bain », indiqua-t-il. Nous devons donc certainement préparer un bain.

– Un *bain* ? dit Pip. C'est pas juste un liquesir ?

– Peut-être qu'il faut se plonger dedans pour devenir invisible, supposai-je.

Nous inspectâmes l'évier de la classe de chimie. Il n'était pas assez profond.

– Et ça ? demanda Pip en montrant une grosse poubelle dans un coin.

On vida les papiers froissés qui se trouvaient à l'intérieur. Elle était assez grande pour pouvoir s'y plonger et pas vraiment sale.

– Et maintenant ? demanda Pip.

– *Liquefac aurum*.

Benjamin feuilleta le dictionnaire.

– *Liquefac* signifie « faire fondre ». On doit faire fondre quelque chose. On va avoir besoin d'un bec Bunsen. Tiens, prends le dictionnaire, Janie, pendant que j'installe un brûleur. Qu'est-ce que c'est que l'*aurum* ?

Je regardai la définition.

– De l'or ! On n'en a pas, fis-je, dépitée.

– Si on était de vrais alchimistes, on saurait comment le fabriquer, remarqua Benjamin.

– On a besoin de deux drachmes.

Benjamin leva les yeux au plafond et se mit à calculer – au moins avait-il appris quelques notions de préparation en pharmacie en travaillant avec son père.

– Environ un quart d'once[1]. Pas grand-chose.

– Janie a des boucles d'oreilles en or, remarqua Pip.

Je tâtai les petits clous que je portais aux oreilles.

– Elles appartenaient à ma grand-mère, expliquai-je. Elle est morte.

Il y eut un silence. Ma grand-mère Helen était la mère de ma mère. Quand elle venait nous voir, elle se mettait sur son trente et un et arborait un air guindé, persuadée que tout le monde se comportait ainsi à Hollywood, mais son naturel chaleureux et blagueur finissait toujours par reprendre le dessus. Ces boucles d'oreilles étaient l'unique chose qu'il me restait d'elle.

Benjamin semblait gêné.

– Ne te sens pas obligée de les sacrifier, murmura-t-il.

– Si, assurai-je en les ôtant l'une après l'autre. Tiens. Fais-les fondre.

– Tu es sûre ?

– Oui. Elle aurait voulu qu'on retrouve ton père.

– Merci, dit Benjamin, qui hésita un instant avant de les laisser tomber dans le creuset au-dessus du bec Bunsen.

---

1. Une once romaine égale 27,25 g (NDT).

Je m'efforçai de traduire le reste des instructions, mais j'avais la tête ailleurs. Je pensais à ma grand-mère Helen, qui m'avait fait promettre d'attendre mes vingt ans pour me faire percer les oreilles. J'avais accepté parce que je pensais qu'elle vivrait assez longtemps pour me voir grandir, bien au-delà de mes vingt ans. Mais elle était morte quand j'avais douze ans, et lors d'une soirée entre filles, cette année-là, j'avais laissé Penny Meadows m'endormir les lobes avec un glaçon, puis les percer avec une aiguille, du fil dentaire et une pomme de terre coupée en deux qu'elle utilisait comme butoir. J'avais failli m'évanouir, non pas de douleur – l'aiguille faisait moins mal que la glace –, mais à cause de la sensation du fil me traversant tout doucement l'oreille. J'avais laissé Penny me percer l'autre oreille, parce que je voulais être aussi élégante que ma grand-mère Helen. Ma mère avait été horrifiée.

– Une aiguille à coudre ? avait-elle dit en inspectant les trous parfaitement symétriques. Et tu ne t'es pas évanouie ? Tu es bien comme ton père.

Benjamin broya l'or fondu avec un autre ingrédient jusqu'à obtenir une poudre qu'il mélangea ensuite à une solution qu'il versa dans la poubelle avant de la diluer avec de l'eau du robinet.

– Et maintenant ? demandai-je.

– *Lava vestibus depositis*, lut Benjamin. C'est la dernière indication de la page.

Je feuilletai le dictionnaire.

– Oh non ! m'exclamai-je.

– Qu'est-ce que ça veut dire ? s'enquit Pip.

– Qu'il faut se laver… hum, après s'être débarrassé de ses vêtements. « S'immerger nu dans le bain ».

On se regarda tous les trois.

– L'élixir avien a marché malgré nos vêtements, protesta Benjamin, comme si l'idée de se déshabiller venait de moi.

– Le jardinier a dit qu'il existait différentes façons de se transformer, rappelai-je. Je crois qu'il a expliqué que l'élixir avien reposait sur un processus de transformation, et celui-ci sur un processus de dissimulation. Peut-être que ça n'agit que sur le corps.

– Ah ouais, alors quand ça fera plus effet, on va se r'trouver à poil dans le bunker, lança Pip.

– Mais il se peut qu'on sente l'effet diminuer, rétorqua Benjamin. Ce qui nous laissera du temps.

– Trois s'condes ? demanda Pip. Just' le temps d'poser tes mains devant ta quéquette ?

Benjamin secoua la tête, passant outre ces objections.

– Il faut que je retrouve mon père, dit-il. Vous n'êtes pas obligés de le faire, mais moi si.

Ôtant son blazer, il commença à dénouer sa cravate.

– On vient avec toi, lâchai-je.

– Tu devrais peut-être te retourner, Janie.

– Attends ! s'écria Pip.

M. Gilliam avait un tableau noir monté sur roulettes. Pip le plaça entre la poubelle et nous.

– On a un paravent comme ça à la maison, expliqua-t-il. Pa'ce que la baignoire, elle est dans la cuisine.

Benjamin passa derrière le tableau. Nous ne voyions plus que ses mollets. Sa chemise blanche tomba à terre, et il se débarrassa de ses chaussures et de ses chaussettes. Ses pieds tout blancs semblaient vulnérables. Son pantalon tomba aussi, et il y eut un plouf, quand il s'immergea dans la poubelle.

– Benjamin ! m'exclamai-je. La note dans la marge disait qu'il fallait laisser une partie du corps visible !

– Quelle partie ?

– Eh, moi j'ai une idée, s'esclaffa Pip.

– C'est pas drôle, dit Benjamin. Et puis c'est trop tard, de toute façon.

Je rougis. Pip ricanait.

– Une partie de la main, par exemple, précisai-je. Quelque chose que tu puisses voir toi-même, afin de savoir quand les autres la voient.

– J'ai déjà les mains mouillées.

– Une épaule ? suggéra Pip.

– Je vais essayer, répondit Benjamin. Mais ce n'est pas facile là-dedans.

Il y eut un autre plouf, et le bruit sourd d'un genou ou d'un coude cognant contre la paroi métallique de la poubelle. Soudain, une empreinte de pied humide apparut sur le carrelage à côté des vêtements de Benjamin, puis une deuxième.

– Benjamin ! m'écriai-je. Ça marche ! On ne voit pas tes pieds !

Il y eut un silence. On n'entendait plus qu'un bruit d'eau qui dégoulinait.

– Benjamin ?

– Drôle de sensation ! Je ne me vois plus, constata-t-il.

– Sors de là et montre-nous, dit Pip.

– Je suis tout nu !

– Mais on peut pas t'voir !

Les empreintes de pieds contournèrent lentement le tableau. Un pâle fragment de peau rose flottait à cinq pieds au-dessus du niveau du sol. Ce devait être une partie de l'épaule de Benjamin. La tache rose bougea, et une empreinte de main mouillée apparut sur la poussière de craie qui recouvrait le tableau. À part ça, aucune autre partie de lui n'était visible.

– J'ai l'impression de ne pas être là, s'exclama-t-il, stupéfait.

– Extra ! lança Pip. J'y vais.

Et il disparut derrière le tableau.

– Vous n'avez pas idée comme c'est bizarre, insista la voix de Benjamin.

On attendit, mal à l'aise. Le fait qu'il soit nu me troublait autant que le fait qu'il soit invisible. Pip grimpa dans la poubelle et il y eut un plouf.

– Pense à laisser une partie de ton corps visible, répétai-je.

– OK, répondit Pip.

– Je ne suis pas sûre de pouvoir le faire, dis-je. C'est trop gênant.

– Parce que tu crois que je suis détendu ? demanda Benjamin.

Il y eut à nouveau un clapotis, et les empreintes de pied mouillées de Pip contournèrent le tableau. Il riait de tout son cœur.

– J'adore ça ! s'enthousiasma-t-il. J'en rêve depuis toujours !

J'aperçus une oreille qui flottait dans le vide. Elle était plus facile à identifier que l'épaule de Benjamin, mais elle était aussi plus petite et moins visible, en particulier quand il se tenait face à nous.

– J'ai envie d'aller partout ! s'écria Pip. On va aller gratos au cinoche ! Et au casino ! Et aux courses d'chevaux !

– Mais d'abord, on va aller au bunker pour retrouver mon père, lui rappela Benjamin. À ton tour, Janie.

Je contournai le tableau et contemplai les deux piles de vêtements sur le sol. Juste pour voir, je plongeai le bout de ma manche dans le bain. Elle en ressortit trempée, mais intacte. Si je gardais mes habits je serais invisible, dans des vêtements visibles.

– Allons, Janie, dépêche avant que M. Gilliam revienne, s'impatienta Benjamin. Personne ne te voit.

Je contemplai le liquide dans la poubelle en songeant aux boucles d'oreilles de ma grand-mère. Je ne voulais pas qu'elles aient été fondues pour rien. Je me déshabillai et m'immergeai dans le bain. Je décidai de garder l'auriculaire de ma main droite visible, car il me semblait petit et facile à cacher. L'eau était froide. Je retins ma respiration et repliai mes genoux pour pouvoir me mettre la tête sous l'eau. J'attendis quelques secondes puis me relevai, trempée. Je tâtai mon bras, glissant et humide, mais quand je baissai les yeux, je ne vis rien d'autre qu'un ruissellement de gouttelettes en forme de bras. Il y avait un tel écart entre ce que je savais et ce que je voyais que je fus prise de vertige. Quand je sortis du bain, le vide laissé par mon corps forma un tourbillon à la surface de l'eau, puis les empreintes mouillées de mes pieds se dessinèrent sur le carrelage.

– Ça a marché ? demanda Pip, et son oreille apparut devant moi.

– Hep là ! dis-je. Tu n'as rien à faire de ce côté-ci !

– Mais tu es invisible !

Je vis l'épaule rose de Benjamin, et ses vêtements quittèrent le sol comme par enchantement.

– Je ne vous ai pas dérangés, moi ! protestai-je.

– On ne sait pas combien de temps ça va faire effet, remarqua Benjamin. Il faut se dépêcher.

Un placard sous l'évier s'ouvrit et ses habits disparurent à l'intérieur.

– Il faut vider l'eau du bain.

– On pourrait pas la garder pour plus tard ? suggéra Pip.

– On ne doit pas laisser de traces, dit Benjamin.

J'aurais préféré emporter mes habits avec moi, mais je les fourrai dans le placard. Un paquet de linge flottant tout seul dans la rue aurait paru suspect. La lourde poubelle en zinc sembla entrer en lévitation quand Pip et Benjamin la soulevèrent pour la vider dans l'évier.

C'est alors qu'un choc sourd retentit à l'autre extrémité de la salle : quelqu'un essayait d'ouvrir la porte bloquée par un dossier de chaise.

– Qui est là ? appela la voix de M. Gilliam.

Benjamin et Pip remirent en vitesse les papiers dans la poubelle mouillée. Je rangeai le bec Bunsen, le creuset et les éprouvettes que nous avions utilisés. Puis je vis la *Pharmacopée* sur la table.

– Le livre ! m'écriai-je.

Impossible de l'emporter avec nous.

Le prof fit à nouveau tourner rageusement la poignée.

– Ouvrez cette porte !

Le livre sembla s'envoler dans les mains de Benjamin jusqu'à une étagère sur laquelle reposaient d'autres gros ouvrages de chimie. Mais bien sûr ! Il semblait parfaitement à sa place ici, et personne ne le remarquerait.

À présent, M. Gilliam frappait la porte à coups de poing. On s'en approcha à pas de loup.

– Je vais déplacer la chaise, murmurai-je. Vous sortez dès qu'il est entré.

On se mit en position et je tendis le bras vers la chaise. C'était un peu comme d'essayer de saisir dans le noir une chose dont on connaît approximativement la position, sauf que, là, je savais exactement où se trouvait la chaise, mais c'étaient mes mains que je ne voyais pas. Mon petit doigt, heureusement, me servit de guide. J'empoignai fermement la chaise et la tirai d'un coup sec.

M. Gilliam, dont la bedaine était aussi parfaitement ronde qu'un ballon de volley, déboula dans la pièce et s'immobilisa en regardant autour de lui. Je vis l'oreille de Pip, puis l'épaule de Benjamin flotter hors de la classe. Je restai parfaitement immobile.

– Je sais que vous êtes ici ! cria M. Gilliam.

Je l'évitai de justesse quand il me passa devant, bien décidé à retrouver les fortes têtes qui se cachaient sous les tables du labo, et j'en profitai pour m'esquiver.

Le collège était vide – même le club d'échecs était désert. On déguerpit à toutes jambes dans le couloir. Courir sans voir ses jambes est plutôt déconcertant, et j'en oubliai presque que j'étais nue. La secrétaire frisée comme un mouton sortit de son bureau. On ralentit pour ne pas qu'elle nous entende. Je laissai courir mon petit doigt le long du mur, mais elle ne remarqua rien. Pip avait emporté le trombone qui lui servait à faire sauter les serrures, mais comme on n'imaginait pas qu'un doigt ou un trombone flottent tout seuls dans un couloir, personne ne les voyait.

On poussa la porte principale et on sortit. Il faisait un froid de loup d'autant plus saisissant qu'on était nus et mouillés. Je serrai mes bras contre moi. Pip proféra un chapelet de jurons dont la plupart m'étaient inconnus.

– Est-ce que quelqu'un connaît un moyen de ne pas mourir de froid ? demanda-t-il.

– Je n'en vois qu'un seul, dit Benjamin.

– Ah ouais ?

– Piquer un sprint jusqu'à Bethnal Green, poursuivit Benjamin.

La portion d'épaule rose dégringola les marches à toute allure, et Pip et moi la suivîmes. Je me répétai qu'on allait arracher le père de Benjamin aux griffes des méchants. C'était ce qui comptait – et non pas le trottoir glacé qui me brûlait la plante des pieds, ou le fait de courir nue et transie dans la bise hivernale.

CHAPITRE 20

Le bunker

On courait, invisibles, dans les rues de Londres, évitant les passants chaudement emmitouflés dans des manteaux, bonnets et écharpes de laine. Ils ne pouvaient pas nous voir et risquaient de nous rentrer dedans. Benjamin avait raison : courir était efficace contre le froid et quand on atteignit le bunker, j'étais hors d'haleine mais réchauffée.

L'oreille de Pip s'approcha aussitôt de la porte, et son petit trombone se mit à se tortiller tout seul dans la serrure pendant que Benjamin et moi montions la garde.

– Allez, ouvre-toi, bon sang, grommela Pip. Ah, ça y est.

La porte pivota sur ses gonds et l'oreille se faufila à l'intérieur du bunker.

Je me cognai à l'épaule nue de Benjamin lorsqu'on essaya d'entrer en même temps. On s'exclama en chœur :

– Pardon !

– Chhhh ! fit Pip.

On se retrouva dans une petite pièce avec un ascenseur, mais au lieu d'un bouton, il y avait une serrure.

– Tu peux la forcer, celle-là ? demanda Benjamin.

– Ch'ais pas, dit Pip. Ça permet d'appeler la cabine.

Au même instant, on entendit les câbles de l'ascenseur qui se mettaient en marche. On recula. Je mis mon petit doigt visible derrière mon dos et le plaquai contre le mur pour qu'il n'ait pas l'air de flotter. Les portes s'ouvrirent et M. Danby sortit en compagnie d'un jeune homme à l'air ahuri.

– Me poster dehors pour guetter des *oiseaux* ?

– Trois petits oiseaux qui ne se quittent jamais, expliqua Danby. L'un d'eux est un rouge-gorge. Le capitaine Harrison croit avoir vu un chat les attaquer. Je ne comprends pas pourquoi il ne l'a pas signalé immédiatement.

– Désolé de vous contredire, chef, euh, monsieur, mais… je ne pense pas que j'aurais signalé ce genre de chose non plus.

– C'est pour cela que vous n'êtes que lieutenant, rétorqua sèchement Danby.

Je sentis la main de Pip qui prenait la mienne et m'entraînait vers la porte ouverte de l'ascenseur.

On entra tous les trois à pas de loup dans la cabine.

– Donc, si je vois trois oiseaux, je vous appelle ? dit le jeune homme.

– Essayez d'abord de les capturer, ordonna Danby.

Le lieutenant, qui n'était pas en uniforme – sans doute pour préserver « l'anonymat » du bunker –, sortit à contrecœur. Il était évident qu'il pensait que Danby avait un grain.

Danby fit tourner la clé dans la serrure et monta dans l'ascenseur avec nous, les yeux levés au plafond, comme s'il cherchait des oiseaux dans les coins. Les portes se fermèrent et on commença à s'enfoncer dans les profondeurs de la terre.

Enfin, l'ascenseur s'ouvrit, révélant une petite pièce dans laquelle des casques et des combinaisons de parachutisme étaient suspendus à des crochets. De grosses paires de souliers étaient soigneusement rangées sous un banc le long du mur. Danby traversa la pièce, enfila un couloir et tourna à droite. On le suivit sur la pointe des pieds, longeant des portraits de la reine Elizabeth, de la princesse Margaret et de Winston Churchill.

Soudain, Danby s'arrêta et se retourna, comme s'il avait senti une présence. Je glissai mon petit doigt visible derrière un cadre et retins ma respiration, tandis qu'il scrutait le couloir.

Un autre homme passa la tête par l'embrasure d'une porte et appela :

– Danby ! S'il vous plaît.

– Oui, mon général, répondit-il en jetant un dernier regard derrière lui.

On l'accompagna dans le bureau du général. Ce dernier avait les cheveux gris et un air autoritaire, mais comme les autres, il ne portait pas d'uniforme. Au mur, il y avait une carte du monde sur laquelle on avait piqué des punaises, quelques-unes bleues, sur ce qui semblait être le Nouveau-Mexique, et d'autres rouges sur la Russie. Il y avait une autre punaise bleue sur une île du Pacifique et une blanche au large des côtes de l'Australie.

– Du nouveau avec le prisonnier ? demanda le général.

– Pas encore, monsieur. Mais le mutisme ne devrait pas tarder à s'estomper.

– Vous avez essayé d'obtenir des réponses par écrit ?

– Sans succès, monsieur.

– Je vous ai entendu demander au capitaine Harrison s'il avait vu des oiseaux.

Danby devint tout rouge.

– En effet, monsieur.

– Je suppose que vous avez de bonnes raisons pour cela, Danby, mais les hommes commencent à se poser des questions.

– Mais ils...

Danby sembla se raviser.

– Je comprends, monsieur.

– Je tenais à ce que vous le sachiez. Vous êtes un de nos meilleurs éléments, et je ne voudrais pas vous perdre.

– Merci, monsieur.

– Et votre contact est-allemand ? Que dit-il ?

– Que l'apothicaire ne travaille pas pour les Soviétiques, monsieur. Et que Leonid Shiskine, le comptable de l'ambassade de Russie, sert d'agent de liaison, mais pour son propre compte, par conviction personnelle. Ce n'est pas lui qui dirige le réseau.

– Je vois.

– Nous savons que les Soviétiques cherchent l'apothicaire. Ils s'attendent à ce que les conspirateurs se réunissent bientôt et pensent que Leonid Shiskine peut les mener jusqu'à eux. Mais en l'état actuel des choses, je ne crois pas que le groupe puisse continuer sans l'apothicaire.

– Ah non ?

– Non, monsieur. Il est leur… leur Oppenheimer, si vous voyez ce que je veux dire.

Si mes souvenirs étaient exacts, Oppenheimer était le physicien qui avait inventé la bombe atomique. Je me tournai vers Benjamin pour voir ce qu'il pensait de la comparaison, et réalisai que le plus étrange dans le fait d'être invisibles n'était pas de se retrouver nus dans un bunker militaire, mais de ne pas pouvoir échanger un regard. Lui et moi avions pris l'habitude de nous communiquer une foule d'informations rien qu'avec les yeux. Ce n'était plus possible à présent.

Le général haussa un sourcil.

– Je vois.

Il consulta sa montre.

– Vous pensez que la pilule qui rend muet a cessé de faire effet ?

– Je vais aller voir, monsieur, dit Danby en se levant.

Il avait l'air pressé de quitter le bureau.

– Danby ?

– Oui, mon général ?

– Vous êtes absolument certain que votre Boche est de notre côté ?

– Oui, monsieur. Et ce n'est pas un doux.

Le général sourit.

– Parfait, conclut-il. Dommage que nous ne puissions pas le faire venir ici pour se charger de l'interrogatoire. Un peu de poigne ne serait pas de trop.

Danby se dandina, visiblement mal à l'aise.

– Et au fait, sait-on qui a tué ce pauvre jardinier ?

– Pas encore, répondit Danby. Mais nous allons le découvrir.

« Il sait pertinemment que c'est le balafré, songeai-je, il ment comme un arracheur de dents. »

– Drôle d'affaire, poursuivit le général. En tout cas, continuez vos recherches.

– Oui, monsieur.

On sortit dans le couloir, toujours sur les pas de Danby. Aujourd'hui, avec le recul, je me dis qu'à quatorze ans, nous avions l'âge idéal pour récolter toutes ces informations. Car quand on est un enfant, on apprend à être invisible et à écouter aux portes – c'est le seul moyen de découvrir le monde des adultes, non ?

On dépassa un immense standard téléphonique devant lequel s'alignaient des chaises vides, et je me demandai si les standardistes censées s'asseoir là étaient supposées relayer tous les appels téléphoniques de la ville de Londres en cas de bombardement atomique – en admettant qu'il y ait des survivants.

Un peu plus loin dans le couloir, Danby frappa à une porte. Une jeune femme vêtue d'une robe verte impeccable sortit et referma la porte derrière elle. Elle avait des cheveux châtain clair coupés court autour des oreilles.

– Alors ? lui demanda Danby.

– Je m'ennuie à mourir ! bougonna la fille. L'effet du médicament était censé s'estomper. Mais nous ne faisons rien d'autre que nous regarder dans le blanc des yeux.

– Je pensais que tu aimerais ça, dit Danby. Pouvoir parler à longueur de journée sans être interrompue.

La fille fit la moue.

– Ce n'est pas drôle. J'ai besoin d'un café.

– Vas-y, lui dit-il.

Reconnaissante, la fille lui décocha un sourire et fila à l'autre bout du couloir.

M. Danby entra dans la pièce, nous à sa suite, et prêts à voler au secours du père de Benjamin. J'étais tellement occupée à chercher un endroit où me mettre sans risquer de me cogner à Danby que j'eus un choc quand je relevai les yeux pour regarder le prisonnier.

Ce n'était pas l'apothicaire, mais une femme d'une vingtaine d'années, chinoise apparemment, aux cheveux tressés noirs et brillants. Elle portait une veste et un pantalon noirs. J'aurais juré qu'elle avait fixé mon petit doigt quelques secondes avant de lever les yeux vers M. Danby. Elle était belle, malgré sa mine sévère et renfrognée. Elle était assise bien droite sur une chaise devant une table métallique rivée au sol.

Danby s'installa face à elle en prenant l'air décontracté.

– Vous voulez un café ? Un thé ?

La prisonnière secoua la tête.

Il lui posa une question dans une langue qui devait être le chinois, mais la femme lui lança un regard plein de mépris.

– Je sais, mon mandarin n'est pas fameux, s'excusa Danby. Mais je suis curieux – la pilule n'a pas fait effet aussi longtemps sur Shiskine. Peut-être est-ce parce que vous êtes beaucoup plus petite ?

La femme haussa les épaules.

– Les choses que vous avez écrites pour moi, dans cette élégante calligraphie chinoise, je les ai fait traduire, reprit-il en martelant la table de ses phalanges. Certaines injures étaient plutôt primitives – à propos de chiens et de porcs –, mais d'autres étaient assez bien tournées. J'ai aimé celle où vous insultiez mes ancêtres jusqu'à la dix-huitième génération.

La femme le foudroya du regard.

Il étendit le bras et posa sa main sur sa gorge pâle, comme un médecin examinant une patiente.

– On m'a suggéré d'employer la manière forte pour vous faire parler. Ce n'est pas dans mes habitudes, mais je crains d'y être obligé.

Avec son index et son pouce, il exerça une pression délicate, mais visiblement douloureuse, sur une partie tendre de son cou.

Des larmes se mirent à couler sur les joues de la femme. Elle cligna des paupières mais ne dit rien. Comment avais-je pu trouver Danby attachant ?

À présent, son physique de jeune premier ne le rendait que plus monstrueux à mes yeux.

Il laissa retomber sa main.

– Étonnant, comme cette pilule fait effet longtemps, remarqua-t-il. Mais ce n'est qu'une question de temps. Je reviendrai.

Il quitta la pièce et nous l'entendîmes verrouiller la porte derrière lui.

L'attitude de la prisonnière changea immédiatement. Elle toussa, une main sur sa gorge, et se tourna vers moi.

– Pourquoi êtes-vous ici ? demanda-t-elle d'une voix rauque.

Pip s'était déjà attaqué à la serrure avec son trombone.

– Vous pouvez parler ! s'étonna Benjamin.

– Bien sûr.

– Connaissez-vous mon père, Marcus Burrows ?

La femme marqua une pause, comme si elle n'était pas sûre de pouvoir nous faire confiance, puis hocha la tête et demanda :

– Où est-il ?

– Nous ne le savons pas, répondit Benjamin. Nous pensions qu'il était enfermé ici.

– C'est vous la chimiste ! m'écriai-je, me rappelant soudain la note de Shiskine et ce qu'avait expliqué le jardinier. Vous êtes Jin Lo !

– Depuis combien de temps avez-vous retrouvé l'usage de la parole ? voulut savoir Benjamin.

– Jamais perdue. Ils croient moi avoir pilule. Alors, moi faire comme si.

– Savez-vous vous rendre invisible ? m'enquis-je.

Après tout, elle était chimiste. La question méritait d'être posée.

Elle secoua la tête, sa tresse se tortillant comme un serpent sur son épaule.

– C'est bon, la porte est déverrouillée, annonça Pip.

Jin Lo fronça les sourcils.

– Ceci pas piège ?

– Parce que vous pensez que l'état-major britannique a recours à ce genre de piège ? dit Benjamin. Trois enfants invisibles ?

– Il faut juste que nous trouvions un moyen de vous cacher, ajoutai-je.

Jin Lo eut l'air de réfléchir un moment, puis elle déboutonna sa veste et, tout en exerçant une pression sur le pli de l'ourlet, en fit sortir une à une plusieurs minuscules fioles de verre cousues à l'intérieur. Elle en prit deux et rangea les autres dans sa poche. L'un des flacons contenait une substance orange, et l'autre un liquide clair.

– Signal fumigène, indiqua-t-elle. Pour avions. Fumée remplir tout bunker.

Elle versa le liquide clair dans la fiole orange, ferma le goulet avec son pouce et l'agita. Quand elle ôta son pouce, une épaisse fumée orange commença à se déverser du flacon. En quelques secondes, la pièce en fut remplie. Je retins mon souffle pour ne pas tousser.

– Ouvre porte, ordonna-t-elle à Pip.

Il n'y avait pas de garde dans le couloir – juste la reine Elizabeth, la princesse Margaret et Winston Churchill qui nous observaient depuis le mur. Jin Lo leva la fiole, et la fumée orange emplit tout l'espace, masquant les tableaux. Je n'aurais jamais imaginé qu'autant de fumée puisse sortir d'un aussi petit flacon. Elle nous enveloppait quand on commença à longer le couloir sans bruit.

On avait presque atteint le standard téléphonique, la fumée emplissant tout l'espace derrière nous, quand Pip chuchota :

– Regardez !

Je vis qu'il tendait le bras parce que la fine poudre orange s'était déposée sur sa peau invisible. Sa tête aussi semblait moulée dans une brume orange. La fumée se collait à nous et nous rendait visibles, tels des fantômes cuivrés. Je baissai les yeux et découvris mes mains et mes avant-bras, presque transparents, mais eux aussi gainés de poudre. Je croisai mes bras sur ma poitrine nue. La poussière se déposait d'abord sur le haut du corps, là où la fumée était la plus épaisse. La tête et les épaules de Benjamin se dessinaient sous mes yeux.

– Il faut qu'on se trouve des vêtements ! murmurai-je.

On était devant le bureau du général, là où on avait entendu sa conversation avec Danby. Je passai la tête à l'intérieur. Personne. Un long manteau noir était accroché à côté de la porte ; je l'attrapai et l'enfilai. Il était immense, mais tant pis.

Des voix nous parvinrent depuis l'autre bout du couloir, au-delà de l'écran de fumée.

– Non mais, regardez-moi cette fumée ! s'exclama la fille qui était partie prendre un café.

– C'est un incendie ? demanda un homme.

On courut en silence en direction des ascenseurs ; la fumée s'épaississant derrière nous. Benjamin attrapa une veste accrochée au dos d'une des chaises du standard et la revêtit juste au moment où ses jambes commençaient à devenir orange.

Une alarme retentit, me faisant sursauter. On entendait des gens tousser et crier derrière nous.

Une fois dans la pièce où se trouvait l'ascenseur, Pip pressa le bouton. Il n'y avait pas besoin de clé pour monter. Je m'emparai de deux combinaisons kaki et de deux casques accrochés au mur. Jin Lo continuait d'agiter la fiole dans le couloir pour répandre de la fumée.

– Prenez ceci, ordonnai-je en lui tendant une combinaison de parachutiste. Et relevez votre natte pour la cacher sous le casque. Pip, prends l'autre.

Elle passa la combinaison par-dessus ses habits.

– Tu ressembles à l'homme invisible, plaisanta Benjamin en contemplant mon long pardessus.

– Et toi, à la fille invisible, répondis-je.

Sa veste à lui était un manteau de pluie bleu pâle, cintré à la taille et évasé sur les hanches.

Pip, toujours nu et à demi visible, était occupé à ôter la poudre orange de sa peau.

– Ça s'en va tout seul ! dit-il.

Son bras était redevenu invisible.

– Faites comme moi. Virez ces machins ridicules ! Vite !

On se frotta aussi vite qu'on le pouvait – la poudre orange partait sans difficulté – et on tendit nos affaires à Jin Lo, qui continua d'agiter la fiole de fumée d'une main tandis que l'ascenseur s'ouvrait. Soudain, un cri aigu de femme retentit au bout du couloir :

– La prisonnière s'est évadée !

Mais les portes de l'ascenseur s'étaient refermées et nous étions en route pour la liberté.

CHAPITRE 21

L'huile de Mnémosyne

L'ascenseur nous ramena à la surface, et Jin Lo abandonna le flacon à l'entrée du bunker pour qu'il continue de déverser son brouillard chimique dans la rue. Dans sa combinaison kaki, avec sa longue tresse dissimulée sous son casque, elle marchait d'un pas résolu, le paquet de vêtements sous le

bras, tel un pompier qui file chercher des renforts pour éteindre un incendie.

Une poignée de curieux étaient sortis de chez eux pour regarder la fumée orange qui s'élevait dans les airs, mais personne n'arrêta Jin Lo, et on avait déjà tourné au coin de la rue quand on entendit un homme demander à la cantonade si quelqu'un avait aperçu une Chinoise habillée en noir. Personne ne l'avait vue, et Pip, Benjamin et moi étions toujours invisibles.

Un bus arriva. On monta et Jin Lo fit un signe de tête au chauffeur en passant.

– Hep, vous, là, il faut payer ! l'interpella l'homme.

Mais Jin Lo l'ignora et nous aussi.

Il y avait sept ou huit voyageurs à bord. Un petit chien blanc dans les bras d'une vieille dame se mit à aboyer comme un fou sur notre passage, et j'entendis sa maîtresse qui murmurait :

– Ce n'est rien, mon cœur, c'est juste un Chinois qui vend des fripes.

Mais le chien continuait d'aboyer. Il avait flairé notre présence.

On trouva des places au fond du bus, là où personne ne risquait de se frotter à nous. Pour finir, le chauffeur, pressé (quoique déconcerté par ce Chinois imperturbable), redémarra, et la vieille dame réussit à faire taire son chien. Cependant, le roquet continuait de regarder de notre côté en haletant, la tête posée sur l'épaule de sa maîtresse.

Jin Lo déposa la pile de vêtements sur la banquette et s'assit.

– Eh bien, qui êtes-vous au juste ? chuchota Benjamin, la voix couverte par les rugissements du moteur. Comment avez-vous connu mon père ?

– Seulement par lettres, dit Jin Lo. Moi venir de Chine pour rencontrer lui.

– Il y a beaucoup de femmes chimistes en Chine ? demandai-je.

(Après tout, nous étions en 1952.)

Jin Lo fronça les sourcils comme si elle ne s'était jamais posé la question.

– Moi étais apprentie, très jeune, chez chimiste Shanghai. Moi pas été autre école. Quand lui mort, moi finir son travail, écrire à collègues.

– Quelle sorte de travail ? la pressai-je. Ce n'était pas un chimiste ordinaire, n'est-ce pas ? C'était un alchimiste ?

Jin Lo haussa les épaules, comme si cela était sans importance.

– Tout le monde travaille différent. Où vous vu apothicaire dernière fois ?

– Dans sa boutique, répondit Benjamin. Il a reçu un message disant que vous aviez été enlevée et qu'il serait le suivant, alors, il nous a cachés dans la cave. Des Allemands sont entrés en force dans la boutique, et quand on est remontés à la surface, mon père avait disparu.

– Allemands... dire quoi ?

– On ne sait pas, avoua Benjamin. Ils parlaient allemand.

Jin Lo fronça les sourcils.

– Pourquoi vous pas parler allemand ?

– Je ne sais pas, murmura Benjamin. À cause de la guerre peut-être. Personne n'a envie d'apprendre l'allemand. Vous parlez japonais ?

Une expression indéchiffrable passa sur les traits de Jin Lo, et je me souvins que certaines parties de la Chine avaient été occupées par les Japonais.

– Oui, rétorqua-t-elle. Quand soldats arriver, c'est mieux savoir ce qu'ils disent.

– Oh, fit Benjamin, penaud. Bah, je ne parle pas allemand.

– Toi emmener moi à la boutique, ordonna-t-elle.

Le chien de la vieille dame aboya bruyamment quand celle-ci se retourna pour dévisager le marchand de fripes chinois. Puis son regard sembla se porter sur moi, et quand je baissai les yeux, non seulement mes doigts, mais ma main tout entière et mon avant-bras étaient visibles – *totalement* visibles et pas seulement poudrés d'orange. Mon autre bras aussi commençait à apparaître par endroits, ainsi qu'une partie de mon genou gauche.

– Jin Lo ! soufflai-je. Regardez la dame au chien dans les yeux, vite.

Jin Lo obtempéra, foudroyant si méchamment la femme du regard que celle-ci, gênée et confuse, se retourna brusquement en attirant son chien sur ses genoux. Je saisis l'imperméable bleu sur le dessus de la pile et m'en enveloppai. Il m'arrivait aux genoux. Je nouai la ceinture et me recroquevillai sur la banquette en m'efforçant de me fondre dans le paquet de vêtements.

– Tu vas te faire remarquer sans tête, me taquina Benjamin.

– Moins que toi dans une seconde.

Son fragment d'épaule s'étendait à présent jusqu'à son biceps et son coude. La moitié de son torse blanc et lisse était visible : l'ombre d'une clavicule, un bout de sein rose, et son joli petit nombril parfaitement dessiné. Vite, il s'empara du pardessus du général et l'endossa.

Je regardai Pip : la moitié de son visage avait reparu, depuis sa joue jusqu'à son oreille.

– Aaargh, quand j'pense à toutes les poches que j'aurais pu faire, râla-t-il. Une heure de plus et j'étais un homme riche !

Il enfila la combinaison de parachutiste qui restait et retroussa les manches et le bas du pantalon.

Quand on ressortit en file indienne du bus, aux abords de Regent's Park et de l'échoppe de l'apothicaire, on était entièrement visibles et habillés. Le fripier chinois semblait avoir engendré trois adolescents de type européen, bizarrement accoutrés, et qui avaient tous voyagé à l'œil. Le petit chien aboya furieusement après nous, tandis que la vieille dame et le chauffeur du bus nous regardaient descendre, stupéfaits.

*

Pendant que nous observions la boutique de l'apothicaire depuis l'autre côté de la rue, Jin Lo jeta un coup d'œil aux fenêtres du voisinage. Personne n'avait l'air de surveiller l'immeuble, mais je n'étais pas rassurée pour autant. Les Allemands pouvaient revenir, ou Danby et les policiers britanniques.

La porte n'était pas verrouillée, le loquet ayant été forcé par les Allemands. Mon cœur se mit à battre à toute allure quand Jin Lo la poussa. On se faufila à l'intérieur, puis on s'arrêta et on tendit l'oreille. La boutique était sens dessus dessous, exactement dans l'état où les intrus l'avaient laissée. La tresse de Jin Lo se déroula comme un serpent quand elle ôta son casque. Elle la repoussa d'un geste machinal. Je l'imaginai chassant un vrai serpent de son épaule avec le même flegme imperturbable.

L'échoppe semblait déserte. Benjamin fila à l'étage, où se trouvait l'appartement, pour se changer. Il me rapporta un pantalon, une chemise et un pull, et je me glissai derrière une des étagères saccagées pour m'habiller. J'étais soulagée de porter à nouveau un pantalon, même s'il était trop grand et que je devais serrer la ceinture au dernier cran, car je ne m'étais jamais sentie à l'aise dans ma jupe plissée.

Jin Lo finit d'inspecter la boutique obscure.

– Alors... vous entendre voix, dit-elle.

– Oui, répondit Benjamin.

– Et vous voyez Allemand avec cicatrice.

– Oui.

– Mais vous pas voir eux emmener l'apothicaire.

– Non, on était à la cave.

– Nous descendre pour voir, proposa-t-elle.

On se rendit dans l'arrière-boutique, Benjamin ouvrit la trappe. Dans la cave, on montra à Jin Lo et Pip où on s'était cachés, contre le mur. Jin Lo inspecta la trappe grillagée.

– Alors, vous entendre eux dire : Ah ! Je te tiens l'apothicaire !

Benjamin et moi échangeâmes un regard.

– Non, rectifiai-je. On a entendu une explosion.

– Explosion ? Petite ? Grosse ?

– Moyenne.

– Vous voir explosion ?

Benjamin réfléchit un instant.

– Non. On a juste entendu la sirène d'une voiture de police ! C'est ce qui les a mis en fuite. Mais la police n'est jamais venue.

– Asseoir vous ici, ordonna Jin Lo. Et attendre.

Elle remonta l'échelle en courant, et on perçut le bruit léger de ses pas dans l'échoppe, puis le claquement de flacons qui s'entrechoquaient. Elle redescendit avec différents objets, dont un mortier et un pilon.

Elle s'assit en tailleur devant nous et déposa quelques pincées d'herbes provenant de trois flacons différents dans le mortier en pierre. À l'aide du pilon de bois, elle broya les plantes toutes ensemble, puis ajouta un peu d'huile et recommença à moudre la mixture. Elle trempa son doigt dans l'onguent et l'appliqua sur ma tempe gauche. Voyant que je reculais, elle dit :

– Non ! Pas bouger.

Elle trempa à nouveau son doigt dans le mélange et m'en enduisit la tempe droite, puis les deux poignets.

– Ça sent fort, remarquai-je.

Elle se tourna vers Benjamin et fit la même chose : elle lui appliqua de l'onguent de chaque côté du front et sur les poignets.

– Maintenant, vous souvenir mieux, annonça-t-elle.

– Je peux en avoir ? demanda Pip. J'aimerais bien m'souvenir de choses ?

– Quelles choses ?

– Des martingales pour les courses de chevaux ! Des coups d'poker !

Elle secoua la tête.

– Dangereux se souvenir trop.

Elle prit une de mes mains et plaça son poignet sur le mien. De son autre main, elle procéda de même avec Benjamin. Elle avait des bras fins et très musclés.

– Vous aussi, serrez mains ! ordonna-t-elle en désignant de la tête nos mains libres.

Benjamin saisit mon poignet et moi le sien. Il était doux et chaud, et je sentais son pouls battre sous sa peau. Nous étions à présent assis tous les trois en triangle à même le sol, jambes croisées et poignets joints. À l'extérieur du cercle, Pip s'ennuyait et faisait la tête.

– Fermez les yeux, demanda Jin Lo. Pensez.

Je fermai les paupières et sentis que le baume sur mes poignets et mes tempes me picotait. Je me demandai si Benjamin aussi sentait battre mon pouls.

– Apothicaire dit cacher vous, commença Jin Lo. Vous aller dans cave.

Je me sentais légèrement étourdie et désorientée, comme si quelque chose était en train de se passer dans la partie de mon cerveau qui se trouvait juste derrière mes yeux et mes paupières. Le présent commença à s'estomper, et je me retrouvai transportée dans le passé. Ce n'était pas ma mémoire normale, celle qui se superposait au présent et pouvait coexister avec d'autres pensées et expériences. J'avais l'impression de vivre un rêve éveillé, d'un réalisme intense, qui me ramenait à une époque et un lieu déjà connus. Je revivais la terreur que j'avais éprouvée ce soir-là dans la cave de l'apothicaire, et la gêne de me trouver seule avec Benjamin, cet inconnu. Je sentis son épaule contre la mienne alors qu'il essayait de faire tourner la poignée verrouillée. Puis j'entendis les voix dans la boutique, trop distantes pour que je comprenne ce qu'elles disaient, puis l'explosion. C'est alors que les voix des Allemands se rapprochèrent et que l'un d'eux demanda :

– *Wo ist er ?*

– *Ich weiss nicht*, répondit l'autre. *Er ist verschwunden*.

– Eh bien ? interrogea Jin Lo à côté de moi, m'arrachant brusquement à ma rêverie.

J'ouvris les yeux et battis des paupières en essayant de reproduire les paroles des Allemands. Jin Lo écouta attentivement.

– Eux pas voir apothicaire, dit-elle. Eux dire : « Où est-il ? Retourne. Avant. »

Je refermai les yeux et ressentis à nouveau l'étrange vertige. Une fois de plus, je descendis à la cave en compagnie de Benjamin, avant que les Allemands arrivent. Juste au moment où son épaule frôlait la mienne, j'entendis un murmure rauque au-dessus de ma tête, en anglais. Je ne l'avais pas perçu auparavant, à cause de toute l'agitation.

– *L'abri, Benjamin*, murmurait son père. *Je serai dans l'abri*.

Puis je discernai les voix à plusieurs mètres, et l'explosion, et le fracas des objets brisés dans la boutique. La voix inconnue demanda à nouveau :

– *Wo ist er ?*

J'ouvris les yeux.

– Tu l'as entendu ? demandai-je à Benjamin.

– L'abri ! s'écria-t-il.

– Ce n'est pas ici – cette cave ?

– Non, répondit-il. Il y a un vieil abri Morrison[1] là-haut, qui date de la guerre. Mon père s'en sert comme table.

On remonta l'échelle en vitesse et Benjamin se dirigea vers un coin de l'arrière-boutique où il y avait une grande table basse recouverte d'une toile cirée, avec des livres et des papiers éparpillés dessus. Benjamin souleva la toile cirée. La table était en réalité une énorme cage métallique avec des côtés grillagés et un couvercle en acier.

Pip laissa échapper un sifflement admiratif.

– Z'avez ça chez vous ? s'émerveilla-t-il. Chez nous, papa et maman y d'vaient s'réfugier dans le métro.

– L'abri ne résisterait pas à l'impact direct d'une bombe, expliqua Benjamin. Mais il était censé empêcher les murs de s'effondrer sur nous, au cas où un V1 serait tombé sur l'immeuble. Mon père et moi, on avait l'habitude de s'y installer la nuit pour dormir. C'était devenu un jeu.

Il fit une pause, puis conclut :

– Toujours est-il qu'il n'est pas à l'intérieur.

– Il a dit qu'il serait dans l'abri, m'exclamai-je.

– Peut-être qu'il y était et qu'il en est parti. Peut-être qu'on n'a pas bien entendu. De toute façon, les Allemands l'auraient retrouvé s'il s'était caché là.

1. Cage d'acier qui, à l'intérieur des appartements, servait d'abri anti-aérien aux gens qui n'avaient pas de jardin (NDT).

Je cherchai Jin Lo des yeux et réalisai qu'elle n'était pas remontée avec nous. Je retournai à la trappe et jetai un coup d'œil dans la cave. Elle était accroupie sur le sol et écarquillait des yeux épouvantés.

– Jin Lo ? appelai-je.

Elle sursauta au son de ma voix, l'air affolé.

– Qu'est-ce qui ne va pas ?

Elle secoua la tête et bredouilla quelque chose que je ne compris pas. Je descendis l'échelle et vis qu'elle tremblait.

– Que se passe-t-il ? demandai-je en m'asseyant à côté d'elle.

Elle leva les mains et contempla ses poignets. Ils luisaient du même onguent que celui dont elle nous avait enduits, Benjamin et moi. Son masque d'austérité implacable était tombé, faisant place à la peur et à la vulnérabilité.

– Des souvenirs oubliés, revenus, dit-elle.

Au sommet de l'échelle, Pip et Benjamin regardaient à l'intérieur de la cave.

– Ça va ? voulut savoir Benjamin.

– Elle tremble comme une feuille, répondis-je.

– Les soldats venir, murmura Jin Lo d'une voix de petite fille. Armée japonaise. Moi, huit ans. Eux tuer père, mère, petit frère. Eux croire moi morte. Tous ces fusils. La nuit, tout silencieux. Moi sortir de sous corps de la voisine et regarder. Toute la ville...

Elle s'arrêta, ses frêles épaules agitées de spasmes et de tremblements. Elle pressa ses mains contre ses yeux, comme pour bloquer une vision d'horreur, étalant de l'onguent sur ses joues.

Je posai ma main sur son épaule en me demandant si elle serait capable de bouger, tant elle était ébranlée.

– Janie, articula Benjamin après ce qui me sembla un très long moment. On ne peut pas rester ici. Ils risquent de revenir.

Je plongeai la main dans la poche de mon pantalon – ou plus exactement, du pantalon de Benjamin – et trouvai un autre de ces mouchoirs bien propres que son père avait dû soigneusement repasser. Doucement, j'écartai une main du visage de Jin Lo et nettoyai le baume sur la peau délicate de son poignet.

– Il faut partir, soufflai-je. C'est dangereux de rester ici.

J'essuyai son autre poignet, puis son visage ruisselant de larmes et d'onguent. Elle se laissa faire, comme une enfant.

– Je suis désolée pour votre famille, murmurai-je. Et votre ville.

Elle battit des paupières, l'air perdu.

– Nous avons besoin de votre aide, assurai-je. L'apothicaire a dit qu'il serait dans l'abri Morrison, mais il n'y est pas.

Il me sembla que ses yeux revenaient doucement au temps présent et se fixaient sur moi.

– Venez, la pressai-je en l'aidant à se relever.

Elle tremblait sur ses jambes comme si toutes ses forces l'avaient abandonnée.

– Pouvez-vous grimper à l'échelle ?

– Moi essayer, lâcha-t-elle.

Je me postai derrière elle pour m'assurer que ses pieds étaient bien en appui sur les barreaux tandis que Benjamin et Pip la hissaient vers le haut. Une fois remontés, on s'approcha de l'abri Morrison, et Jin Lo s'accroupit pour jeter un coup d'œil à travers la paroi grillagée.

– Nous ouvrir, proposa-t-elle, et tous ensemble, nous soulevâmes l'un des côtés les plus longs de la cage, que nous fîmes pivoter sur ses gonds.

Je m'imaginais Benjamin tout petit avec son père dormant sur la planche qui servait de fond.

– Voyez ça, dit Jin Lo en désignant un petit monticule de poussière blanche sur la planche. Japonais appeler « Morijio ». Comme offrande Shinto. Mais Anglais appellent « Femme de Loth » – vous savoir ?

– Loth, c'est pas celui qui avait la poisse ? demanda Benjamin.

– Non, ça c'est Job, rectifiai-je.

– La femme de Loth, elle s'est transformée en statue d'sel, glissa Pip.

Je le regardai, surprise.

– Comment tu sais ça ?

Pip haussa les épaules.

– On m'a obligé à aller à la messe une fois, parce que j'avais volé. Mais j'aimais bien les histoires qu'on racontait là-bas.

– Le sel, ton père, poursuivit Jin Lo.

– Quoi ? s'exclama Benjamin.

– Maintenant, toi va chercher éprouvette, ordonna-t-elle. *Propre*.

CHAPITRE 22

La statue de sel

Jin Lo grimpa à l'intérieur de l'abri Morrison et récolta tout le sel sur une feuille de papier, en prenant soin d'en récupérer méticuleusement chaque grain du bout du doigt. Je n'arrivais pas à croire

que ce monticule de sel pouvait être l'apothicaire, mais je comprenais qu'elle ne veuille pas risquer d'égarer une jambe ou un bras. Elle plia la feuille en deux, en versa le contenu dans une éprouvette, puis sortit de la cage métallique. Elle portait encore des traces de larmes sur la figure, mais semblait avoir retrouvé ses moyens.

– Où lui travailler ? demanda-t-elle.

Benjamin jeta un coup d'œil circulaire à la pièce jonchée de papiers, puis leva les mains en disant :

– Ici.

– Non. *Vrai* travail. Laboratoire.

Benjamin secoua la tête.

– Je ne sais pas.

– Ici, dans maison.

– Pas au premier. C'est là où nous habitons.

J'inspectai la pièce, qui ne comportait aucune porte, hormis celle ouvrant sur le magasin.

– Et la porte qui se trouve à la cave ? proposai-je.

On redescendit tous dans le noir, et Pip sortit son trombone pour forcer le gros cadenas qui fermait la porte.

– Pas le temps, lâcha Jin Lo. Attends.

Elle me tendit l'éprouvette, poussa Pip de côté, puis asséna dans la porte un coup de pied digne des maîtres du kung-fu. Celle-ci tourna sur ses gonds et Jin Lo entra calmement sous nos regard éberlués.

On pénétra à sa suite dans ce qui était effectivement un laboratoire. À l'inverse de la cave poussiéreuse et laissée à l'abandon, celui-ci était d'une propreté irréprochable, avec des rangées de flacons et de bocaux parfaitement alignés. Il y avait un four, un évier et plusieurs brûleurs à gaz, des éprouvettes, des fioles, des creusets, des mortiers et des pilons de toute taille, en bois ou en marbre, ainsi qu'un bol noir en onyx et un autre en jade vert.

Tel un chef cuisinier s'affairant derrière ses fourneaux, Jin Lo sortit un énorme chaudron en cuivre dans lequel elle vida une bouteille contenant un liquide blanc, puis une autre de liquide clair, et alluma le gaz.

– Vous n'allez pas mettre mon père là-dedans, s'écria Benjamin.

– Nous attendu trop longtemps, rétorqua-t-elle en versant des graines noires dans le mortier de jade. Plus difficile à changer, maintenant. Toi vouloir ton père comme ça ?

Elle me tendit le mortier et le pilon.

– Toi, broyer ! ordonna-t-elle.

– Mais, si quelque chose va de travers ? insista Benjamin.

Jin Lo inspecta de nouveau les étagères et donna une tape sur la main de Pip, qui cherchait à s'emparer d'un bocal portant l'inscription « Réglisse ».

– Rien qu'un p'tit bout ? implora-t-il.

Elle l'ignora. Je commençai à broyer les graines noires avec un gros pilon.

– J'ai besoin de me recueillir une minute en compagnie de l'éprouvette, déclara Benjamin.

Jin Lo le regarda.

– En compagnie *sel*, dit-elle.

La mâchoire de Benjamin se crispa.

– N'empêche que c'est mon père.

Jin Lo soupira devant ce sentimentalisme, mais lui laissa l'éprouvette.

Benjamin la prit à deux mains et nous tourna le dos. Il chuchota quelque chose à son père, et malgré la petite taille de la pièce, je ne parvins pas à discerner ses paroles.

Le liquide dans le chaudron avait commencé à bouillir. Jin Lo y ajouta une poudre rouge foncé, puis plusieurs cuillerées d'une pâte jaune contenue dans un bocal. Elle prit le mortier, inspecta le résultat de mon travail, redonna quelques coups de pilon, puis versa les graines broyées dans le chaudron et remua la mixture avec une cuillère en bois. En bouillant, la solution avait commencé à épaissir et à prendre une coloration kaki. Jin Lo approcha la cuillère de ses narines et la renifla.

– Maintenant, annonça-t-elle à Benjamin.

Il regarda le chaudron.

– Je ne peux pas, dit-il en serrant l'éprouvette dans ses mains.

– *Maintenant*, réitéra Jin Lo. Sinon trop tard, trop épais.

– Vous l'avez déjà fait ? demanda-t-il.

– Non. Moi lire comment faire.

– Et si vous vous trompiez ?

Jin Lo haussa les épaules.

– Dans ce cas, lui rester sel.

Je voyais bien que Benjamin hésitait à se séparer de son père de crainte de ne plus jamais le récupérer. Pour finir, il tendit l'éprouvette à Jin Lo et se détourna, incapable de jeter son contenu dans le mélange gluant.

Pip approcha un tabouret pour examiner l'intérieur du pot, tandis que je me mettais sur la pointe des pieds. À mesure que Jin Lo touillait, la mixture prenait une consistance de plus en plus épaisse. Au début, rien ne se passa. Je réalisai que j'avais arrêté de respirer. Et je crois bien que Pip aussi. Je pensai aux sorcières de *Macbeth*, se penchant au-dessus du chaudron pour voir s'accomplir le sortilège maléfique. Que disaient-elles déjà ? « Œil de têtard et langue de crapaud » ?

Jin Lo commença à prélever la substance du pot avec la cuillère, en l'étirant et en la faisant filer comme du caramel. N'y tenant plus, Benjamin se retourna pour regarder. Jin Lo étira la mixture gluante, et il me sembla voir quelque chose qui ressemblait à un genou. Le genou se figea pendant une seconde avant de retomber dans le chaudron. Je clignai des paupières, pensant avoir rêvé. Puis j'aperçus un morceau de bras, qui s'évanouit lui aussi dans le pot.

Soudain, tout le contenu se mit à bouillir à gros bouillons et à déborder de la casserole, et la tête de l'apothicaire émergea quelques instants avant de disparaître. Puis la tête surgit à nouveau, avec les deux épaules cette fois. Deux mains poisseuses s'agrippèrent au bord du chaudron et hissèrent le torse, puis les jambes, hors de la marmite. L'apothicaire se dressa sur le plan de travail, nous dominant de toute sa hauteur, et Jin Lo lui tendit un torchon pour lui éviter de se retrouver nu devant nous quand toute la matière gluante se serait égouttée. Il le noua autour de sa taille, comme un pagne, et elle lui donna une deuxième serviette pour qu'il s'essuie la figure et les bras. Pip observait la scène bouche bée. Et je faisais probablement de même. Jin Lo avait réussi à reconstituer l'apothicaire à partir d'un minuscule tas de sel, et voilà qu'il se tenait devant nous, entier et vivant.

Il jeta un regard surpris autour de lui, puis examina ses mains. C'est alors qu'il vit son fils à ses pieds.

– Benjamin !

Pip sauta au bas de son tabouret et l'offrit à l'apothicaire, qui descendit du plan de travail. Il essuya un reste de mixture sur sa poitrine. Benjamin se jeta au cou de son père.

D'abord étonné, celui-ci serra à son tour son fils dans ses bras. Je me rappelai leur querelle dans la boutique, parce que Benjamin refusait de devenir apothicaire, et me demandai depuis combien de temps ils ne s'étaient pas embrassés. Benjamin était aussi grand que son père, mais il posa la tête sur son épaule en fermant les yeux comme un enfant. Mon cœur se serra quand je pensai à mes propres parents, qui étaient quelque part à la campagne et ignoraient totalement où je me trouvais.

Quand Benjamin et son père s'écartèrent l'un de l'autre, Jin Lo s'approcha et tendit la main à M. Burrows.

– Moi Jin Lo.

L'apothicaire battit des paupières.

– C'est vous ?

– Pas en sécurité ici, indiqua-t-elle. Nous partir. Vous habits ?

– Je suis désolé, dit-il. D'après notre correspondance, j'avais toujours pensé que vous étiez... euh, un homme.

Jin Lo haussa les épaules comme si elle le savait déjà. Elle était très jolie quand elle était détendue et rassurée, comme maintenant.

M. Burrows nous regarda tous l'un après l'autre.

– Tu es la petite Américaine, n'est-ce pas ? me demanda-t-il.

– Oui, moi c'est Janie. Et voilà Pip.

– Pip, répéta-t-il, légèrement abasourdi, avant de s'adresser à Jin Lo : Combien de temps s'est écoulé ? Ai-je raté l'expérience ?

– Non, répondit-elle. Nous rencontrer demain sur bateau.

– Quelle expérience ? voulut savoir Benjamin.

L'apothicaire se frotta le front et poursuivit :

– Je n'ai pas encore fini les préparatifs.

– Vous avoir tout ce qu'il faut ? s'enquit Jin Lo.

– Oui, oui, assura-t-il en s'essuyant la figure.

Presque toute la mixture s'était égouttée sur le sol à présent.

Benjamin donna une paire de lunettes de secours à son père, qui alla chercher un change complet de vêtements dans un placard. Il les enfila en vitesse, puis inspecta ses étagères.

Dans un autre placard, il prit une sacoche de cuir noir qu'il remplit de fioles, en suivant les conseils de Jin Lo.

– Il faut que j'aille faire un tour au jardin botanique, déclara-t-il.

Réalisant qu'il n'était pas au courant, je l'informai :

– Le jardinier est mort.

Il me regarda sans comprendre.

Au même instant, Pip leva les yeux, un bâton de réglisse dans la bouche.

– Chut ! souffla-t-il en montrant le plafond.

On tendit l'oreille. Un bruit de pas nous parvint depuis l'étage.

– Est-ce que ce labo a une sortie vers l'extérieur ? demandai-je.

L'apothicaire secoua la tête. Il prit un bocal de poudre grise sur une étagère et le remit à Jin Lo. Elle hocha la tête et s'empara d'une longue pipette en verre, qu'elle planta dans la poudre comme une paille.

L'apothicaire saisit sa sacoche.

Jin Lo grimpa l'échelle la première avec le bocal de poudre, et je lui emboîtai le pas.

J'aperçus deux hommes accroupis, de dos, en train d'inspecter l'abri Morrison. Je ne pouvais pas voir leurs visages, mais je reconnus les silhouettes de Danby et du balafré.

Jin Lo s'approcha à pas de loup de la porte.

Je sortis à mon tour de la trappe, mais je n'étais pas aussi leste que Jin Lo.

Le plancher craqua sous mes pieds, faisant se retourner les deux complices.

Quand le balafré fondit sur moi, Jin Lo tira la paille du bocal et souffla de la poudre grise dans ses yeux et dans ceux de Danby.

Ce dernier poussa un cri et le balafré jura en allemand en s'approchant de Jin Lo à tâtons. Elle réussit à s'esquiver avant qu'il l'attrape.

On courut jusqu'à la porte du magasin, suivies par Benjamin, son père et Pip.

Danby et le balafré essayèrent de nous pourchasser, mais, toujours aveuglés, ils se cognaient dans les étagères encore debout.

– Ils ont perdu la vue pour toujours ? demanda Benjamin tandis que nous nous hâtions dans Regent's Park Road, sans courir pour ne pas attirer l'attention.

– Oh non, répondit son père. Ce serait un crime de priver définitivement quelqu'un de la vue.

– Pas ces deux-là, dit Benjamin.

– Oh, mais si, même eux, protesta l'apothicaire.

CHAPITRE 23

Le plan de l'apothicaire

L'apothicaire blêmit quand on lui raconta comment le jardinier avait été tué. Il ne me semblait pas prudent de retourner dans le jardin, mais il insista. Lorsqu'on tourna au coin de la rue où se trouvait l'appartement de mes parents, je filai prévenir Mme Parrish que j'allais passer la nuit chez mon amie Sarah pour qu'on puisse potasser ensemble nos devoirs de latin.

– Tes parents seraient d'accord ? me demanda la logeuse.

– Oh, mais bien sûr, dis-je.

– De mon temps, aucune fille un peu jolie ne se serait mis en tête d'étudier le latin, remarqua-t-elle. Les garçons n'aiment pas les filles trop intelligentes.

– Les temps changent ! lançai-je avec un grand sourire, prête à franchir à nouveau la porte.

Je pouvais sentir l'odeur de gin à plusieurs mètres. Je priai le ciel pour qu'elle ne remarque pas que je portais les affaires de Benjamin.

– Oh, quel monde ! s'exclama Mme Parrish. Susan, c'est bien le nom de ton amie ?

– Sarah, rectifiai-je.

– Ah oui. Sarah. Je ferais bien de le noter quelque part.

– Au revoir, Mme Parrish !

Tandis que nous nous rendions au jardin par des chemins détournés, on raconta à l'apothicaire comment on avait été arrêtés et conduits à Turnbull Hall, puis presque capturés par M. Danby, notre prof de latin qui avait tout l'air d'être un espion, et son ami de la Stasi.

– Danby nous a dit que le balafré était un agent double qui travaillait pour l'Angleterre, expliqua Benjamin. Mais on pense que c'est Danby l'agent double, et qu'il travaille pour les services secrets soviétiques.

– Je vois, marmonna son père, mais j'eus l'impression qu'il ne voyait rien du tout.

Quand on arriva au jardin botanique de Chelsea, la grille était verrouillée et il faisait nuit.

– Il faut que je voie où le jardinier est mort, dit le père de Benjamin.

Je frémis à l'idée de devoir retourner dans la chaumière, mais on l'aida à passer par-dessus le portail. Pip et Jin Lo, quant à eux, n'eurent aucun mal à l'escalader et à se laisser retomber de l'autre côté.

Le jardin était silencieux. Plutôt que de marcher dans les allées gravillonnées, on traversa la pelouse pour éviter de faire du bruit. On montra à l'apothicaire le cadran solaire cassé, puis, à travers la fenêtre, l'endroit où on avait retrouvé le jardinier. Une tache sombre de sang séché était encore visible sur le plancher.

– Ils n'avaient aucune raison de le tuer, s'insurgea l'apothicaire. C'était l'homme le plus doux qu'il m'ait été donné de rencontrer.

– Ils l'ont tué parce qu'il a voulu nous aider, dis-je. C'est à cause de nous.

– Non, c'est à cause de moi, rectifia-t-il.

Nous lui montrâmes ensuite l'endroit où il avait caché le flacon d'élixir avien, parmi les plants d'*Artemisia veritas*.

– Vous l'avez... ?

– J'étais une alouette, raconta Benjamin. C'est comme ça qu'on a réussi à s'échapper de Turnbull Hall.

Son père sourit tristement.

– Mon père m'a révélé le secret de l'élixir pour me convaincre de prendre sa suite dans la boutique. Et j'avais l'intention de faire la même chose avec toi.

– Et ça aurait marché, affirma Benjamin.

– Mais d'abord, je voulais que tu sois prêt. Or tu... tu semblais vouloir prendre une tout autre direction.

– Si tu m'avais dit la vérité, j'aurais peut-être changé d'avis.

– On ne devrait pas rester ici, soufflai-je soudain. On pourrait nous trouver. Dans combien de temps Danby et le balafré vont-ils retrouver la vue ?

– Tout dépend de la dose et de l'efficacité de l'application.

– Efficacité optimale, signala Jin Lo. Dose maximale.

– Dans ce cas, demain matin peut-être, estima l'apothicaire. Mais il faut que je sois dans le jardin aux premières heures du jour.

– On pourrait se cacher sous le mûrier blanc, suggéra Benjamin.

Il nous conduisit à l'écart de la chaumière, dans la partie secrète du jardin où un grand arbre étalait ses longues branches jusque sur le sol. Il repoussa une des branches et on se glissa sous le feuillage comme dans une grotte de verdure. Il y avait assez d'espace pour accueillir cinq personnes, et on s'installa au pied du tronc.

– Quelle chouette cachette ! s'écria Pip en s'allongeant sur le dos pour pouvoir contempler à son aise le plafond végétal au-dessus de nos têtes.

– Explique-nous pourquoi le ministère de la Guerre britannique et les services secrets soviétiques sont à tes trousses, demanda Benjamin à son père.

L'apothicaire s'assit dans l'herbe et sembla réfléchir un moment.

– Mon père, commença-t-il, et son père avant lui, et ainsi de suite pendant des générations depuis le Moyen Âge, se sont intéressés à l'étude de la matière dans le but de soigner le corps humain. Ils ont toujours mené leurs travaux dans le plus grand secret, car ceux-ci auraient pu être considérés comme une menace par les autorités – à l'exception du roi Henry VIII, qui s'intéressait beaucoup à la médecine et était ouvert à toutes les pratiques susceptibles de guérir ses maux. Le seul problème était qu'il changeait d'avis comme de chemise. Ou comme de femme.

– Nos ancêtres connaissaient le roi ? s'étonna Benjamin.

– Ils ont eu, puis perdu la faveur du roi, rectifia l'apothicaire. Mais de tout temps, les secrets ont été conservés dans la *Pharmacopée*. Au fait, vous avez le livre ? demanda-t-il, soudain inquiet.

Je vis à la mine de Benjamin qu'il avait complètement oublié la *Pharmacopée*.

– Il est en sûreté, annonça-t-il.

– Où cela ?

– Au collège.

L'apothicaire eut l'air consterné.

– Là où enseigne M. Danby ?

– M. Danby est aveugle et il ne sait pas où se trouve le livre de toute façon, répondis-je.

– J'espère que vous dites vrai, soupira l'apothicaire avant de reprendre son récit : au fil du temps, quand il est devenu plus facile de voyager et de correspondre, nous nous sommes lancés à la recherche de gens vivant dans d'autres pays qui avaient suivi la même voie que nous. Les travaux avancent toujours plus vite en temps de guerre, quand le corps humain est malmené et que les savants mettent au point de nouvelles armes. Cela nous oblige à trouver d'autres moyens de soigner les blessures et de soulager la douleur. Et il arrive alors de faire des découvertes qui n'ont rien à voir avec la médecine. Par exemple, les altérations temporaires.

– Comme de s'changer en piaf, compléta Pip.

– Précisément, confirma l'apothicaire. Pouvez-vous me redire qui est ce garçon ?

– On s'est retrouvés enfermés ensemble à Turnbull Hall, expliqua Benjamin. Il nous a aidés à nous évader. C'est un ami.

– Dans ce cas, tu as toute ma reconnaissance.

Pip hocha la tête et lâcha :

– Continuez vot'histoire.

– Tu étais encore tout petit quand la guerre a éclaté, Benjamin, reprit l'herboriste. On envoyait les enfants à la campagne par milliers, avec une plaque d'identité autour du cou. Mais tu étais trop jeune pour partir seul. Certaines mères accompagnaient leurs enfants, naturellement, mais la tienne m'aidait dans mes recherches et ne voulait pas me quitter et... j'avoue que je ne sais pas ce que j'aurais fait sans vous deux. Pendant des mois il ne se passa rien. On nous avait donné un masque à gaz pour toi. Ta mère l'emportait partout avec elle, mais nous n'avons jamais eu besoin de l'utiliser. Puis le Blitz a commencé. Des centaines d'avions allemands larguaient chaque nuit des tonnes de bombes explosives et incendiaires. Pour finir, nous avons décidé que tu ne pouvais pas rester à Londres. Peu avant que ta mère et toi partiez à la campagne, une bombe est tombée sans exploser dans Regent's Park Road.

L'apothicaire fit une pause et regarda ses mains.

– Ta mère, qui avait suivi une formation d'infirmière, s'était enrôlée chez les Secouristes volontaires. Après la fin de l'alerte, elle est sortie pour porter secours aux blessés et la bombe a brusquement explosé, la projetant contre un mur. Elle est morte sur le coup, la nuque brisée.

Pendant que tout le monde combattait les incendies, je suis resté accroupi dans la rue, au milieu du chaos, avec ma femme dans mes bras. Je n'ai jamais connu pire souffrance. J'ai pris conscience de l'horreur de la guerre. J'ai pensé à tous les jeunes hommes qui étaient morts en France, en Italie, en Grèce, en Afrique et en Allemagne, pour la victoire. J'étais profondément choqué, et les années suivantes ont été un cauchemar. Puis les bombes sont tombées sur Hiroshima et Nagasaki, et la guerre du Pacifique a pris fin. Ça a été un grand soulagement et une grande joie, et aussi une révélation : la puissance des États-Unis était colossale. Les scientifiques avec qui je correspondais m'avaient parlé des essais nucléaires, mais je n'étais pas préparé à un tel cataclysme. Ma première pensée a été qu'une souffrance insoutenable, semblable à celle que j'avais ressentie à la mort de ta mère, s'était abattue sur deux villes sous la forme de gigantesques nuages. Et même sur la nation japonaise tout entière.

Jin Lo s'était mise à pleurer en silence. Elle devait être en train de penser à l'invasion japonaise en Chine. Je cherchai un moyen de l'expliquer à l'apothicaire. Mais elle essuya ses larmes et dit :

– Moi, aller bien. Vous raconter histoire.

– La fureur et le chagrin étaient notre pain quotidien, poursuivit le père de Benjamin. Et voilà qu'une terrible bombe venait d'être inventée, grâce à laquelle un peuple en colère pouvait en anéantir un autre. J'étais le père d'un petit garçon qui avait grandi au milieu des décombres et du deuil, et je ne pouvais pas me résoudre à le voir vivre dans un monde aussi abominable.

Il fit une pause, puis reprit :

– C'est pourquoi je me suis mis au travail. Je savais *grosso modo* comment fonctionnait la bombe atomique, d'autant que mon père et mon grand-père m'avaient expliqué qu'il était possible de réorganiser les atomes et de les manipuler de façon à transformer une chose en une autre. Tandis que je menais mes recherches, la rumeur selon laquelle les Soviétiques avaient fabriqué leur propre bombe atomique et les Américains en imaginaient de plus grosses a commencé à se répandre. Les deux pays étaient en train de se doter d'armes capables de détruire le monde. Les gens prétendaient que ni l'un ni l'autre n'oserait s'en servir. Mais moi, j'étais persuadé du contraire.

– Bien sûr, renchérit Pip.

Le menton dans la main et les jambes repliées sous lui, il écoutait comme un enfant à qui on raconte une histoire.

– Je voulais trouver un moyen de sécuriser entièrement une ville en cas de bombardement atomique. Mais ce n'est pas facile. Je songeai tout d'abord à créer une sorte de bouclier – un espace à l'intérieur duquel il aurait été impossible de désintégrer l'atome. Un bouclier de petite taille était réalisable, mais à l'échelle d'une ville, c'était un défi.

C'est alors que j'ai eu l'idée de créer une sorte de zone de confinement, une chose envisageable à condition de réagir très vite, immédiatement après le largage d'une bombe. En tant que gardien d'îlot pendant la guerre, je savais que les sirènes donnaient l'alerte dès qu'un avion ennemi était détecté. En déployant un bouclier de protection au-dessus de la ville, il aurait été possible de limiter les dégâts et les radiations mortelles.

J'ai commencé à écrire à des gens qui menaient des recherches similaires à l'étranger. Et c'est ainsi que j'ai entamé une correspondance avec Jin Lo.

Il regarda la jeune femme à la longue tresse sombre.

– Que j'imaginais plutôt sous les traits d'un éminent savant aux cheveux blancs.

Jin Lo haussa les épaules.

– N'est pas important.

– Vous avez mis au point un filet des plus élégants, précisa-t-il. Voudriez-vous le décrire ?

– Vous vouloir expliquer eux *absolument tout* ? demanda-t-elle.

– Juste les grandes lignes.

– C'est filet polymère, indiqua-t-elle.

L'apothicaire attendit qu'elle continue, mais elle refusa d'en dire plus.

– C'est une idée aussi simple que brillante, reprit-il. Elle consiste à répandre dans l'air des particules qui réagissent à la radiation et créent un polymère extrêmement résistant qui se contracte à mesure qu'il se solidifie. La contraction absorbe l'explosion et la ratatine sur elle-même. Si cela fonctionne, ce sera un phénomène d'une grande beauté.

– Sinon nous mourir, glissa Jin Lo.

L'apothicaire ignora cette dernière remarque.

– De mon côté, j'ai cherché un moyen d'absorber les radiations, même si le filet polymère permet de contenir l'explosion. J'en suis venu à la conclusion que la solution était de nature botanique. De la même façon que les plantes absorbent le dioxyde de carbone, j'étais certain que l'une d'entre elles absorbait les radiations nucléaires. J'ai effectué différents tests avant de porter mon choix sur la fleur du jaival, qui est un lotus blanc rapporté d'Inde par les navires marchands au siècle dernier. L'air autour de la fleur du jaival est particulièrement riche en Quintessence.

Il marqua une pause, comme s'il attendait une réaction admirative de notre part.

– Mais... qu'est-ce que la Quintessence ? demandai-je.

Il eut l'air surpris par mon ignorance.

– Le cinquième élément, bien sûr ! La source de la vie. La puissance vitale capable de combattre la mort. Mais le seul et unique spécimen de jaival de toute l'Angleterre se trouve dans ce jardin, et son cycle de vie est très, très lent. Il ne fleurit que tous les sept ans. Il faudrait donc attendre jusqu'en 1955, autrement dit encore trois ans. Longtemps j'ai pensé que ce n'était pas un problème, car nous avions tout notre temps. Mais la Russie a commencé à tester de nouvelles bombes, et l'Angleterre à se doter d'usines atomiques. De sorte que je n'ai eu d'autre choix que de hâter la floraison – ce qui s'est avéré très complexe.

L'apothicaire sombra dans le silence, visiblement préoccupé par les complications que présentait le cycle de vie du jaival.

– Et donc ? demanda Benjamin.

– Oui, et donc, Leonid Shiskine, notre contact au sein de l'ambassade soviétique, nous a informés que l'Union soviétique allait bientôt tester une nouvelle bombe dans le Nord, sur un archipel appelé Novaïa Zemlia. Si bien que nous avons dû accélérer nos travaux. Jin Lo et notre physicien hongrois, le comte Vili, établi au Luxembourg, devaient venir à Londres.

Benjamin et moi nous regardâmes. Un comte hongrois ! L'homme de l'hôtel !

– Mais Jin Lo a été enlevée à son arrivée, poursuivit l'apothicaire. Et j'ai bien failli l'être aussi. Les autorités britanniques ont dû intercepter nos lettres et déchiffrer notre code secret. Nous les avons sous-estimées. Mais nous possédons un bateau dont j'espère que l'existence est restée secrète. Car il n'a jamais été mentionné dans les lettres. Il faudrait aussi que nous sachions si Vili est en sécurité.

– Est-ce un homme plutôt grassouillet et élégant ? demanda Benjamin.

Le visage de l'apothicaire s'illumina.

– Oui, c'est cela ! Vous l'avez vu ?

– On a vu Shiskine lui passer des pages de journal, précisai-je. La veille du jour où il vous en a passé à vous. On l'a suivi jusqu'à son hôtel, mais on n'a pas réussi à découvrir son nom.

– Pourquoi m'espionniez-vous ? s'agaça l'apothicaire en fronçant les sourcils.

– Ce n'était pas toi qu'on espionnait, mais Shiskine, répondit Benjamin sèchement. Je croyais que c'était un espion russe.

– Tu aurais dû savoir que ces gens étaient mes collègues.

– Je ne savais rien du tout pour la bonne et simple raison que tu ne m'as jamais rien dit !

– Racontez-nous-en plus au sujet du comte Vili, demandai-je, m'efforçant de calmer le jeu entre eux. Ce n'est pas un physicien comme les autres, n'est-ce pas ? Il est physicien comme vous, vous êtes apothicaire.

– Son nom est Vilmos Hadik de Galántha, expliqua l'apothicaire. Il a perdu ses deux parents durant la Première Guerre mondiale et a été envoyé au

Luxembourg avec un tuteur allemand et une grosse somme d'argent. Son tuteur, un physicien peu ordinaire, comme tu le dis si bien, a décidé de former Vili qui avait des dispositions pour l'étude des sciences.

– Comme vous, ajoutai-je en me tournant vers Jin Lo.

Elle avait dénoué sa tresse et peignait sa longue chevelure soyeuse avec ses doigts. Quand je me faisais des nattes, mes cheveux gardaient l'empreinte ondulée de la tresse jusqu'à ce que je les lave. Ceux de Jin Lo, en revanche, étaient aussi lisses qu'un voile d'eau noire.

– J'ai fait la connaissance de Vili quand il est venu étudier à Cambridge, reprit l'apothicaire. Il était insouciant et très dissipé à l'époque. Il passait son temps à boire et à canoter, et mon père estimait qu'il était le déshonneur de notre profession. Mais comme beaucoup d'hommes, il a fini par mûrir et trouver sa voie. Et il a accompli ce qu'aucun de nous ne croyait pensable. Il a découvert le moyen d'arrêter le temps.

– Ce n'est pas possible, objecta Benjamin.

– Mais si, ou plus précisément, il a réussi à geler la course du temps, comme on refroidit certaines réactions chimiques afin qu'elles se déroulent très lentement. Il crée une sorte de vide temporel autour de lui, dont lui seul est exclu. C'est tout à fait remarquable. Les Hongrois sont brillants en physique en plus des mathématiques et de la musique. J'ai toujours pensé que c'était parce que très peu de gens sont capables de parler leur langue.

Ils ont dû trouver des moyens autres que linguistiques pour communiquer avec le reste du monde.

Il sourit à cette idée.

– Ainsi donc, il est capable de congeler le temps, remarqua Benjamin pour le tirer de sa rêverie.

– Il va sans dire que c'est très pratique, reprit l'apothicaire. Car ainsi il peut contrôler la situation quelle qu'elle soit. Et comme il est riche comme Crésus par-dessus le marché, il a pu louer un brise-glace norvégien pour qu'on aille dans le Nord. Il connaît bien l'équipage et lui fait entièrement confiance. Le bateau va emprunter la route des fjords. C'est notre seul espoir de rallier Novaïa Zemlia.

– Mais avant, il nous faut fleur jaival, lui rappela Jin Lo, dont les cheveux étaient à nouveau tressés en une épaisse natte soyeuse.

– Oui, bien sûr, approuva l'apothicaire. Nous allons commencer la récolte à l'aube, dès les premiers rayons du soleil. D'ici là, je pense que nous devrions rester ici et dormir un peu.

– Mais on n'a pas dîné, protesta Pip.

L'apothicaire eut l'air perplexe. Il était capable de se transformer en sel, et peut-être même de neutraliser la bombe atomique, mais il ne pouvait pas créer un dîner à partir de rien pour trois enfants cachés sous un mûrier blanc.

– Nous déjeunerons bien demain matin, continua-t-il. Nous ne pouvons pas vous laisser sortir du jardin. C'est trop risqué, maintenant que vous êtes au courant de nos plans.

Pip plissa ses yeux ronds de lémurien et lança :

– Écoutez, m'sieur. Vous faites c'que vous voulez, moi j'vais pas coucher par terre sans dîner.

Puis il y eut un bruissement de feuillage et il disparut, comme s'il n'avait jamais été là.

Personne ne chercha à le rattraper – mais l'apothicaire se tourna vers nous, et demanda, l'air sévère :

– Que savez-vous de ce garçon ? Comment êtes-vous sûrs que ce n'est pas un mouchard qu'on a placé exprès dans votre cellule ?

– C'est ce qu'on a pensé au début, concédai-je. En fait, non, pas du tout.

– Vous répondez de lui ?

– Oui.

– Oui, renchérit Benjamin.

– Il ne risque pas de se faire prendre ?

– Il y a peu de chances, assura Benjamin.

– N'empêche, bougonna son père. Vous n'auriez pas dû l'amener ici.

– Moi aussi, réponds de lui, intervint Jin Lo.

Puis elle resserra étroitement sa combinaison autour de sa frêle silhouette, balança sa tresse par-dessus son épaule et se roula en boule, comme si elle avait dormi sous un arbre toute sa vie. L'apothicaire, seul contre tous, s'allongea sur le dos, la tête posée sur sa sacoche de cuir. Ce qui laissait un espace d'environ un mètre carré pour Benjamin et moi.

J'étalai l'imperméable bleu sur le sol et me recroquevillai en chien de fusil, un bras calé sous ma tête. Je savais que je ne pourrais jamais trouver le sommeil. Une chouette hulula. Heureusement que je n'étais plus un petit rouge-gorge, une proie dans la nuit. Au contact de la terre, je me mis à grelotter.

– Tu vas attraper froid, murmura Benjamin en passant son bras sous ma tête et en étalant sa veste sur nous deux.

Il faisait bon sous son blazer et je pouvais sentir son odeur de garçon.

– Benjamin.

– Oui ?

– Tu crois que tout va bien se passer ?

– Je l'espère, souffla-t-il, et je sentis battre son pouls contre ma joue.

CHAPITRE 24

Une force obscure

J'avais dû réussir à m'endormir, car je rêvais que j'étais en train de voguer sur un vaste océan, parmi des phoques et des morses qui sortaient la tête hors de l'eau et parlaient norvégien. J'étais paniquée à l'idée d'avoir égaré la *Pharmacopée*, et, quand je la retrouvai, ses pages étaient désespérément blanches.

À l'aube, je fus tirée du sommeil par des cris d'oiseaux qui se chamaillaient. Je ne savais plus où j'étais jusqu'à ce que je voie, juste devant moi, Benjamin qui se réveillait en clignant des yeux. Je m'assis. L'apothicaire et Jin Lo étaient réveillés eux aussi, et Jin Lo était en train d'épousseter la terre de sa combinaison. Ni l'un ni l'autre ne semblait avoir remarqué que j'avais dormi pelotonnée contre Benjamin sous sa veste. Sans doute étaient-ils trop absorbés dans leurs pensées pour s'en préoccuper.

– Le garçon – votre ami – n'est pas revenu, dit l'apothicaire.

– Il reviendra, promis-je, bien que n'en étant pas certaine.

On émergea avec précaution de notre petite grotte végétale. Aucun officier de police n'était venu pour nous arrêter, aucun Danby ni aucun balafré n'étaient en vue. L'apothicaire nous mena à travers le jardin baigné de rosée jusqu'à un arbre sans feuilles dont je n'avais jamais remarqué la présence. Il fixait l'arbre comme s'il s'était agi d'un adversaire redoutable. On ne voyait pas le moindre bourgeon sur ses branches ni même la plus petite tache brune évoquant l'écorce. On l'aurait dit sculpté dans la pierre ou le ciment : lisse et gris, il étirait ses branches nues vers le ciel.

– Vous pensez pouvoir le faire fleurir ? demandai-je.

Sans répondre, l'apothicaire commença à vider méthodiquement sa sacoche.

Jin Lo alla dans la cabane à outils et revint avec une longue tige de métal munie d'une poignée en forme de T. Elle fit ensuite le tour de l'arbre en creusant des trous profonds dans la terre, entre les racines, tandis que l'apothicaire la suivait avec une bouteille de poudre verte, dont il versait de petites doses dans chaque trou. Il effectua un deuxième tour, avec une bouteille pleine d'un liquide clair cette fois, qu'il versa aux mêmes endroits. Une écume verte se mit à frémir au pied de l'arbre, jusqu'à former un cercle bouillonnant de bulles autour des racines et du tronc.

L'apothicaire entama un troisième tour avec une truelle, et recouvrit tous les trous d'une couche de terre pour emprisonner les bulles qui remontaient à la surface. Cela fait, il recula et attendit. Un poème que nous avions appris à l'école me revint : « Trace un triple cercle magique, ferme les yeux et attends le prodige. »

Mais rien ne se passa. On attendit, attendit.

– Eh, c'est l'arb' de jaival ? lança une voix derrière moi.

Je me retournai et vis Pip, un sac en papier à la main. Il s'était approché sans qu'aucun de nous ne le remarque. Il s'était débarrassé de sa combinaison de parachutiste et portait ses propres vêtements.

– Tu es revenu ! m'écriai-je.

– Tu croyais quand même pas qu'j'allais rater ça ? Tiens, un en-cas.

J'époussetai mes mains terreuses et pris un beignet dans le sac qu'il me tendait. Il était chaud et moelleux et sentait délicieusement bon.

– Où tu les as trouvés ?

– Chez une marchande portugaise dans King's Road, dit-il en mordant dans la boule de pâte dorée.

– Regardez ! s'écria Benjamin.

De minuscules feuilles vertes s'étaient déployées sur l'arbre. Elles se mirent à grossir, grossir jusqu'à couvrir toutes les branches d'un épais feuillage vernissé. Et, tandis que les feuilles continuaient de prendre de l'ampleur, de toutes petites fleurs blanches commencèrent à éclore.

– Prends ceci, ordonna son père à Benjamin en lui tendant une cloche de verre. Je ne sais pas combien de temps les fleurs vont durer.

Les bourgeons devinrent bientôt des boules de pétales grosses comme le poing qui s'épanouirent toutes ensemble. On aurait dit que le grand arbre s'embrasait d'un seul coup. Mais au lieu de flammes, c'étaient des fleurs blanches grosses comme ma tête qui le consumaient. L'air se remplit d'un parfum printanier, doux et capiteux.

L'apothicaire abaissa une branche couverte de fleurs blanches et montra à Benjamin comment placer la cloche de verre sur la fleur, avant de la couper avec un sécateur. Ils en cueillirent deux autres, puis M. Burrows tendit une pièce de tissu sur l'ouverture de la cloche, et la scella avant de l'humecter avec un liquide.

Aussitôt, un grondement sourd monta des profondeurs de la terre autour des racines, et le gros tronc se mit à trembler.

– Reculez-vous ! cria l'apothicaire, et nous fîmes tous un pas en arrière, éberlués.

L'une des fleurs sur l'arbre commença à se flétrir, puis une autre, et encore une autre. À mesure qu'elles se ratatinaient, une épaisse fumée noire s'élevait dans les airs. L'apothicaire s'élança vers l'arbre pour cueillir une fleur encore blanche et fraîche, qu'il disséqua aussitôt à l'aide d'un canif pour extraire l'huile contenue dans le bulbe et la recueillir dans une fiole.

C'est alors que les fumerolles noires filèrent très haut dans les airs pour former un gros nuage sombre. Il y eut un autre grondement, semblable à un roulement de tonnerre : c'était le nuage qui exprimait son mécontentement. Car, aussi saugrenu que cela puisse paraître, il semblait être une grande créature vaporeuse douée d'intelligence. C'est du moins ce que je ressentis quand je le vis s'éloigner résolument, comme s'il savait où il allait.

L'apothicaire repoussa ses lunettes sur le haut de son nez pour regarder flotter le nuage au-dessus de Londres.

– C'est bien ce que je craignais, soupira-t-il.

– Comment cela ? demanda Benjamin.

– En forçant la floraison, j'ai dû libérer une radiation semblable à celle de la fission nucléaire. La *Pharmacopée* l'appelle la « Force obscure ».

– C'est dangereux ?

– Je ne sais pas. C'est la première fois que je vois se produire ce phénomène.

L'apothicaire tendit la main pour cueillir une fleur fanée, mais celle-ci tomba aussitôt en poussière.

Je regardai les trois fleurs enfermées dans la cloche de verre. Elles étaient toujours parfaitement fraîches, leurs pétales bien blancs et vernissés.

– En tout cas, les vôtres sont intactes, remarquai-je.

– J'ai pris des précautions, dit l'apothicaire. Et maintenant, rassemblons les affaires et allons au bateau.

– Il va nous falloir des vêtements chauds et des bottes pour aller à Novaïa Zemlia, dis-je.

– Nous ? répéta l'apothicaire en écarquillant les yeux. *Vous* n'allez pas à Novaïa Zemlia.

– Mais tu as besoin de moi, protesta Benjamin.

– Si Benjamin y va, j'y vais aussi, déclarai-je.

– Et moi itou ! renchérit Pip.

L'apothicaire, qui jusque-là n'avait guère fait preuve d'autorité, se redressa de toute sa hauteur, soudain plein d'indignation paternelle.

– Croyez-vous que je vais emmener des enfants assister à des essais nucléaires ?

– Nous pouvons vous aider, assurai-je. Jin Lo, dites-lui que nous savons nous rendre utiles !

Jin Lo haussa les épaules (une habitude qui, soit dit en passant, commençait à me taper sur les nerfs).

– Eux peuvent être un peu utiles, reconnut-elle.

– Vous voulez dire beaucoup !

– Il n'en est pas question ! contra l'apothicaire. Et maintenant, assez, il faut que je relise mes notes.

Il tâta ses poches.

– Oh non !

– Vous perdu notes ? demanda Jin Lo.

– Elles sont restées dans la *Pharmacopée* !

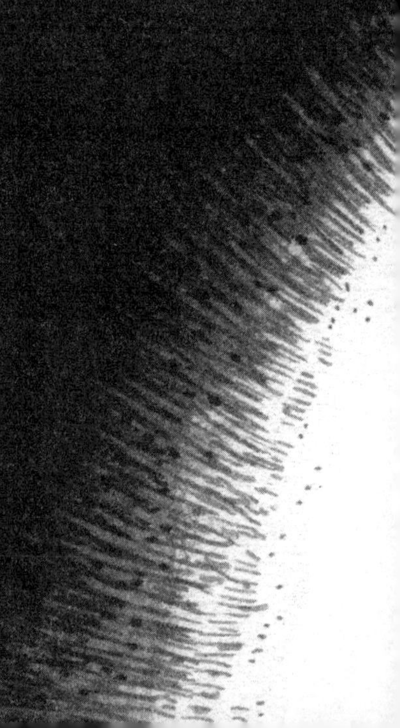

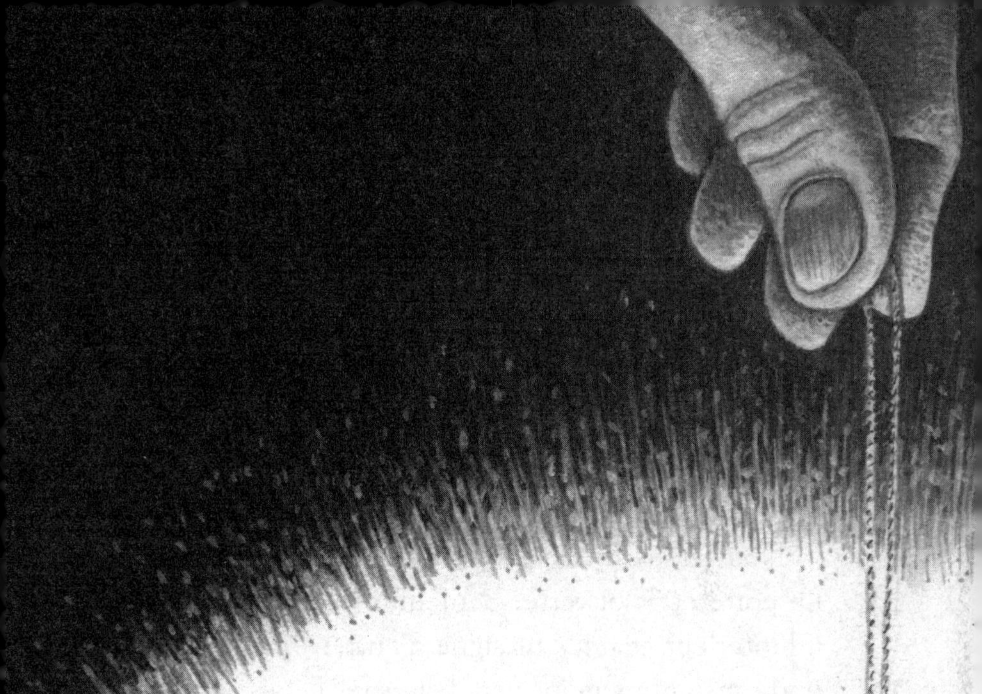

CHAPITRE 25

Une équipe scientifique

Tandis que Benjamin, Pip et moi retournions à St Beden pour récupérer le livre, l'apothicaire et Jin Lo partirent de leur côté faire des provisions pour le voyage. Deux heures après, nous devions tous nous retrouver, avec le comte Vili, au bord de la Tamise, là où le brise-glace *Kong Olaf* était amarré – à condition, naturellement, que Vili ou la *Pharmacopée* n'aient pas été enlevés.

Il était encore tôt, mais les élèves commençaient à arriver et bavardaient entre eux dans la cour. Je lançais des coups d'œil furtifs autour de moi pour m'assurer que M. Danby n'était pas dans les parages, et je m'efforçais de paraître blasée, bien que cruellement consciente qu'aucun de nous n'était en uniforme. Pire même, je portais les vêtements de Benjamin, sales et froissés après une nuit passée à la belle étoile. Une mère qui accompagnait sa fille au collège me dévisagea, l'air outré.

Nous nous dirigeâmes vers la classe de chimie. La porte était ouverte. Benjamin jeta un coup d'œil à l'intérieur et nous fit signe d'entrer. Mon regard se porta instantanément vers l'étagère. J'étais terrifiée à l'idée que les plans de l'apothicaire puissent échouer à cause de nous.

Mais le vieux grimoire était exactement là où nous l'avions laissé, sa reliure de cuir patiné se fondant dans la masse des gros livres de cours et des classeurs. Benjamin le prit et le glissa dans sa sacoche, trop petite pour le dissimuler complètement.

– Bonjourrr, dit une voix à l'accent russe derrière nous.

Nous fîmes volte-face, prêts au pire.

Mais ce n'était que Sergueï Shiskine. Une mèche de cheveux sales lui retombait devant les yeux, et il n'avait pas l'air en forme.

– Sergueï ? Qu'est-ce qui ne va pas ? demandai-je.

– Rien ! assura-t-il, mais ses traits s'étaient crispés, comme s'il cherchait à retenir ses larmes. Je ne sais rien !

– Quelque chose est arrivé à ton père ?

– Non ! répondit-il un peu trop vite.

– Tu peux nous le dire, nous sommes tes amis.

Pip s'était approché de la porte à pas de loup, derrière lui, et quand il la referma Sergueï sursauta.

– Non, je ne peux pas !

– Une équipe scientifique n'a pas de secrets, affirmai-je sur un ton lugubre qui me surprit moi-même.

Il fallait l'intimider si on voulait qu'il parle.

Benjamin prit une éprouvette pleine d'un liquide transparent qui se trouvait sur le plan de travail et la brandit en déclarant :

– Nous venons justement de préparer un peu de Parfum de Vérité.

– Non, pitié ! implora Sergueï.

– Tu sais comment ça marche, le menaçai-je. Tu ferais mieux de tout nous raconter.

– C'est impossible !

– Dans ce cas, je n'ai pas le choix, déclara Benjamin en jetant le contenu de l'éprouvette juste devant les gros souliers noirs de Sergueï.

Je priai le ciel pour que ce soit de l'eau et pas de l'acide.

– Tu sens cette odeur ? Il va falloir que tu nous révèles la vérité.

Le malheureux Sergueï avait l'air complètement paniqué. Nous l'avions encerclé afin qu'il ne puisse pas s'échapper. Le liquide ne sentait absolument rien, mais il se répandait lentement, comme un poison, sur le carrelage.

– Même ton père a craqué, rappela Benjamin. Pourtant, c'est un dur. Mais toi, tu ne pourras pas résister. Tu vas nous dire la vérité.

Sergueï se prit la figure entre les mains en gémissant.

– Tu sens cette drôle de sensation ? demandai-je.

– S'il vous plaît, supplia Sergueï. Ne me forcez pas. Ma mère...

– Quoi, ta mère ?

Sergueï finit par céder, autant parce qu'il éprouvait le besoin de se confier que parce qu'il était convaincu d'être victime du Parfum de Vérité.

– Ils l'ont arrêtée ! gémit-il. Le MGB. Les services secrets soviétiques. À Moscou. Ils sont au courant des projets de ton père, ils savent tout. Ils veulent que papa les aide à prendre le contrôle du bateau. Sinon ils tueront ma mère et ma sœur.

On le regarda, consternés.

– Je dois prévenir mon père, lança Benjamin.

– Non ! s'écria Sergueï. Sinon il va renvoyer le mien. Or, mon père doit *absolument* monter dans le bateau ! Les hommes du MGB vont le faire surveiller pour s'assurer qu'il embarque.

– Dans ce cas, il faut qu'on embarque nous aussi, pour le neutraliser quand le bateau aura appareillé, conclut Benjamin.

– Mais, ma mère !

– On va réfléchir à un moyen de la protéger, assura Benjamin. Ne t'inquiète pas.

Il y eut une pause, chacun cherchant une solution.

– Mais y faut d'abord trouver l'moyen d'se faufiler à bord, fit remarquer Pip.

– On pourrait se servir de... la poubelle, insinuai-je, ne jugeant pas prudent de parler d'invisibilité devant Sergueï.

– Mais on va mourir de froid si on est tout nus, objecta Benjamin.

– Quelle poubelle ? demanda Sergueï en ravalant ses larmes. Et pourquoi tout nus ?

– Il va falloir se procurer des habits très chauds, commentai-je. Des manteaux de fourrure.

La sonnerie retentit, annonçant le début des cours. Mais personne n'entra dans la salle.

– Cette fille, Sarah..., commença Pip.

– Eh bien, quoi ?

– C'est l'genre à avoir des fourrures.

– Mais pas le genre à nous les donner.

Pip sourit de toutes ses dents.

– Une demi-couronne que si ! Ça m'fait penser qu'le gars du club d'échecs me doit des sous. Faites vos jeux !

*

Nos uniformes étaient toujours dans le placard. Benjamin et moi nous changeâmes derrière le tableau à roulettes. Il fut décidé que Sergueï irait en cours et tâcherait de se comporter normalement. Pip partirait à la recherche de Sarah Pennington – en prenant garde de ne pas croiser M. Danby –, tandis que Benjamin et moi irions préparer de l'élixir d'invisibilité. On ne s'en servirait pas tout de suite, parce qu'il fallait d'abord rapporter la *Pharmacopée* à l'apothicaire, mais on emporterait un concentré de solution avec nous et on chercherait plus tard un récipient qui puisse servir de baignoire.

– Attendez ! lançai-je, me rappelant qu'on avait déjà fait fondre mes boucles d'oreilles. On va avoir besoin d'or !

– J'm'en occupe, dit Pip. Cinq shillings que j'y arrive.

Benjamin ouvrit la *Pharmacopée* à la page de l'élixir d'invisibilité. Cette fois, les choses allèrent plus vite. Nous n'avions plus besoin de dictionnaire de latin, et je n'avais pas d'états d'âme à cause des boucles d'oreilles de ma grand-mère. On avait déjà commencé à doser et broyer les ingrédients, quand Pip revint dans le labo avec Sarah Pennington.

Il avait beau être plus petit qu'elle, ils partageaient la même assurance. Car, si elle était riche à millions, lui qui n'avait jamais un sou vaillant devait se débrouiller seul pour survivre. Elle semblait littéralement envoûtée.

– Je ne savais pas qu'il y avait un concours de sciences, dit-elle.

– Sans blague ? s'étonna Pip. L'année dernière, c'est mon équipe qui a gagné, dans mon ancienne école.

Sarah leva les yeux et réalisa qu'il y avait d'autres gens dans la pièce.

– Tiens, mais c'est Janie ! Au fait, il y avait un concours de sciences dans ton école de Califooornie aussi ? Et tu as gagné ?

Je commençais à en avoir assez de son ton moqueur.

– Qu'est-ce que tu as contre la Californie ?

Pip me décocha un regard furibond – parce que j'osais défier sa fiancée ou parce qu'il craignait de perdre son pari ?

– Comment cela ? demanda Sarah.

– La Californie n'est pas un lieu imaginaire. Elle existe vraiment, au cas où tu ne le saurais pas.

Sarah soupira.

– Désolée. Eh bien, c'est quoi votre projet ?

– On fait fondre un bijou, expliqua Pip. Et ensuite, on lui rend sa forme d'origine.

Sarah tapota le pendentif en forme de cœur qu'elle portait autour du cou.

– *Exactement* sa forme d'origine ?

– C'est une expérience sur la conservation de la matière, précisa Benjamin.

– Vous faites appel à un bijoutier pour lui redonner sa forme ?

– Non.

– Dans ce cas, c'est impossible.

– Mais pas du tout.

– Si !

– Donne-moi ton collier, j'vais t'montrer, proposa Pip.

Sarah pinça les lèvres, puis pencha la tête en avant pour défaire la chaîne. J'observai Benjamin du coin de l'œil pour voir sa réaction à la vue de la nuque de Sarah, mais il garda les yeux baissés sur le creuset. Sarah fit tomber le pendentif dans la main de Pip.

– Il est encore chaud, dit-il en refermant ses doigts autour du petit cœur en or.

Sarah s'esclaffa.

– Blague à part. Vous allez vraiment lui rendre sa forme d'origine ?

– On peut faire encore mieux que ça, assura Pip, ce qui techniquement parlant n'était pas faux.

On pouvait faire bien plus, mais pas redonner sa forme à un bijou fondu.

Pip me tendit la chaîne, et je la tins au-dessus du récipient chauffé à blanc. Que valait la chaîne d'une fille de famille en comparaison de la vie de l'apothicaire, qui risquait de se faire capturer en mer du Nord, ou d'une bombe atomique soviétique qui risquait d'exploser parce que Leonid Shiskine avait décidé que sa femme comptait plus que M. Burrows ? Je lâchai le collier dans le creuset. Sarah pourrait s'en racheter un, ça n'avait pas l'air d'être un bijou hérité de sa grand-mère.

– Et quand est-ce que je vais le récupérer ? demanda-t-elle.

– Quand les résultats des examens seront divulgués, dit Benjamin. Je sens qu'il va y avoir du suspense.

– Tu es allée au cours de M. Danby ? demandai-je, curieuse de savoir s'il était toujours aveugle.

– Oui, mais on a eu sa remplaçante, Mlle Walsh. Tu sais, je ne crois pas que vous me rendrez mon collier.

– En fait, on aurait un autre service à te demander, lâcha Pip.

– Oh ?

– Ces deux-là disent que tu vas pas vouloir nous aider, mais moi j'ai parié qu'si. Parce que j'sais qu't'as le cœur sur la main, Sarah.

– Je vous ai donné mon collier, non ?

– Cette fois, c'est encore plus important.

– Dis toujours.

– *Vraiment* important.

– Mais encore ?
– À condition qu't'aies c'qui nous faut, bien sûr.
Sarah frappa de son joli pied avec impatience.
– Tu vas m'expliquer de quoi il s'agit, oui ou non ?

CHAPITRE 26

Chez lady Sarah

On ressortit du collège ni vu ni connu, et Sarah nous emmena chez elle pour choisir des vêtements chauds. Pip devait posséder un sortilège (ou une potion d'amour), car elle faisait tout ce qu'il lui demandait. Profitant de ce qu'elle regardait ailleurs, il se tourna discrètement vers moi en frottant son pouce et son index pour me rappeler : « Tu me dois cinq shillings. » Je mimai le geste d'enfiler un manteau l'air de dire : je te les donnerai quand on aura tout ce qu'il nous faut.

– Je ne sais même pas ce que représentent cinq shillings, murmurai-je à Benjamin.

– Environ cent dollars.

– *Quoi ?*

C'était au tour de Benjamin de rire.

– Je plaisante. Ça doit faire un dollar. Allons, viens.

– Et moi je t'ai cru !

Il avait l'air content.

– Faites gaffe aux flics, nous cria Pip en se retournant.

– Oh, il n'y a rien à craindre, rétorqua Sarah.

La maison des Pennington était absolument gigantesque. Située à Knightsbridge, elle occupait tout un pâté de maisons. Un majordome nous ouvrit la porte.

– Ce sont des amis, déclara Sarah, voyant qu'il toisait Benjamin et Pip d'un air soupçonneux. Ils ont besoin de vêtements chauds pour un voyage en bateau. On va jeter un coup d'œil dans les vieilles penderies.

– Vous n'avez pas cours ? s'étonna le majordome.

– Nous avons été excusés.

– Ah ? Puis-je vous débarrasser ?

Instinctivement, la main de Benjamin se resserra autour de la bandoulière de sa sacoche.

– Non, merci, dit Sarah. Nous n'en avons pas pour longtemps.

On gravit un grand escalier aux murs tapissés de portraits de jeunes gens en smoking et de gracieuses jeunes filles en robe longue : des générations de riches et séduisants Pennington tout frais sortis de l'université. Au sommet de l'escalier se trouvait le portrait d'une petite fille en robe bleue, assise bien droite et contemplant déjà le monde d'un air hautain.

– Eh, c'est toi ! s'exclama Pip en s'arrêtant.

– Oui, dit Sarah. Ce que j'ai pu souffrir quand on m'a obligée à poser.

– T'as l'air de t'ennuyer toute seule.

– Toute seule ! s'écria-t-elle sèchement. Avec une nurse ou une gouvernante sur le dos à chaque instant ? J'ai eu une enfance on ne peut plus ordinaire.

Je faillis lui répondre qu'avoir un majordome, une nurse et une gouvernante n'avait rien d'ordinaire, mais je me rappelai à temps que nous avions besoin de vêtements chauds.

On longea un couloir jusqu'à une chambre meublée de gros fauteuils recouverts de tissu à fleurs et d'un lit à baldaquin, qui s'ouvrait sur une immense baie vitrée en demi-cercle. Tout était parfaitement rangé, comme si la chambre était inoccupée. Je m'approchai de la fenêtre pour regarder à l'extérieur. Il y avait deux hommes en costume de l'autre côté du pont de Knightsbridge. Étaient-ce des espions ? Au bout d'un moment, ils se serrèrent la main et partirent chacun de son côté sans même regarder la maison.

– C'était la chambre de ma tante Margaret, expliqua Sarah en ouvrant une penderie qui occupait toute la longueur du mur. Elle est partie en Amérique dans les années 1920, à Vassar, ou quelque chose comme ça, et en a rapporté toutes sortes de tenues excentriques.

– Elle est morte ? demandai-je.

– Non. Juste mariée. Et maintenant, elle est vieille et ennuyeuse, et vit en Écosse. Mais il fut un temps où elle était une icône de mode.

Elle sortit ce qui ressemblait à une robe de mousseline blanche à fines bretelles, brodée de fils d'argent.

– Voilà le genre de trucs qu'elle portait. Je crois qu'elle ne pourrait même plus y enfiler un bras aujourd'hui.

– Mais c'est des vêtements chauds qu'il nous faut, objectai-je.

Sarah laissa tomber le fourreau de mousseline à terre.

– Où est-ce que vous allez, déjà ?

– Mon oncle est pêcheur, expliqua Pip. Il nous emmène faire un tour sur son chalutier.

– Pouah ! fit Sarah. Moi qui ai le mal de mer rien qu'en mettant le pied dans une baignoire. C'est un drame pour mon pauvre papa qui adôôôre le yachting.

Elle avait sorti un long manteau de fourrure sombre.

– C'est du raton laveur. Les gens en raffolaient dans les années 1920. Je crois que c'est un truc d'homme.

Elle le tendit à Benjamin, qui l'enfila et alla se poster devant un long miroir ovale à côté de la penderie. On aurait dit un ours échappé du zoo. Il leva les bras en l'air comme s'il s'apprêtait à fondre sur une proie. Pip se tenait les côtes de rire.

– Voilà qui pourrait convenir pour une sortie en mer, poursuivit Sarah en sortant un caban doublé de laine. Tiens, Janie. Essaie-le.

Il m'allait parfaitement. Dans les poches, je trouvai une casquette bleu marine. Je l'enfilai. J'étais délicieusement bien dans cet accoutrement militaire.

Sarah pencha la tête de côté pour me détailler.

– Pas mal, jugea-t-elle. Et même plutôt chic.

Malgré moi, je scrutai le reflet de Benjamin, dans le miroir, et demandai :

– Qu'est-ce que tu en penses ?

– Ça a l'air bien chaud.

– Mais tu vas avoir froid aux jambes, remarqua Sarah. Elle sortit un caleçon long en soie et plusieurs pantalons de lainage épais, qu'elle jeta sur la pile de vêtements sur le plancher.

– Essaie ça. Je vais emmener les garçons dans la chambre de mon frère.

Quand ils furent partis, j'enfilai le pantalon le plus chaud sous ma jupe. Il m'allait comme un gant. Je m'assis au bout du lit. Le matelas était moelleux et je fus prise d'une folle envie de m'étendre. C'était un tel plaisir d'être un peu seule. Je m'allongeai sur la courtepointe en soie et contemplai les fleurs sur le ciel de lit au-dessus de ma tête.

Comme ce devait être reposant d'être Sarah Pennington, ne fût-ce que quelques instants. Adieu les soucis. Pas besoin de courir nue dans les rues glacées, aucune crainte de se faire attraper par l'apothicaire au moment de monter sur le bateau. Je me sentis m'enfoncer dans le lit comme si je tombais tout doucement dans le sommeil.

C'est alors que j'entendis un toussotement. C'était le majordome. Je me relevai d'un bond et passai une main dans mes cheveux en bataille pour essayer d'y mettre un peu d'ordre.

– Vous avez trouvé ce qu'il vous fallait, mademoiselle ?

– Je crois que oui.

– Puis-je vous demander si Mlle Pennington a l'intention de vous accompagner durant votre sortie en bateau ?

– Oh non. Elle a le mal de mer.

– Ah, tant mieux. Elle est sous ma responsabilité, vous comprenez.

Sarah revint avec les garçons affublés de pantalons de ski, d'anoraks à capuche doublée de fourrure et de grosses bottes fourrées. On aurait dit des Esquimaux.

– Il va nous falloir une malle, ordonna-t-elle.

– Certainement, acquiesça le majordome. Je peux la faire porter jusqu'au bateau.

Je regardai Benjamin et Pip. C'était une bonne idée. Tous les passagers allaient emporter des bagages, et les membres d'équipage ne sauraient pas quelle malle appartiendrait à qui.

– Le bateau s'appelle *Kong Olaf*, indiquai-je. Il est amarré dans le port de Londres.

– Un bateau norvégien ? déduisit le majordome. Je suppose qu'il y aura de la morue séchée à bord, mais avez-vous pensé à emmener de quoi vous nourrir correctement ?

CHAPITRE 27

Le port de Londres

La malle fut expédiée au bateau tandis que la Daimler de Sarah Pennington nous attendait devant la maison. On s'entassa tous sur la banquette arrière, Benjamin à ma gauche, Pip à ma droite, et Sarah serrée contre la portière.

– L'un de vous peut monter à l'avant, proposa le chauffeur qui se méfiait de toute évidence des pick-pockets et n'appréciait guère les nouvelles fréquentations de Sarah.

Mais celle-ci rétorqua, impérieuse :

– Nous avons plus de place qu'il n'en faut.

Profitant de l'inattention du chauffeur, Pip vola un baiser à Sarah. Rouge comme une tomate, elle sortit de la voiture devant St Beden et nous dit au revoir en agitant la main.

– Amusez-vous bien !

– Pourquoi est-ce que tu me regardes comme ça ? me demanda Pip.

– Pour rien, assurai-je en me pinçant pour ne pas pouffer de rire. Je te dois un dollar.

Benjamin éclata de rire, et comme nous étions assis tout près l'un de l'autre, je sentis des vibrations dans mon corps.

– Et maintenant, au port ! lança le chauffeur en prenant la direction du fleuve.

Il y avait un garde devant la grille du port, mais quand il vit la rutilante Daimler avec chauffeur, il lui fit signe de passer. On longea lentement le quai, avec ses navires, ses barges et ses grues. Un bassin était réservé aux petits bateaux de plaisance et un autre aux cargos.

On aperçut un bateau métallique long d'environ trente mètres, amarré au quai. L'inscription KONG OLAF ressortait en lettres bien blanches sur sa coque bleu vif. Sa proue destinée à briser la glace était de forme arrondie, mais le bateau lui-même était long et étroit, sans doute pour pouvoir filer sur les flots.

Deux hommes d'équipage étaient en train de monter à bord la malle en cuir acajou de Sarah Pennington. Au moins une partie de notre plan s'était réalisée : nos vêtements chauds étaient embarqués. On remercia le chauffeur et on s'approcha du bateau.

Un débardeur qui portait une corde enroulée sur l'épaule bouscula Pip, le faisant trébucher.

– Le port, c'est pas un endroit pour les gamins, grommela l'homme. Sauf si tu veux faire le plongeon.

Pip proféra un juron.

Le docker sourit et lança :

– C'est ce que j'allais dire !

En voyant la couleur boueuse de la Tamise, je me rappelai que, depuis toujours, les eaux usées de Londres se déversaient dans le fleuve. Un plongeon n'avait vraiment rien de tentant.

Un homme se tenait à côté de la courte passerelle permettant d'accéder au *Kong Olaf*. Ses cheveux décolorés par le soleil paraissaient blancs. Il avait la peau burinée et des lèvres si minces qu'elles étaient presque invisibles.

– Nous avons rendez-vous avec mon père, dit Benjamin. Marcus Burrows. Je dois lui livrer quelque chose.

L'homme se tourna vers le rouf et cria :

– Demandez au comte s'il attend une livraison !

L'élégant et grassouillet gentleman que nous avions vu à Hyde Park sortit sur le pont. Il était toujours tiré à quatre épingles : il arborait un costume trois-pièces vert bouteille et un long manteau doublé de fourrure sombre et soyeuse. Il avait un regard amical, et ses manières n'étaient pas celles d'un homme recherché par les services secrets britanniques ou soviétiques.

– Ah, les enfants ! dit-il. Merci, Ludvik, faites-les monter. Eh bien, avez-vous déjà vu un aussi beau bateau ?

Sa voix onctueuse me rappela la maison chic et feutrée de Sarah Pennington.

Ludvik fit un pas de côté pour nous laisser passer, et on embarqua à bord du brise-glace bleu. La passerelle métallique résonna bruyamment sous nos pieds ; on allait devoir se souvenir de marcher tout doucement quand on serait invisibles.

L'apothicaire vint à notre rencontre. Son air préoccupé contrastait avec la mine réjouie et affable du comte.

– On vous a suivis ? demanda-t-il.

– Je ne crois pas, répondit Benjamin.

– Tu as le livre ?

Benjamin fit oui de la tête.

– Jin Lo est allée faire des provisions, expliqua son père. J'espère qu'elle n'a pas eu d'ennuis.

Il semblait nerveux et agité.

– Je suis sûre que non, essayai-je de le rassurer.

Le *Kong Olaf* n'était pas un bateau de croisière, mais il était propre et bien entretenu, avec un pont et des chromes parfaitement astiqués. Le capitaine s'appelait Norberg, et il avait un visage ridé comme s'il avait passé sa vie à plisser les yeux dans le blizzard pour scruter l'horizon. À part lui, il y avait cinq hommes d'équipage, dont le garde au pied de la passerelle, et tous semblaient parler anglais. À l'avant du rouf se trouvait la cabine du capitaine, et à l'arrière une cambuse, ainsi qu'un espace garni de sièges et d'une table vissés au sol que Vili avait baptisé le « salon ».

Au-delà s'étirait un couloir avec des cabines de chaque côté. L'apothicaire nous conduisit jusqu'à la sienne. Tout, à bord, était petit, encombré et comme imprégné d'humidité, mais le comte Vili ne tarissait pas d'éloges sur le bateau dont il vantait les fonctionnalités en faisant de grands gestes avec sa canne à pommeau. Pip me poussa du coude en m'indiquant une cabine dont la porte était restée ouverte.

C'était une sorte d'entrepôt pour les bagages, sacs et valises – parmi lesquels j'aperçus la malle en cuir acajou de Sarah Pennington. Je hochai la tête. C'était là qu'on allait se cacher et récupérer nos vêtements chauds une fois à bord.

– Vous pouvez parler librement ici, déclara le comte Vili. L'équipage est au courant de notre plan. Ils sont tous norvégiens et craignent les effets des radiations atomiques sur les rennes et les poissons, sans parler des enfants.

Benjamin tira la *Pharmacopée* de son cartable. Aussitôt, le comte Vili tendit la main vers le vieux livre à la couverture patinée.

– Puis-je ? demanda-t-il. Je venais tout juste d'entrer à l'université la dernière fois que je l'ai vu. Mais j'étais trop stupide pour en apprécier la valeur.

– Vous étiez très jeune, souligna l'apothicaire.

– Et vous aussi, rétorqua le comte Vili en s'asseyant sur l'une des couchettes et en croisant ses jambes dodues pour y poser le livre. Mais vous n'étiez pas insouciant.

– Vous aviez perdu vos parents, fit remarquer l'apothicaire.

– Qu'a dit Oscar Wilde, déjà ? « Perdre un parent peut passer pour de la malchance, mais perdre les deux, c'est de la négligence. »

– Comment est-ce qu'ils sont morts ? demandai-je.

Je ne pouvais pas m'imaginer sans parents pour s'occuper de moi et m'entourer d'affection. J'aurais eu l'impression d'être un bateau à la dérive, ballotté par les flots.

Le comte Vili ouvrit le livre et commença à le feuilleter.

– Ma mère a été emportée par la grippe espagnole, au cours de l'épidémie de 1918, dit-il d'une voix blasée. Les aristocrates sont souvent plus fragiles à cause de la consanguinité. Mon père a été exécuté sans procès par les communistes quand ils ont pris le pouvoir en Hongrie après la Première Guerre mondiale.

– Les communistes exécutaient des gens ?

– Bien sûr. Jusqu'à ce qu'ils soient eux-mêmes exécutés par les contre-révolutionnaires qui se faisaient appeler les Blancs. C'était une époque terrible. La Hongrie ne s'en est toujours pas remise. J'aime raconter cette histoire à des Américains. Vous êtes si délicieusement naïfs.

Il tourna une page de la *Pharmacopée*.

– Ah, l'élixir avien ! Je me suis toujours demandé s'il était vraiment possible de se transformer en oiseau.

– C'est possib' ! s'écria Pip. Et c'est gé-nial !

– Vous l'avez fait ? s'étonna le comte. Ce n'est pas juste.

– Est-ce que vous pouvez vraiment arrêter le temps ? demandai-je.

– Disons plutôt que je peux le ralentir un court instant. Mais ça ne marche pas contre les rides, ajouta le comte en passant une main sur son visage trop jovial et trop rond pour être marqué par l'âge.

– Comment faites-vous ? interrogea Benjamin.

– Mon garçon, il m'a fallu une vie entière pour y parvenir.

– Mais vous allez ralentir le temps pour arrêter la bombe ?

– C'est mon plan !

– Oh, s'il vous plaît, emmenez-nous avec vous ! implorai-je.

J'essayais de réagir comme quelqu'un qui n'aurait pas eu le droit de se joindre à l'expédition et ne disposerait pas de plan secret. Toutefois, s'ils acceptaient, on ne serait pas obligés de chercher un endroit pour se rendre invisibles avant de se mettre à courir tout nus dans l'air glacé.

– Il n'en est absolument pas question ! refusa M. Burrows.

– Et si tu ne reviens pas ? insista Benjamin. Qu'est-ce que je vais faire, moi ? Je n'ai pas envie d'être orphelin !

– Allons, ce n'est pas la fin du monde d'être orphelin, déclara le comte Vili sans cesser de feuilleter la *Pharmacopée*.

– Facile à dire, quand on a un tuteur pour s'occuper d'vous et des tas d'pognon, protesta Pip.

Le comte releva les yeux du livre.

– C'est vrai ! concéda-t-il avec un grand sourire. Je suppose que, dans ce cas, nous allons devoir revenir sains et saufs.

– Est-ce que l'un de vous va pouvoir héberger Benjamin ? demanda l'apothicaire. Chez ses parents ?

Pip et moi répondîmes en chœur :

– Bien sûr !

Ils nous firent sortir de la cabine et retraverser le salon, juste au moment où Jin Lo montait à bord, les bras pleins de paquets. Je lui souhaitai bonne chance, ainsi qu'à M. Burrows.

– Veille sur mon fils, tu veux bien, Janie ? demanda l'apothicaire. Et toi aussi, Pip.

Au pied de la passerelle, on salua le marin à la crinière blanche et on longea tout le quai avant de se retourner pour regarder le bateau bleu à la proue arrondie.

– Et maintenant, lança Pip en se frottant les mains, qu'est-ce que vous diriez d'un bon bain chaud ?

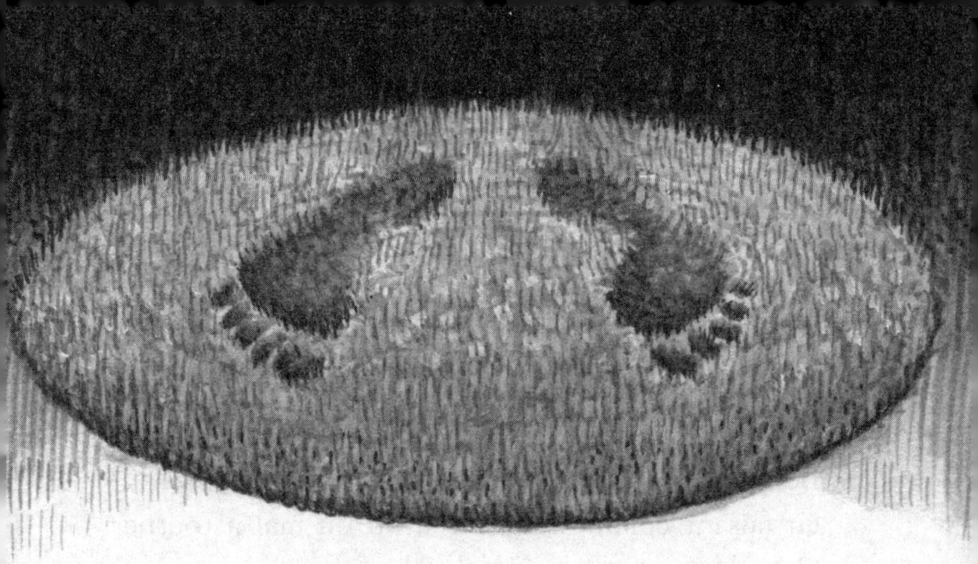

CHAPITRE 28

Entrés par effraction

De l'autre côté de Lower Thames Road, juste en face du port de Londres, se trouvait une rue étroite bordée d'habitations toutes pareilles et collées les unes aux autres. Pip les inspecta une à une, puis s'arrêta devant une maison aux fenêtres sombres garnies de rideaux de dentelle.

– Celle-là est vide, lança-t-il.

– Comment tu le sais ? demandai-je.

– J'sais pas. J'devine.

– On est en plein jour, on devrait pas plutôt passer par-derrière ?

– C'est les *cambrioleurs* qui font ça, dit Pip. Nous, on se comporte normalement. Comme si c'était la maison de notre tantine chérie et qu'on avait les clés. Sauf que la serrure est dure.

L'air le plus innocent possible, je papotais avec Benjamin sur le seuil pendant que Pip forçait la serrure en faisant comme si la clé avait du mal à tourner. Quand la porte s'ouvrit enfin, il cria :

– Tantine ?

Son flair ne l'avait pas trompé. Il n'y avait personne.

C'était une maison haute et étroite, avec juste deux pièces à chaque niveau. Quand Pip eut refermé la porte, on grimpa au premier, où se trouvait la salle de bains. La baignoire était vieille, mais nettement plus propre que la poubelle du collège.

La tuyauterie couina quand on ouvrit les robinets, puis l'eau jaillit en rugissant. Je pensai : « Pourvu qu'il n'y ait personne chez les voisins. » Benjamin ferma la bonde et versa l'élixir d'invisibilité sous le robinet, comme si c'était de l'huile de bain. Je songeai à la chaîne en or de Sarah Pennington, qui avait été fondue, puis réduite en poudre et se trouvait à présent dans l'eau. L'envie me démangeait de taquiner Benjamin à ce sujet, mais le moment était mal choisi. Sarah n'était plus la fille qui faisait craquer Benjamin, mais celle avec qui sortait Pip !

Juste au moment où on coupait l'eau, la sonnette de la porte d'entrée retentit.

– Madame Jenkins ? cria une voix de femme de l'autre côté de la porte d'entrée. Vous êtes là ?

On se figea.

– Madame Jenkins ? appela de nouveau la femme.

– Il faut trouver une autre maison, chuchotai-je, paniquée.

– Impossible ! rétorqua Benjamin. Le bain est prêt !

– Je vais aller la voir, dit Pip. Commencez sans moi.

Benjamin ôta sa veste en s'excusant :

– Je sais que c'est gênant. Tu peux te retourner si tu veux. Ou sinon te déshabiller toi aussi. Je ne regarderai pas. Il faut faire vite.

Je me plaçai face au porte-serviettes surmonté d'un bouquet de fleurs brodées. Chaque pétale était un entrecroisement de minuscules points. J'étais pétrifiée de timidité et d'indécision.

– Bonjour ! résonna la voix de Pip dans l'entrée. C'est pourquoi ?

Je n'entendis pas bien ce que répondit la femme, mais le ton de sa voix trahissait sa surprise. Derrière moi, Benjamin s'immergea dans la baignoire. Je retirai mon blazer, le laissai tomber à terre et ôtai mes chaussures.

– Tatie Jenkins n'est pas à la maison, expliqua Pip d'une voix douce et enfantine, en calquant son accent sur celui de Benjamin. Elle va bientôt rentrer. Il faut que j'aille prendre mon bain. Est-ce que je dois lui laisser un message ?

La femme bégaya une excuse.

Je parvins à faire rouler mes bas sous ma jupe et à en extirper mes orteils en sautant sur un pied, comme quand j'étais à la plage à Santa Monica et que je voulais retirer mon maillot sous ma serviette. Mais ce n'était pas vraiment la même chose.

L'eau gicla hors de la baignoire. Je me retournai et vis deux empreintes de pied sur le tapis de bain bleu en tissu éponge. J'étais paralysée à l'idée que j'allais devoir retirer mon corsage et que Benjamin était là, invisible mais nu, devant moi. Je distinguai un de ses genoux.

– Je te promets de ne pas te regarder, dit-il. Mais dépêche-toi.

Je déboutonnai mes vêtements en vitesse en me demandant si Benjamin allait tenir parole, puis je laissai glisser ma chemise et ma jupe plissée à terre. Quand je m'approchai de la baignoire, mon épaule nue frôla celle, invisible, de Benjamin. On s'exclama en chœur :

– Pardon !

J'enjambai le rebord et me plongeai avec délice dans l'eau chaude en fermant les yeux. Je laissai le bout de mon nez à l'air libre. Quand je remontai à la surface et ouvris les yeux, le reste de mon corps avait disparu.

Une serviette flottait dans l'air. C'était Benjamin qui me la tendait. Alors que je me hissais hors du bain, mon orteil heurta accidentellement le levier de vidage.

– Oh non !

La bonde s'était soulevée et l'eau se vidait à toute allure.

J'appuyai sur le levier, mais il était coincé. J'essayai d'enfoncer le bouchon, sans succès.

Je sentis le bras de Benjamin contre le mien : il tentait à son tour d'abaisser le levier. En vain. Je pressai mes deux mains sur la bonde, mais l'eau s'écoulait entre mes doigts. Pour finir, j'y mis mon talon. L'eau s'arrêta de couler, mais il ne restait plus que deux ou trois centimètres de liquide au fond de la baignoire – pas assez pour rendre Pip entièrement invisible.

– Qu'est-ce qu'on fait ? demandai-je.

En bas, Pip était en train de discuter :

– Je lui dirai que vous êtes passée. Mais maintenant, il faut que j'aille prendre mon bain. 'revoir !

Il remonta l'escalier et entra dans la salle de bains.

– Vous êtes là ? demanda-t-il avant d'ajouter : Il faut s'grouiller. Elle risque de r'venir.

Puis, voyant la baignoire presque vide, il s'écria :

– Vous m'en avez pas laissé ?

– J'ai trébuché sur le levier de vidage et il est resté coincé. Je suis vraiment désolée !

– Y'a plus de potion ?

– J'ai tout mis dans le bain, confessa la voix de Benjamin.

– Flûte, soupira Pip. Y va falloir que j'trouve un autre moyen d'monter dans l'bateau sans m'faire remarquer.

Je pris la serviette que Benjamin me tendait en songeant que, si quelqu'un était capable de se faufiler à bord sans être invisible, c'était bien Pip. Mais que si Pip avait pris son bain avant moi, *jamais* il n'aurait coincé le levier de vidage. J'insistai :

– Excuse-moi, Pip !

– Pas grave. Sèche-toi les cheveux. Ça caille dehors.

Quelqu'un frappa à nouveau à la porte d'entrée, et une grosse voix d'homme cria :

– Qui est là ?

– Vite, filons ! s'écria Pip.

– Et nos vêtements ?

Étalés par terre, des uniformes de St Beden seraient un précieux indice pour nous retrouver.

– Je les prends, lança Pip en les roulant en boule sous son bras.

Puis il ouvrit à nouveau les robinets et laissa couler l'eau dans la baignoire.

On descendit à pas de loup au rez-de-chaussée. La poignée de la porte d'entrée tournait rageusement.

Pip nous murmura de rester à l'écart, puis il alla déverrouiller la porte. Quand l'homme poussa, la porte s'ouvrit à la volée, cachant Pip plaqué contre le mur avec le paquet de vêtements.

– Y'a quelqu'un ? demanda l'homme en entrant.

À l'étage, l'eau coulait dans la baignoire en rugissant. L'homme commença à monter l'escalier sur la pointe des pieds pour surprendre l'intrus dans la salle de bains. On fila sans demander notre reste. Pip balança nos affaires derrière le premier muret qu'il croisa et on fonça vers Lower Thames Road. Le pavé froid me brûlait la plante des pieds et je me jurai de trouver des chaussures invisibles la prochaine fois.

– Quelle heure est-il d'après vous ? demandai-je.

Le bateau levait l'ancre à trois heures.

– Deux heures et demie, dit Pip, qui portait à présent une montre au poignet.

– Où est-ce que tu l'as trouvée ?

– Chez ma tante Jenkins. Vite, y faut se grouiller.

J'étais transie et ne pensais qu'au grand manteau en raton laveur dans lequel je me blottirais une fois montée à bord, quand je remarquai une voiture garée un peu plus bas dans la rue, juste devant la grille du port de Londres.

– Regardez ! m'écriai-je.

C'était la berline verte avec trois hommes à l'intérieur. Deux devant et un à l'arrière.

– Allez écouter ce qu'ils disent. Moi j'vais m'assurer qu'le bateau reste à quai, proposa Pip.

Il traversa tranquillement la rue pendant que Benjamin et moi nous approchions de la voiture. La vitre côté passager était abaissée de quelques centimètres pour laisser passer la fumée de cigarette de M. Danby. Le balafré était assis au volant, ce qui signifiait qu'il avait recouvré la vue. L'homme à l'arrière était Leonid Shiskine.

Il portait un gros manteau de lainage et triturait nerveusement un bonnet de fourrure posé sur ses genoux.

– L'apothicaire est très malin, dit-il.

– Ça c'est bien vrai, approuva Danby. C'est un redoutable adversaire. J'ai cru qu'il nous avait ôté la vue pour de bon.

– Mais c'est aussi mon ami.

– C'est précisément pour cela que tu nous es précieux, déclara Danby. Tu vas pouvoir le mener directement dans les bras des autorités soviétiques, à bord de son navire affrété spécialement, sans effusion de sang. C'est un coup de génie de la part de Moscou.

– Et si j'échoue… S'il vous plaît, épargnez ma femme et ma fille, implora M. Shiskine.

– Tu vas réussir.

– Et veillez sur Sergueï. Ce n'est qu'un enfant, et pas très rusé.

– Mais oui, naturellement.

M. Shiskine regardait tristement le bonnet sur ses genoux.

– Vous savez que le neuvième cercle de l'enfer est réservé à ceux qui trahissent leurs amis.

– Il faut voir les choses autrement, Leonid. La Russie est ton pays, et ta famille compte plus que tout le reste. Ce n'est pas un acte de trahison, mais de loyauté envers ta patrie. Le moment est venu pour toi de choisir ton camp.

– Mais la Russie n'est pas votre pays, objecta M. Shiskine.

– C'est mon pays de cœur.

Estomaquée, je me tournai vers Benjamin, mais réalisai que je ne pouvais pas le regarder dans les yeux. C'est quand on est invisible qu'on se rend compte à quel point le contact visuel est important.

– Pourquoi cela ? demanda M. Shiskine. Pourquoi aimez-vous la Russie ?

Danby prit une longue bouffée de cigarette.

– Pourquoi j'aime tant la Russie ? Bonne question. Il y a une réponse littéraire à cela. J'ai lu *Anna Karénine* quand j'avais quinze ans, un roman qui m'a profondément marqué. J'ai eu envie d'épouser une femme comme Anna, avec des bras doux et potelés, des yeux sombres habités par la passion.

– Mais enfin, s'étonna M. Shiskine, personne ne trahit sa patrie pour *Anna Karénine*. Et d'ailleurs, cette Russie-là n'existe plus.

– Je sais, concéda Danby en secouant sa cigarette par la fenêtre. Il y avait aussi une ravissante danseuse du nom de Natacha quand j'étais étudiant à Leningrad. Avec de jolis bras, quoique moins potelés. Et elle aussi a compté. Mais ce sont surtout les soldats russes que j'ai côtoyés quand j'ai été fait prisonnier par les Allemands après que mon avion a été abattu. Nous étions séparés par une clôture en fil de fer barbelé. La Croix-Rouge nous envoyait des colis de nourriture et des cigarettes, mais les Russes, eux, n'avaient droit à rien. Alors, on leur jetait des vivres par-dessus la clôture. Malgré la faim et les souffrances de la captivité, les Russes étaient absolument certains que leur pays allait devenir une grande puissance une fois la guerre finie. Toujours cette passion. Je les admirais. Ils étaient pleins de vaillance, comme les jeunes héros des romans de Tolstoï, alors que j'étais un Anglais hésitant et timoré. J'avais envie de leur ressembler.

M. Shiskine le regarda tristement.

– Vous vous êtes laissé embobiner par cette passion russe.

– C'est possible, commenta Danby. Mais Moscou veut l'apothicaire, et nous allons l'expédier là-bas. Si les Anglais découvrent son secret, ils le dévoileront aux Américains, qui auront alors la capacité de détruire le monde, et celle d'empêcher toutes les autres nations de se protéger. Ils deviendront encore plus monstrueux qu'ils ne le sont déjà. Nous ne pouvons pas les laisser faire.

– *Nous*, répéta Shiskine avec amertume.

– Bien sûr, *nous*, confirma M. Danby. Nous sommes tous dans le même camp. Et maintenant, allez-y. Ne neutralisez pas le bateau avant d'être absolument certain que vous êtes dans les eaux territoriales russes. Nous ne voulons pas déclencher un nouvel incident diplomatique. Et songez à votre famille.

Shiskine soupira, enfila le bonnet de fourrure sur sa grosse tête, et sortit de la berline. Il laissa passer les voitures avant de traverser la rue en direction du port, sa petite valise marron cognant contre sa jambe de bois.

Le balafré dit quelque chose en allemand.

– Il s'en sortira très bien, assura Danby en jetant son mégot par la fenêtre.

Je fis un bond en arrière pour éviter le bout incandescent. Danby releva la tête et regarda dans ma direction, sans rien voir.

Benjamin et moi traversâmes la rue, franchîmes les grilles du port, puis longeâmes le quai en suivant Shiskine à distance. Le trajet pieds nus jusqu'au *Kong Olaf* me semblait interminable. Je chuchotai :

– Qu'est-ce qu'il y a dans sa valise, d'après toi ? Un pistolet ?

– Ou un émetteur radio. Pour pouvoir signaler la position du bateau aux Soviétiques.

Je pensai à l'étrange fascination de Benjamin pour l'espionnage, et à son dédain pour le travail de son père.

– Tu veux toujours être un espion ? demandai-je. Ou tu aimerais mieux devenir apothicaire ?

Benjamin réfléchit une seconde.

– Je ne sais pas. Je ne suis pas sûr qu'il y ait tant de différence entre les deux.

Nous étions presque arrivés au *Kong Olaf*, en louvoyant entre les clous rouillés et les morceaux de verre qui jonchaient le quai, quand la cloche d'une voiture de police retentit. On fit un saut de côté pour l'éviter, tandis qu'elle pilait dans un crissement de freins devant le bateau. M. Shiskine s'était immobilisé sur place.

– Oh non ! murmura Benjamin.

L'inspecteur aux cheveux clairsemés qui nous avait arrêtés au collège bondit hors du véhicule et s'approcha du garde.

– Inspecteur détective Montclair, Scotland Yard, se présenta-t-il. Et voici mon adjoint O'Nan. Les autorités du port nous ont signalé la présence de trois enfants près de ce bateau, deux garçons et une fille.

– Ils sont venus, confirma Ludvik. Mais ils sont repartis.

– Je vais faire fouiller le bateau.

– Désolé, monsieur, mais nous sommes en train d'appareiller.

– J'insiste, dit Montclair.

Le comte Vili sortit sur le pont et se pencha par-dessus le bastingage.

– Il y a un problème, monsieur l'inspecteur ? demanda-t-il avec l'exquise courtoisie d'un riche aristocrate.

M. Shiskine semblait paralysé par l'indécision, hésitant à monter à bord alors que le bateau serait probablement fouillé, ou à rester sur le quai au risque de ne pas pouvoir embarquer du tout.

– Nous sommes à la recherche de trois enfants, expliqua l'inspecteur Montclair. Ils se sont échappés de la maison de correction de Turnbull Hall, hier.

– Oh ? releva le comte Vili. Dans ce cas, ce ne sont pas les enfants qui étaient ici.

– Ah non ?

– Non, je les ai emmenés pêcher hier toute la journée.

– Dans la Tamise ? s'écria l'inspecteur Montclair, l'air dégoûté.

– Oui, la perche, le brochet, précisa le comte. Il y en a, à condition de savoir où les trouver.

– Les enfants n'avaient pas école ?

– Ils ont fait une petite pause. Mais ils se sont remis au travail.

Montclair fronça les sourcils.

– Puis-je vous demander d'où vous venez, monsieur ?

– Certainement, répondit le comte. Je suis luxembourgeois.

L'inspecteur ne semblait pas avoir d'opinion au sujet du Luxembourg.

– Il faut absolument que je fouille le bateau, dit-il en se dirigeant à grands pas vers la passerelle.

Le visage du comte Vili s'était décomposé. Nul doute que le signalement de l'apothicaire et celui de Jin Lo avaient été transmis à tous les postes de police. Si l'inspecteur Montclair montait à bord, il allait les arrêter et la mission tournerait court.

C'est alors que Pip apparut à mes côtés, le regard pétillant. Je ne sais pas comment il avait réussi à me repérer, étant donné que seul le bout de mon nez était visible, mais plus rien ne me surprenait de sa part.

– Prépare-toi, chuchota-t-il.

Avant que j'aie pu demander : « À quoi ? », je vis Pip qui longeait le quai, les mains dans les poches, et dépassait les policiers comme s'il ne les avait pas remarqués. Arrivé au pied de la passerelle du *Kong Olaf*, il lança au comte, appuyé au bastingage :

– Eh, m'sieur ! J'ai laissé ma casquette sur le bateau ! Pourriez m'la lancer, s'iou plaît ?

Vili jeta un rapide coup d'œil au policier. Pip suivit son regard et sursauta, comme s'il remarquait Montclair pour la première fois.

– Mince ! Les flics ! fit-il en se faufilant en vitesse entre les deux policiers. L'inspecteur Montclair essaya de l'attraper par la manche, en vain, puis le prit en chasse tandis qu'il détalait sur le quai. O'Nan hésita, regarda le bateau, avant de s'élancer à son tour à la poursuite de Pip.

Grâce à cette diversion, on put monter à bord à la suite de M. Shiskine, dont la jambe de bois claquait sur la passerelle, masquant le bruit de nos pas. Je jetai un coup d'œil en arrière pour voir si Pip revenait. Loin devant l'inspecteur Montclair, il filait droit sur le portail du port de Londres. Il nous avait donné à tous une chance de nous échapper.

Une fois à bord, Benjamin et moi traversâmes le salon pour gagner la cabine pleine de valises vides où se trouvait notre malle. On referma la porte à un moment où personne ne regardait et on sortit les vêtements. Je pris le caleçon long, les pantalons de lainage, un pull et le caban et les enfilai sur mon corps invisible. Les moteurs du *Kong Olaf* se mirent à vrombir.

– On sera bientôt en mer, dis-je.

– *Bientôt ?* railla Benjamin, sa tête invisible enveloppée de la capuche de son anorak et ses mains manquantes à l'extrémité de ses manches. On est à Londres, Janie. On doit parcourir quatre-vingts kilomètres avant de sortir de la Tamise.

– *Quatre-vingts* kilomètres ?

– Est-ce que tu as déjà vu une carte d'Angleterre ?

Bien sûr que oui, mais jamais en détail. Je n'avais pas réalisé qu'avant que nous atteignions l'estuaire, la police pourrait nous intercepter, ou l'apothicaire nous débarquer avec juste de quoi prendre le premier train pour Londres. On entendit le capitaine donner l'ordre de lever l'ancre. Je repoussai le rideau bleu qui masquait le hublot pour jeter un coup d'œil à l'extérieur. Le monde entier, les navires, les docks et les grues semblaient glisser à côté de nous tandis que nous remontions la Tamise, tandis que le ronronnement régulier des machines nous parvenait à travers la coque. Je me sentis gagnée par une légère nausée.

Je lâchai le rideau et sortis une couverture de la malle pour l'étaler sur mes jambes. On allait devoir rester cachés pendant quatre-vingts kilomètres, rien que ça. Puis il faudrait empêcher Shiskine de neutraliser le bateau et de nous livrer aux Soviétiques, et aider l'apothicaire à mener son plan à bien. Et pendant ce temps-là, mes parents allaient rentrer de leur tournage à la campagne et une Mme Parrish éméchée leur dirait que j'étais allée dormir chez mon amie Sarah (ou Susan) je-ne-sais-plus-comment, qui habitait je-ne-sais-plus-où, pour réviser mon latin, et que je n'étais jamais revenue.

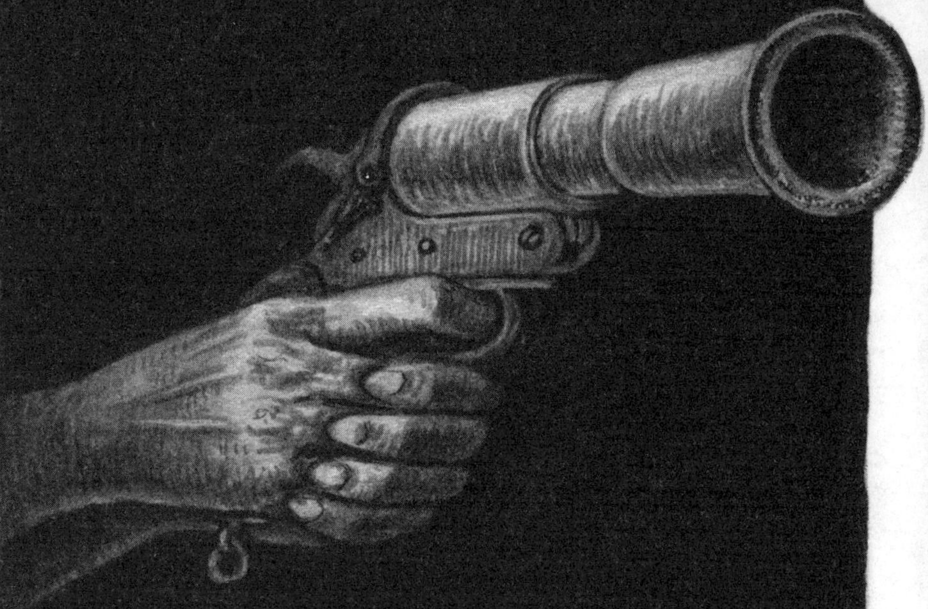

CHAPITRE 29

Le Kong Olaf

Le majordome de Sarah Pennington avait mis un sac rempli de provisions dans la malle. En trouvant le saumon en boîte, les crackers Fortnum & Mason, les bouteilles de cidre, et un paquet de cartes à jouer, j'enviai Sarah d'avoir un majordome qui veillait à ce qu'elle ne manque de rien, puis je réalisai que mes parents remplissaient ce rôle pour moi.

Assis parmi les valises vides, on commença à jouer au gin-rami sans faire de bruit, en attendant que le

Kong Olaf atteigne l'estuaire de la Tamise. À mesure que Benjamin redevenait visible par petits bouts, je remarquai que ses sourcils blonds rebiquaient vers son front. Cela contribuait à lui donner ce regard si curieux et intense, comme s'il contemplait le monde d'un air sceptique. Il avait deux taches de rousseur collées l'une contre l'autre sur le côté gauche du nez. Ses ongles étaient ronds et bien propres après le bain. Remarquant que je le regardais, il murmura :

– Quoi ? J'ai quelque chose sur la figure ?

Il se frotta la joue avec le dos de la main.

– Non.

– Je suis complet ?

– Oui. Tu...

– Chut, fit-il en se tournant vers la porte.

Des gens parlaient dans la coursive.

On ne pouvait pas entendre ce qu'ils disaient exactement, mais la jambe de bois de Shiskine cognant contre le plancher nous indiqua qu'il avait pris la cabine d'à côté.

Le silence se fit à nouveau. Tout le monde était couché. À travers le hublot, on pouvait voir la mer. On avait quitté la Tamise et on faisait route vers le nord.

On reprit la partie. J'avais une bonne main, trois huit et une suite, et j'attendais mon tour. Benjamin fronçait les sourcils en tripotant ses cartes comme s'il espérait les changer en les permutant. Soudain, je me sentis profondément heureuse d'être là, à jouer tranquillement au gin-rami avec Benjamin.

Il partageait sans doute mon sentiment, car il dit en imitant la voix traînante des joueurs de poker américains :

– J'ai des pieds à la place des mains, ma parole.

Je pouffai.

– Chut !

Il me fit signe de me taire. On percevait un léger mouvement dans le corridor. On tendit l'oreille, paniqués. Mais le bruissement avait disparu. Une minute s'écoula avant que j'ose respirer.

C'est alors que la porte s'ouvrit à la volée et que Jin Lo parut, un drôle de pistolet au canon en forme d'entonnoir braqué sur nous. Quand elle réalisa qui nous étions, elle lâcha son tromblon.

– Quoi vous faire ici ?

J'étais trop estomaquée pour pouvoir répondre, mais Benjamin parvint à articuler :

– On est là pour vous aider.

– Apothicaire dire non !

– Mais il a besoin de nous ! protesta Benjamin.

Il avait eu raison de ne pas arguer *qu'elle* avait besoin de nous.

– C'est un vrai pistolet ? demandai-je.

– Lance-fusée. Pour signaux lumineux.

Elle secoua la tête, dépitée.

– Moi me douter vous problème. Moi, prévenir apothicaire.

Elle tourna les talons pour partir.

– Attendez ! lançai-je. Ce n'est pas nous le problème, c'est Shiskine.

Elle s'arrêta, puis revint sur ses pas et referma la porte derrière elle. Benjamin lui expliqua dans un chuchotement que Shiskine était un traître, que les Soviétiques avaient kidnappé sa femme et sa fille pour l'obliger à neutraliser le bateau une fois dans les eaux russes afin de pouvoir capturer l'apothicaire sans provoquer d'incident diplomatique. Il ajouta que nous avions promis à Sergueï de protéger sa mère et sa sœur.

Jin Lo écouta attentivement, puis déclara :

– Nous jeter lui à la mer.

– Non, attendez !

On s'extirpa des malles et des sacs de voyage en les enjambant, mais Jin Lo était déjà dans la cabine de M. Shiskine en train de le tirer du lit. Certes, il avait ôté sa jambe de bois pour la nuit, ce qui donnait à Jin Lo un avantage, mais la force de la jeune femme n'en était pas moins prodigieuse. Elle lui tordit le bras derrière le dos, lui arrachant des grimaces de douleur, puis lui plaqua son pistolet lance-fusée sur la tempe.

– Toi *bù yàolian*, dit-elle. Toi, homme traître.

– *Traître ?* se récria-t-il. J'ai risqué ma vie pour toi et tu t'es fait prendre par négligence.

Il ne pouvait pas voir Jin Lo qui lui tenait le bras derrière le dos, mais il nous foudroya du regard, Benjamin et moi.

– Je refuse que ma famille soit punie à cause de toi.

– Et moi pas aller en prison Russie, répliqua Jin Lo.

– Dans ce cas, mieux vaut ne pas chercher à perturber les essais nucléaires, dit Shiskine. Si vous n'envoyez pas de signal radio toutes les six heures, ils sauront que j'ai été capturé.

– Toi croire moi idiote ? s'emporta Jin Lo en resserrant sa torsion. Je sais toi signaler eux venir.

Shiskine grimaça de douleur.

– Ils viendront de toute façon.

Ils étaient soudés l'un à l'autre, s'étreignant avec haine et fureur.

– Vous, trouver corde pour attacher lui ! nous ordonna-t-elle.

Shiskine tenta de se dégager, mais Jin Lo résista, prête à lui disloquer l'épaule. Benjamin et moi dénichâmes une longue corde dans la cabine à bagages. En deux temps, trois mouvements, Jin Lo ficela Shiskine comme un rôti et l'attacha à sa couchette. En sortant de la cabine, elle ramassa sa jambe de bois. Puis elle referma derrière elle et nous mena aussitôt jusqu'à la cabine de l'apothicaire.

Ce dernier ouvrit sa porte en bâillant. Il était en robe de chambre et avait ôté ses lunettes. Soudain, ses yeux s'écarquillèrent et il s'écria :

– Benjamin !

On s'assit sur la couchette libre et on lui raconta tout ce qu'on savait au sujet de Shiskine.

– Pourquoi ne m'as-tu pas prévenu avant ? demanda-t-il à Benjamin.

– Si je l'avais fait, tu n'aurais pas laissé Shiskine monter à bord. Et ils auraient tué sa famille.

– Nous aurions pu renoncer à la mission.

– Après toutes ces années de travail ?

On resta un moment assis en silence, bercés par le grondement des machines. L'apothicaire semblait très abattu.

– Il faut prévenir le capitaine Norberg, lâcha-t-il.

CHAPITRE 30

L'Anniken

On alla trouver le capitaine Norberg, qui dormait tout habillé. L'annonce de la présence à bord de deux passagers clandestins le réveilla d'un coup. Après s'être excusé, l'apothicaire lui expliqua que les services secrets soviétiques avaient chargé Shiskine de neutraliser le *Kong Olaf*.

Le capitaine se passa une main dans les cheveux et conclut :

– C'est plutôt flatteur. Cela veut dire qu'ils vous craignent. Ils auraient pu nous arrêter dans les eaux russes sans avoir recours à un saboteur.

L'apothicaire secoua la tête.

– Ils ont surestimé mes pouvoirs. Je ne suis pas de taille à lutter contre la marine russe.

Le capitaine Norberg toisa Benjamin, puis moi.

– Depuis que je fais ce métier, je n'ai encore jamais eu de passagers clandestins excédant la taille d'un chat.

– Nous sommes désolés, dit Benjamin.

Le capitaine soupira.

– Je ne peux pas envoyer mes hommes dans la gueule du loup sans les prévenir de ce qui les attend. Je vais réveiller ceux qui ne sont pas de quart et les rassembler sur le pont pour que vous leur expliquiez la situation.

Il enfila sa veste et sa casquette, et se dirigea aussitôt vers les quartiers de l'équipage.

Debout au milieu de la coursive, l'apothicaire considérait le plancher d'un œil morose.

– Nous devrions renoncer à notre plan, dit-il.

– Non, contra Jin Lo. Trop tard.

Il secoua la tête.

Benjamin et moi allâmes réveiller le comte Vili pour le mettre au courant. Il enfila un peignoir de soie bordeaux par-dessus son pyjama rayé, se frotta les yeux.

– Shiskine ? s'étonna-t-il. Et dire que je lui faisais entièrement confiance !

– Ils ont enlevé sa femme et sa fille, précisai-je.

Le comte bâilla.

– Il vaut mieux ne pas avoir d'attaches. Ainsi, personne ne peut vous faire chanter. Comment êtes-vous montés à bord ?

– L'élixir d'invisibilité, l'informa Benjamin.

– Ah ! Vous êtes plus coriaces qu'il n'y paraît. Courir tout nus par ce froid de canard, il faut le faire. Vous allez vous sentir dans votre élément à Novaïa Zemlia – si tant est que nous arrivions jusque-là.

– Est-ce qu'il y a des gens qui vivent là-bas ?

– Les Samoyèdes, répondit le comte. C'étaient les meilleurs éleveurs de rennes du continent, jusqu'à ce que les Soviétiques les expédient à Novaïa Zemlia pour travailler dans des fermes collectives. Ils se sont rebellés, et les Russes leur ont tiré dessus depuis des avions. Charmant, non ?

– Comment les Soviétiques peuvent-ils tester une bombe dans un lieu habité ?

Le comte haussa les épaules.

– Les Américains l'ont bien fait. Et si les Soviétiques sont capables de mitrailler des gens sans défense depuis des avions, je suppose qu'ils se fichent que les survivants soient exposés aux radiations.

Il poursuivit :

– Vous croyez qu'il fait froid sur le pont ? Ce n'est pas une heure pour tenir une réunion.

– Vous devriez parler à l'équipage, suggérai-je. Vous arriverez à rassurer les hommes. L'apothicaire a l'air… découragé.

– Ne vous en faites pas pour lui, dit le comte en enfilant son pardessus doublé de fourrure et en s'emparant de sa canne à pommeau.

Somnolent et le cheveu en bataille, l'équipage s'était entassé dans la timonerie. Un marin aux oreilles percées d'anneaux d'argent tenait la barre. Il y avait aussi Niels, un garçon maigrichon d'environ seize ans, ainsi que Ludvik, un homme dont le nez ressemblait à un petit pain, et le vieux cuistot, qui ne devait pas être loin de la retraite. Tous avaient l'air de penser qu'ils avaient mieux à faire que de finir leurs jours dans un camp de Sibérie.

Debout devant eux, l'apothicaire frottait nerveusement ses lunettes sur sa manche. Le comte réussit à se caser dans un coin de la timonerie, mais Benjamin et moi dûmes nous entasser avec Jin Lo dans la cambuse, derrière les hommes qui nous cachaient partiellement la vue.

L'apothicaire remit ses lunettes.

– Comme vous le savez…, commença-t-il, mais le bruit des machines et du vent noyèrent sa voix.

– Parlez plus fort, demanda Jin Lo.

L'apothicaire toussota. Si seulement nous avions pu lui insuffler la ferveur dont Benjamin avait fait preuve face à la femme de service du collège.

– Comme vous le savez, reprit-il en haussant le ton, notre objectif est de contrer la bombe atomique qui va être testée à Novaïa Zemlia, et de limiter ses effets destructeurs. C'est une tâche à laquelle nous travaillons depuis des années, et je suis convaincu que nous sommes sur la bonne voie.

Les hommes s'impatientaient. Ils savaient déjà tout cela, et à force de pérorer comme un vieux prof gâteux, l'apothicaire allait finir par les décourager pour de bon.

– Malheureusement, notre ami Leonid Shiskine semble avoir été missionné par les autorités soviétiques pour nous en empêcher. Il est actuellement emprisonné dans sa cabine, mais nous sommes démasqués. Les Soviétiques savent que nous sommes en route pour Novaïa Zemlia.

Les hommes se regardèrent en silence.

– Plusieurs d'entre vous sont pères de famille, continua l'apothicaire. La menace qui pèse sur cette mission est telle qu'elle la rend impossible, car je ne peux pas vous demander de risquer votre vie pour moi. C'est pourquoi je vous suggère de nous ramener en Angleterre et de retourner auprès de vos enfants, en Norvège.

Mon cœur chavira. Il cherchait à convaincre ces hommes de rentrer chez eux, alors qu'il était censé leur parler des effets des radiations nucléaires sur les poissons, les rennes, les Samoyèdes, les enfants !

– Je vous demande donc de faire demi-tour. C'est la seule décision raisonnable.

Une voix claire et ferme s'éleva à côté de moi.

– Moi, pas d'accord ! protesta Jin Lo en rejetant ses épaules en arrière. Pas d'accord !

– Moi non plus, renchérit le comte Vili, qui avait remonté son col de fourrure et s'appuyait sur sa canne.

L'apothicaire eut l'air surpris. Était-ce parce qu'il avait travaillé seul pendant si longtemps, ne correspondant que par courrier avec des scientifiques sans visage, qu'il avait oublié qu'il avait des collègues et des amis ?

– Euh..., bredouilla-t-il. Je suppose que, dans ces conditions, nous devrions vous demander si vous acceptez de poursuivre la mission. C'était mon intention de départ. Mais devant la difficulté de la tâche qui nous attend...

Soudain, son regard croisa celui de Benjamin, debout derrière les hommes d'équipage, et quelque chose en lui sembla changer.

Lorsqu'il reprit la parole, sa voix était étonnamment ferme et vibrante.

– Vous avez des enfants, insista-t-il. Et vous avez à cœur de les protéger. Je veux que vous puissiez rentrer chez vous sains et saufs. Toutefois, ce que mes collègues cherchent à vous dire, c'est que notre désir de protéger nos enfants ne doit pas s'arrêter à leur quotidien. Nous voulons leur donner un toit et de quoi manger à leur faim, ce qui est parfaitement légitime. Mais si nous souhaitons vraiment qu'ils soient en sécurité et bien portants, nous devons changer le monde. Car pour l'heure, nous sommes tous menacés, et nous aurons beau fermer nos portes à clé, gagner honnêtement notre vie et border nos enfants chaque soir, cela ne changera rien. Je crois que nous rendrons le monde meilleur si nous réussissons à mener à bien notre mission. Cependant, je ne peux en garantir le succès. Les Soviétiques sont à l'affût du *Kong Olaf*. Ils ont notre signalement et il va être très difficile de leur échapper. C'est pourquoi je vous laisse délibérer et décider en toute connaissance de cause.

J'entendis alors ma petite voix briser le silence de la timonerie :

– Est-ce qu'on ne pourrait pas rendre le bateau invisible ?

Les hommes se retournèrent pour voir qui avait parlé, et je me sentis devenir toute rouge.

L'apothicaire secoua la tête.

– Il est trop gros, malheureusement.

Le marin aux anneaux d'argent suggéra :

– On pourrait le maquiller.

– Je vous demande pardon ? s'étonna l'apothicaire en battant des paupières derrière ses lunettes.

– Le bateau, expliqua Niels, le jeune mousse, qui venait de comprendre. On pourrait le maquiller comme le faisaient les pirates en temps de guerre.

– Ce serait trop difficile, dit l'apothicaire.

– Pas trop difficile, objecta Jin Lo.

– On ne risque rien à essayer, renchérit le capitaine.

– Nous besoin peinture, annonça Jin Lo. Pas bleu, pas blanc.

L'équipage passa aussitôt à l'action, ouvrant les coffres de stockage. Ils extirpèrent deux pots de peinture rouge de dessous un amas de cordages, et plusieurs pinceaux.

– Pas ça, protesta Jin Lo, en désignant les pinceaux. Trop long.

Emportant les boîtes dans la petite cambuse, elle prit la plus grosse marmite qu'elle pût trouver et y versa la peinture au minium.

– Eh, mais je fais cuire le porridge dans cette marmite, protesta le cuistot.

– Ton porridge a déjà un goût de colle, railla Ludvik. Alors, pourquoi pas de peinture ?

Il régnait à bord une atmosphère de fébrile détermination. L'apothicaire alla chercher sa sacoche de cuir noir et donna un flacon de poudre grise à Jin Lo, qui en versa une petite quantité dans le chaudron.

– Qu'est-ce que c'est ? demandai-je.

– C'est comme aimant, expliqua-t-elle.

Elle remua la mixture, la renifla, puis rajouta un autre ingrédient provenant de la sacoche. La peinture semblait remuer toute seule dans la marmite. Elle la faisait filer en ruban pour en tester la consistance.

Le liquide rouge était devenu un peu plus foncé et plus fluide.

– C'est bien, conclut-elle.

L'apothicaire l'aida à verser le contenu de la grosse marmite dans les pots de peinture. Le navire poursuivait sa course dans la nuit et le vent, toujours plus au nord. Jin Lo demanda au capitaine de l'immobiliser au maximum, et quand le bateau ralentit, elle s'approcha de la proue et se pencha par-dessus le bastingage à tribord. Elle attendit que les hommes d'équipage se soient rassemblés autour d'elle – elle avait un sens inné de la mise en scène –, puis elle commença à verser délicatement la couleur sur la coque. Au lieu de goutter ou de couler, la peinture se répandit rapidement et uniformément sur le flanc du navire, puis continua sa course jusque sous la ligne de flottaison, nullement affectée par les vagues.

Les hommes observaient, bouche bée. Depuis des années, ils s'échinaient à décaper des coques et à les repeindre, mais cette peinture-là accomplissait le travail toute seule.

– Vous pouvez nous montrer comment faire ? demanda Ludvik.

– Après Novaïa Zemlia, répondit Jin Lo. Moi apprendre à vous.

Elle fit ensuite la même chose à bâbord et regarda la peinture se répandre jusqu'à envelopper entièrement la coque. Constatant qu'elle avait oublié une petite portion, elle ajouta un peu de couleur jusqu'à être pleinement satisfaite. Enfin, elle se rendit à la poupe et versa le reste du pot. À présent, le navire était entièrement rouge. L'inscription *Kong Olaf* avait disparu.

Les hommes étaient éberlués. C'était un travail qui leur aurait pris une semaine en cale sèche. S'ils avaient eu des doutes sur les capacités de l'apothicaire, ceux-ci s'étaient envolés.

C'est alors que le jeune mousse suggéra :

– Il lui faut un nouveau nom.

– À qui donc ? demanda l'apothicaire.

– Au bateau. Sans nom, on va tout de suite se faire repérer.

– C'est vrai, reconnut M. Burrows. Comment allons-nous l'appeler ?

Il y eut un nouveau silence.

– L'*Anniken*, proposa Ludvik.

– C'est un nom qui convient pour un bateau ?

– C'est le nom de ma fille. Un sacré petit bout de femme.

Il jeta un regard circulaire à ses amis.

– Je lui ai promis qu'un jour, je donnerais son nom à un bateau, mais je ne pensais pas que ça arriverait si tôt. Après tout, si on fait cette mission, c'est aussi pour elle.

– Dois-je comprendre que vous acceptez de nous suivre ? demanda l'apothicaire. Sur l'*Anniken* ?

Les hommes échangèrent un regard, puis, levant les bras en l'air, s'écrièrent tous ensemble :

– Vive l'*Anniken !*

Je voyais bien que Benjamin était fier de son père.

Le comte Vili me donna un petit coup de coude.

– Vous avez vu ça ? murmura-t-il. Il suffisait de faire vibrer la corde sensible.

– Moi, je crois plutôt que c'est la peinture de Jin Lo qui les a épatés.

L'apothicaire cligna des paupières.

– Va pour l'*Anniken*, approuva-t-il, ému.

Fier comme Artaban, Ludvik se fendit d'un grand sourire lorsqu'il alla écrire le nom de sa fille sur le flanc du bateau. Le capitaine prit la barre, tandis que les autres regagnaient leurs couchettes. Il était si tard que le ciel commençait à pâlir à l'est.

– La peinture rouge est déjà sèche ! s'écria Ludvik, stupéfait.

– Écoutez, on doit encore s'occuper de la famille de Shiskine, rappelai-je.

– Il m'est venu une idée, dit Benjamin. Qui est le plus aimable de nous tous ? Je veux dire, le plus gentil ?

– Jin Lo, répondit le comte Vili.

En voyant notre air ahuri, il éclata de rire. Je souris malgré moi. C'était exactement le genre de blagues que faisait mon père.

– Je crois que c'est Janie, rétorqua Benjamin.

– Mais bien sûr que c'est elle ! approuva le comte. En tout cas, ce n'est pas toi et certainement pas moi.

Je fronçai les sourcils et objectai, pour la forme :

– Je ne suis pas si gentille que ça.

– Et maintenant, voici ce que nous allons faire, annonça Benjamin.

CHAPITRE 31

L'exécution

Le lendemain matin, après le petit déjeuner, j'allai frapper à la porte de Shiskine. Les hommes d'équipage montaient la garde à tour de rôle devant sa cabine, et c'était le jeune mousse – Niels – qui était de service. Je le saluai d'un signe de tête et entrai. Shiskine était étendu sur sa couchette, les mains et les jambes liées.

– Ah ! s'exclama-t-il, la gamine qui voulait sauver le monde et qui au bout du compte a ruiné ma vie.

Je m'efforçai d'ignorer sa remarque, malgré l'horrible sentiment de culpabilité qui m'assaillait.

– Je suis venue vous demander si vous accepteriez de nous aider. Il fut un temps où vous aviez confiance en l'apothicaire, dis-je.

– C'était avant que ma famille soit prise en otage.

– L'équipage est d'accord pour nous aider.

– Je pourrais mentir et dire que moi aussi. Mais tes amis ne seraient pas dupes. Jin Lo sait pertinemment que nous faisons tous passer nos intérêts et ceux de notre famille avant le reste.

– Mais pas l'apothicaire.

– Bien sûr que si. Il agit pour lui et son épouse décédée. Sa vie tout entière est dédiée à la mémoire de sa femme.

– Il veut sauver l'humanité.

Shiskine ricana.

– L'humanité ne mérite pas d'être sauvée.

Il y eut un silence, puis je dis, doucement :

– Ils vont vous tuer. J'ai essayé de les en dissuader, mais ils ne veulent rien savoir. Leur seule préoccupation est notre survie.

Shiskine essaya de se redresser malgré ses liens.

– Janie, implora-t-il. Détache-moi les mains. Il faut que j'envoie un signal.

– C'est impossible !

– La radio est dans ma valise. Janie, écoute. Si les services secrets soviétiques croient que j'ai collaboré avec l'apothicaire, ma femme et ma fille seront condamnées. Mais s'ils pensent que j'ai été assassiné pour avoir tenté de les aider, ils auront peut-être pitié d'elles.

J'hésitai, pour ne pas avoir l'air d'être à ses ordres.

– Vous me jurez sur la tête de Sergueï que vous n'allez rien faire d'autre qu'envoyer un message ?

– Je le jure sur sa tête.

Tout se déroulait à la perfection. Je dénouai ses mains et il frotta ses poignets engourdis.

Je me tournai ensuite pour saisir la petite valise et l'approcher de Shiskine, ainsi que Benjamin me l'avait conseillé. Shiskine se jeta alors sur moi, et je sentis un bras puissant autour de mon cou. Je voulus crier, mais il plaqua sa main libre sur ma bouche.

– Dis-leur d'ouvrir la porte ! ordonna-t-il.

– Mmph !

– Et ne cherche pas à me duper, sinon je te tue.

Il ôta sa main de devant ma bouche.

Ne sachant quoi faire, j'appelai d'une voix faible :

– Je suis prête à sortir.

Niels ouvrit prudemment la porte. Il tenait un pistolet, mais Shiskine le lui arracha et le pointa sur lui.

– Mets tes mains sur ta tête. Et va chercher ma jambe de bois.

Niels leva ses bras maigres en suppliant :

– Je ne sais pas où elle est !

– Trouve-la, ordonna Shiskine. Ou je la tue.

– Benjamin ! m'écriai-je, la voix étouffée par le bras de Shiskine autour de ma gorge. Jin Lo !

Il m'asséna un coup de crosse sur la tempe, tandis que son bras se contractait. Il aurait pu me briser le cou sans peine. Niels était parti à la recherche de sa jambe de bois et nous étions seuls dans la coursive.

C'est alors que le comte Vili fit son apparition et prononça quelques mots en russe sur un ton calme et conciliant. Shiskine l'ignora. Vili leva alors les deux mains, l'une vide et l'autre tenant sa canne, en un geste d'apaisement. Il semblait parfaitement inoffensif – doux et fantasque, dans ses vêtements élégants, face à la détermination d'un homme désespéré qui n'avait plus rien à perdre.

– Camarade, plaida le comte. Mon ami. S'il vous plaît...

Entre-temps, Niels était revenu avec la prothèse.

– Enfile-la-moi, ordonna Shiskine en désignant sa cuisse gauche d'un signe de tête. Et ne cherche pas à faire le malin, ou je te tue.

Les mains du garçon tremblaient tandis qu'il s'efforçait maladroitement de nouer les sangles de la jambe de bois.

Au même instant, Benjamin entra dans la timonerie.

– Janie !

Shiskine tenait toujours le pistolet pointé sur ma tempe, mais mon esprit était étrangement détaché. C'était une façon peu ordinaire de mourir, songeai-je, que de se faire tuer par un unijambiste à qui un jeune mousse essayait d'enfiler sa jambe de bois. Qui allait pouvoir expliquer cela à mes parents ?

C'est alors qu'une chose encore plus incroyable se produisit. Le cliquetis des sangles avait cessé et un grand calme s'était abattu sur la coursive. Je n'entendais plus respirer Shiskine, tout était immobile. Le navire ne tanguait plus, les mouettes ne criaient plus. Mon cœur ne battait plus.

Rien ne bougeait, sauf le comte Vili, qui s'approcha de nous à la vitesse de l'éclair. Avant que j'aie pu comprendre ce qui se passait, il fit voler le pistolet d'un coup de canne et me libéra. Le revolver resta suspendu dans les airs, immobile.

Juste au moment où je réalisai que le comte avait figé le temps, j'eus l'impression qu'une rafale de vent me sifflait aux oreilles. Tout se remit en mouvement : le comte Vili attrapa le pistolet au vol et m'arracha à l'étreinte de Shiskine, me projetant la tête la première sur le mur de la coursive. Je levai les mains à temps pour amortir le choc.

Déstabilisé, Shiskine perdit l'équilibre et s'effondra à terre. Vili vint se poster devant lui, l'arme à la main – la créature surhumaine à la rapidité foudroyante était redevenue un comte hongrois grassouillet sanglé dans un costume trois-pièces légèrement fripé.

Benjamin, qui s'était figé à l'autre bout du salon, fondit sur Shiskine et le saisit à la gorge.

– Arrête ! lui cria le Russe d'une voix étranglée.

– Benjamin ! hurla Vili.

Voyant qu'il était à deux doigts de tordre le cou à Shiskine, je m'écriai à mon tour :

– Je vais bien, Benjamin. Je n'ai rien !

– À l'aide ! haleta Shiskine comme s'il rendait son dernier souffle.

Vili tira Benjamin en arrière et l'obligea à se relever, tandis que le mousse ligotait le Russe à l'aide de savants nœuds marins. Benjamin détourna les yeux en crispant la mâchoire, de colère peut-être, ou de remords.

Lorsqu'ils raccompagnèrent Shiskine dans sa cabine, je glissai ma main dans la sienne et murmurai :

– Merci.

Shiskine fut autorisé à télégraphier un message aux Soviétiques pour les avertir qu'il avait été démasqué et qu'on allait l'exécuter. Il semblait résigné à son sort, et bien qu'il m'ait menacée d'une arme quelques minutes plus tôt, je sentis mon cœur se serrer. Vili, qui connaissait le morse russe, supervisa la transmission.

Quand Shiskine eut fini, le comte Vili ôta ses écouteurs et éteignit le poste émetteur.

– Excellent message, commenta-t-il. Très émouvant et patriotique. Et maintenant, vous allez mourir en héros. Les services secrets russes n'auront plus besoin de votre famille pour vous faire chanter. Avec un peu de chance, ils vont libérer votre femme et votre fille. Et avec encore un peu plus de chance, ils ne nous trouveront pas et ne sauront pas que vous êtes en vie.

Shiskine cligna des paupières.

– Vous n'allez pas me passer par les armes ?

– Vous nous prenez pour des barbares ? Les enfants ont promis à votre fils de protéger votre famille. Et nous allons les aider à tenir parole.

Shiskine fixa sur Benjamin et moi un regard stupéfait. Jin Lo s'empara du poste de radio et sortit sur le pont. Il y eut un *plouf* quand elle le balança par-dessus bord.

– Cependant, et à mon grand regret, nous allons devoir vous garder prisonnier, ajouta Vili. Nous ne pouvons pas risquer une autre prise d'otages.

Shiskine ne semblait pas avoir entendu le comte tant il était soulagé. Car il avait beau penser que l'humanité ne méritait pas d'être sauvée, il n'était pas mécontent d'avoir la vie sauve.

CHAPITRE 32

Les génies

L'aube s'était levée, claire et froide, et le rouge *Anniken* filait cap au nord-nord-est.

Dans le ciel, deux mouettes se disputaient âprement un poisson en poussant des cris aigus. Le miroitement était si vif à la surface de l'eau que j'avais du mal à garder les yeux ouverts.

Un homme d'équipage muni d'un sextant mesura la hauteur du soleil afin de déterminer notre position sur la carte et d'éviter ainsi que nous ne dérivions vers

les eaux territoriales russes. Un albatros planait dans notre sillage. Je regardais les oiseaux avec une certaine méfiance depuis les évènements de ces derniers jours, mais celui-là avait l'air d'un authentique volatile. Il enchaînait sans effort boucles et demi-tonneaux, porté par ses ailes immenses.

Jin Lo me montra un flacon qu'elle avait apporté au cas où nous nous retrouverions à court d'eau douce au beau milieu de l'océan. Elle trempa une mèche de coton d'abord dans le flacon de liquide clair, puis dans un gobelet plein d'eau de mer. Des cristaux de sel commencèrent à se former et à grossir, jusqu'à prendre l'aspect de sucre candi. Jin Lo ôta le sel de mer aggloméré et me tendit le gobelet :

– Bois ! ordonna-t-elle.

– Qu'est-ce que c'est ?

– Du poison.

Je souris, habituée à l'humour pince-sans-rire de Jin Lo. L'eau était fraîche, pas du tout salée.

– C'est un truc génial ! m'exclamai-je, tout excitée. Le monde entier pourrait s'en servir !

Jin Lo fronça les sourcils.

– Trop nouveau. Difficile faire plus que petites doses.

L'après-midi, nous la regardâmes s'entraîner à former un filet polymère en lançant les particules dans l'air. Le comte Vili nous expliqua qu'une grande quantité de radiations était nécessaire et que les radiations solaires ne suffisaient pas pour que le filet se contracte. La résille voletait, fine comme une toile d'araignée, en scintillant d'un éclat doré sur le bleu du ciel.

L'équipage, qui savait reconnaître un bon filet de pêche, voulut essayer de prendre du poisson avec.

– Pas fait pour ça, rétorqua Jin Lo.

– Juste pour voir ! implora Ludvik.

– D'accord, soupira Jin Lo. Vous trouver poisson.

Les hommes scrutèrent attentivement la surface de l'eau, jusqu'à ce qu'ils aperçoivent un vol de mouettes qui festoyaient au loin.

– Elles ont dû repérer un banc de harengs, dit Ludvik.

Ils virèrent de bord pour se rapprocher des oiseaux marins et stoppèrent les machines. Une multitude de petits poissons d'argent grouillaient au ras des vagues. Ils tentaient d'échapper aux gros poissons tandis que les mouettes essayaient frénétiquement d'attraper le menu fretin.

Nullement émue par ce spectacle, Jin Lo montra à deux des hommes comment tenir les bords presque invisibles de la résille. Ensemble, ils la lancèrent sur la mer, où elle s'abattit comme un fin crachin. Après deux ou trois tentatives, ils remontèrent un plein filet de gros poissons brillants et frétillants.

Le cuistot les fit griller sur le pont, en pestant contre le père de Benjamin qui avait transformé sa cambuse en laboratoire pour se livrer à des expériences après avoir extrait la Quintessence des fleurs contenues dans la cloche de verre. En le regardant s'affairer, je pensais à mes parents qui allaient bientôt rentrer à Londres. Qu'allaient-ils faire en découvrant que j'avais disparu ?

Le poisson grillé était délicieux, brûlant et salé à point. Le comte Vili, Benjamin et moi emportâmes nos assiettes et allâmes nous asseoir sur le coffre de stockage pour profiter du soleil de midi. Le comte prit un poisson par la queue et le mangea à belles dents comme un gros chat gourmand. J'avais appris à apprécier cet homme au cours de ce voyage. Il était parfois cynique, mais n'était pas du genre à bouder son plaisir.

– Ce mets est digne d'un roi, croyez-moi ! assura-t-il en léchant la graisse sur ses doigts.

– Que savez-vous de la bombe que les Soviétiques veulent tester ? demandai-je.

– Seulement qu'elle a été conçue par un physicien du nom d'Andreï Sakharov. Un jeune génie. J'aurais aimé faire sa connaissance en d'autres circonstances. Je crois que c'est un esprit ouvert. J'aurais voulu le convaincre de collaborer avec nous. Mais je crains qu'il n'ait été embrigadé par le système soviétique.

– Peut-être qu'il changera d'avis quand il verra de quoi vous êtes capables, suggérai-je.

Le comte m'adressa un sourire ironique.

– Alors que nous sabotons son travail ? Je ne pense pas que ce soit le meilleur moyen de se faire des amis.

Une autre question me taraudait.

– Quand l'apothicaire a fait fleurir le jaival pour en recueillir la Quintessence, fis-je remarquer, il a libéré une sorte de nuage. La Force obscure.

Le comte eut l'air surpris.

– Vous l'avez vu ?

– Oui, nous l'avons vu s'envoler. Il ne flottait pas vraiment, mais s'éloignait comme s'il savait où il allait.

Une grimace tordit brièvement les traits du comte.

– Avez-vous rencontré des problèmes lors de vos expérimentations avec la *Pharmacopée* ?

Benjamin et moi échangeâmes un regard.

– Il te manquait des plumes autour du cou, quand tu étais un oiseau, se rappela-t-il.

– Oui, mais c'est parce que M. Danby m'avait arraché mon écharpe.

Je réfléchis et repris :

– Mon pied a heurté le levier de vidage de la baignoire avant que Pip ait pu devenir invisible, mais c'était ma faute. Et tout compte fait, ça nous a arrangés, parce qu'en étant visible, il a pu semer la police.

– L'onguent de mémoire a paralysé Jin Lo, ajouta Benjamin.

– Bousculer les lois de la nature n'est pas anodin, dit le comte. Plus les perturbations sont importantes et plus les conséquences le sont également. Le nom de *Pharmacopée* vient du grec ancien *Pharmakon*, qui signifie à la fois « médecine » et « poison » : le pouvoir de guérir et de nuire. Mon tuteur, Konstantin, comparait la Force obscure au concept gréco-romain de « génie » ou esprit protecteur. Il avait le sentiment que quelque chose de semblable à ces « génies » résidait dans la matière, et se trouvait dérangé quand cette matière était transformée. Ce qui pourrait expliquer pourquoi le nuage semblait savoir où il allait. Il arrive que l'« esprit » ainsi libéré fasse preuve d'espièglerie ou de mauvaise humeur. Et tous ont une étrange propension à l'attachement. Inextricablement liés à ceux qui les dérangent, ils cherchent à leur mettre des bâtons dans les roues. Bien entendu, tout ceci n'est que pure spéculation. Nous travaillons dans le noir – nous faisons ce que nous pouvons, comme dirait Henry James.

– M. Danby m'a conseillé de lire Henry James, rapportai-je.

– Ah, tu vois ? Cet horrible M. Danby a de bonnes lectures. Et les forces obscures ne sont jamais complètement mauvaises.

*

Cette nuit-là, Benjamin et moi allâmes nous accouder au bastingage. Blottis l'un contre l'autre pour nous protéger du froid, on regardait les flots se fendre en bouillonnant sous la proue de l'*Anniken*. Les gerbes d'écume formaient comme deux ailes blanches sur l'eau noire. Au-dessus de nos têtes, les étoiles brillaient avec un éclat qui me procurait une étrange sensation, comme si mon cœur grossissait dans ma poitrine jusqu'à déborder. Il me semblait injuste de devoir mourir à quatorze ans, alors que le monde avait tant de beauté à offrir.

Benjamin rompit le silence :

– Je suis désolé pour hier, Janie. Mais quand j'ai vu Shiskine pointer le pistolet sur ta tempe, j'ai complètement perdu la tête. En fait, c'est à cause de mon plan que tu as failli y passer.

– C'était un bon plan. Simplement, j'aurais dû être plus prudente.

– Tu as été courageuse, en tout cas.

– Tu veux dire morte de trouille.

– Il a mordu à l'hameçon. Tu n'as jamais songé à devenir actrice ?

Je pensai à la coquette Marianne, avec ses faux cils et ses manières aguicheuses, et à toutes les autres filles qui jouaient dans les comédies écrites par mes parents.

– Non, dis-je. Certes, il m'est arrivé d'essayer de marcher comme Katharine Hepburn. Mais c'était pour ressembler aux personnages qu'elle incarnait plutôt qu'à elle.

– Montre-moi comment elle marche !

Je secouai la tête. Je n'arrivais pas à croire que je lui avais révélé mon secret.

– S'il te plaît ?

– Non !

Benjamin sourit.

– Un jour peut-être.

On contempla de nouveau la proue fendant les flots, puis il ajouta :

– Janie, tu te souviens de ce que je t'ai dit à propos de Sarah Pennington ?

Je hochai la tête. Mon cœur battait à se rompre.

– Eh bien, en fait, c'est avec toi que j'ai envie d'être, et personne d'autre.

C'était exactement ce que je rêvais de l'entendre me dire, sans oser y croire, à l'époque où j'avais le temps de me préoccuper de ce genre de chose. Je ne sus que répondre. Il me regarda, et ses yeux sombres et graves me firent le même effet que lorsque je les avais vus la première fois, dans le réfectoire du collège. Le vent rabattait mes cheveux sur ma figure. Il sourit.

– Voilà que tes « cheveux américains » se révoltent, dit-il en écartant doucement une mèche folle.

Ses doigts effleurèrent ma joue, puis enveloppèrent doucement ma nuque ; il m'attira contre lui et m'embrassa.

Ses lèvres étaient douces et aussi chaudes que l'air de la nuit était froid. J'avais des frissons là où ses doigts s'enroulaient dans mes cheveux et touchaient ma peau.

Nous étions en route pour un site d'essais nucléaires avec un antidote qui n'avait jamais été testé. La marine soviétique était à nos trousses à bord de sous-marins et d'avions-espions, et mes parents allaient se faire un sang d'encre, mais il n'y avait aucun autre endroit au monde où j'aurais voulu être. Aujourd'hui encore, si je pouvais choisir mon premier baiser, je ne changerais rien.

Benjamin recula. L'émotion se lisait sur son visage. On aurait dit qu'il souriait et grimaçait à la fois. Je savais qu'il pensait comme moi. Puis il m'embrassa à nouveau et le monde s'évanouit.

Quand le froid et la fatigue nous chassèrent du pont, Benjamin retourna dans la cabine de son père, et moi, dans celle que je partageais avec Jin Lo. Elle ouvrit un œil, puis l'autre, et me toisa de la tête aux pieds.

– Quelque chose bon arrivé toi ?

– Hum, marmonnai-je.

– C'est bien.

Je me déshabillai, ne gardant que ma combinaison intégrale de soie, et grimpai dans ma couchette où je restai étendue, les yeux fixés au plafond.

– Jin Lo, soufflai-je au bout d'un moment.

– Mm-hm ?

– Est-ce qu'il t'arrive de penser à tes parents ?

Il y eut un silence.

– Parfois.

– Tu te souviens bien d'eux ?

Un autre silence.

– Me souviens chemise mon père. Peigner cheveux ma mère. Visages pas toujours clairs. J'ai huit ans. Je rappelle pieds de petit frère. Tout petits et rigolos.

– Comment s'appelait-il ?

– Shun Liu. Veut dire « roseau ». Mais lui gros, pas comme roseau.

– Peut-être qu'il serait devenu grand et maigre en grandissant, dis-je.

Elle ne répondit rien et j'eus l'impression d'avoir été maladroite.

– Ta mère sait où toi es ? demanda Jin Lo. Ton père ?

– Non.

– Eux inquiets.

– Je sais.

– Non, toi pas savoir. Toi petite fille.

Je lui en voulus pour cette remarque, mais elle avait raison, et je n'osais pas m'imaginer dans quel état étaient mes parents. J'essayais de penser à des choses réconfortantes, mais une vision d'eux, furieux et fous d'inquiétude, me revenait sans cesse. Pour la dissiper, je me tournai et me retournai sur mon petit oreiller, en me remémorant le regard de Benjamin, ses lèvres sur les miennes, la chaleur de sa main sur ma nuque dans le froid mordant, et je finis par m'endormir.

MER DE NORVÈGE
MER DE BA
LE POLAIRE ARCTIQUE
NORVÈGE
SUÈDE
FINLANDE
Kirkenes
Oslo
Helsinki
Stockholm
Leningrad
MER DU NORD
MER BALTIQUE
DANEMARK
ETERRE
SE
Moscou
Londres
ALLEMAGNE
O. E
Berlin
POLOGNE
U.R.S.S
0°
15°
30°
45

CHAPITRE 33
Novaïa Zemlia

Le lendemain matin, on franchit une ligne invisible au-delà de laquelle l'air de l'Arctique nous saisit dans ses crocs glacés et ne nous lâcha plus. Même emmitouflés dans nos fourrures et nos lainages, nous ne pouvions pas rester sur le pont sans rentrer la tête dans les épaules pour nous protéger du vent polaire. Quand je respirais trop profondément, j'avais l'impression que des aiguilles me transperçaient les poumons. Des glaçons se formaient sur mes cils, et, si je retirais mes gants, je n'arrivais plus à bouger les doigts. Le cuistot nous servait café et chocolat chaud. L'équipage dorlotait les machines de crainte qu'elles n'explosent de rage ou se mettent à bouder, telles des petites pestes capricieuses.

À midi, un marin essaya de prendre des mesures avec le sextant, mais le ciel était trop nuageux. Il médita ses calculs et conclut, perplexe :

– Nous ne sommes pas loin des eaux territoriales russes. Peut-être même avons-nous franchi la frontière.

Une heure plus tard à peine, la vigie cria :

– Navire de patrouille en vue !

Le capitaine Norberg lui prit les jumelles des mains et scruta l'horizon, l'apothicaire à ses côtés. J'aperçus moi aussi le navire. Ce n'était encore qu'un point, mais il arrivait droit sur nous.

– C'est un bâtiment soviétique, indiqua le capitaine sans lâcher les jumelles. Où que vous alliez, il faut que vous disparaissiez de ce bateau, sur-le-champ. Les enfants aussi. Il n'y a nulle part où se cacher ici.

On fila dans la cabine de l'apothicaire, où Jin Lo était déjà transformée en oiseau, l'œil perçant et la tête surmontée d'une huppe de plumes sombres. Elle avait dû prendre l'élixir avien sitôt le navire russe repéré.

– Un faucon ! s'exclama Vili. Voilà qui promet !

– C'est fâcheux que tu n'aies jamais essayé ce truc auparavant, remarqua l'apothicaire. Il ne manquerait plus que tu te transformes en pingouin.

– Oh, est-ce possible ? Imagine que je me retrouve coincé ici. Je n'ai pas envie de croiser Andreï Sakharov.

– Tu veux nous aider à neutraliser la bombe de Sakharov, oui ou non ? demanda l'apothicaire.

– Évidemment ! riposta le comte, vexé.

Saisissant la bouteille d'élixir, il but avec de drôles de petits bruits de surprise. Son visage rubicond et son corps grassouillet commencèrent à rapetisser et à changer. Trente secondes plus tard, il était devenu un grand oiseau gris au bec crochu et aux ailes immenses, comme l'albatros que nous avions vu voler dans notre sillage. C'était tout à fait le genre d'oiseau qu'il rêvait d'être, et quand il déploya ses ailes avec ravissement, il cogna le faucon en plein sur le bec. Jin Lo lui lança un regard furibond. L'albatros replia aussitôt ses ailes et rentra la tête dans ses épaules, l'air penaud.

L'apothicaire me tendit une autre fiole.

– Janie, dit-il, va donner ceci à Shiskine.

– Il vient avec nous ?

– Nous ne pouvons pas le laisser ici.

– Je parie qu'il va se transformer en pigeon voyageur, lança Benjamin.

Je courus jusqu'à la cabine de Shiskine. Il était toujours ligoté, mais ses liens étaient trop grands pour retenir l'oiseau qu'il allait devenir, quel qu'il soit, si bien que je ne pris pas la peine de le détacher.

– Une patrouille soviétique approche, expliquai-je. Il ne faut pas qu'ils vous attrapent. Avalez ça.

Shiskine observa la fiole avec suspicion.

– Qu'est-ce que c'est ?

– Trop long à expliquer. Mais j'en ai déjà pris et c'est parfaitement inoffensif. Je vous le promets.

Je l'aidai à boire et attendis que se produise la transformation. Mais à la place, il y eut une petite explosion. Je fis un bond en arrière en couvrant mes yeux. Quand je les rouvris, Shiskine n'était plus là. Seuls restaient ses liens.

Je regardai autour de moi, en songeant que Shiskine s'était peut-être transformé en un volatile russe d'une espèce inconnue. Mais je ne vis rien d'autre qu'un petit tas de sel sur le dessus de lit. J'en ramassai méticuleusement chaque grain et les fis glisser à l'intérieur de la fiole, dont je refermai ensuite le capuchon. Puis je retournai en hâte dans la cabine de l'apothicaire.

– Il s'est transformé en sel ! m'écriai-je. Je croyais que c'était de l'élixir avien !

– Shiskine n'aurait jamais accepté de se transformer en oiseau, commenta l'apothicaire. Et puis, nous ne pouvons pas courir le risque que les Soviets le retrouvent. Mets-le dans ce petit sac à dos, s'il te plaît.

Je m'emparai du sac – un cylindre de cuir muni de sangles, suffisamment petit pour être transporté par un gros oiseau – et y glissai M. Shiskine.

– Où l'avez-vous trouvé ? demandai-je.

– Je l'ai réalisé d'après un modèle imaginé par un Allemand qui expédiait des prescriptions médicales par pigeon voyageur, indiqua l'apothicaire en fourrant sa sacoche au fond d'un coffre de rangement et en la recouvrant avec des couvertures. Peut-être pourrions-nous mettre le reste des flacons dedans ?

Chacun des flacons tenait dans le creux de ma main. Je les glissai à l'intérieur du petit étui où se trouvait M. Shiskine. L'un d'eux contenait une substance dorée, de la même couleur que le filet de Jin Lo. Le deuxième était plein d'un liquide clair qui devait être la Quintessence. Je pouvais en humer le parfum, même à travers le bouchon scellé. Un autre était si froid que je dus me servir de ma manche pour l'attraper. Je me demandai si c'était avec ça que le comte Vili figeait le temps. Le quatrième avait une couleur ambrée.

– C'est une réserve d'élixir avien, au cas où l'effet prendrait fin trop tôt, m'expliqua l'apothicaire.

J'allais lui demander comment nous allions faire pour sortir le flacon de l'étui et le boire avant de tomber dans l'océan glacé, quand Benjamin s'écria :

– La *Pharmacopée* ! Où est-ce qu'on va la mettre ?

– Avec les carnets de bord du capitaine Norberg, dis-je spontanément. Comme dans le labo de chimie.

Tandis que Benjamin filait cacher le livre chez le capitaine, l'apothicaire scruta la cabine pour s'assurer que rien ne clochait. Puis, se tournant vers moi :

– Tu seras le plus petit oiseau, Janie, annonça-t-il. La bombe se trouve à la pointe sud de Novaïa Zemlia dans une cabane en rondins. Comme elle est là depuis des années, les avions-espions ne l'ont pas repérée. Nous allons découvrir comment la bombe est amorcée, et de combien de temps nous disposons avant qu'elle explose. Si tu parviens à entrer dans la cahute, ce sera à toi de t'en charger. Ce n'est pas de bon cœur que je te confie cette nouvelle mission périlleuse – et je sais que Benjamin ne sera pas d'accord pour que tu risques encore ta vie –, mais je crains que tu ne sois la seule à pouvoir te faufiler à l'intérieur.

– Je le ferai, dis-je. Je veux me rendre utile.

– Merci.

Il me tendit le petit étui à bretelles en m'ordonnant de le lui enfiler. Puis il but une rasade d'élixir. Au bout d'un moment, il rapetissa et se transforma en une chouette toute blanche, au visage en forme de cœur et aux yeux d'un noir perçant.

Dans mon empressement, je fis un faux mouvement et pinçai une de ses ailes. Il me donna un coup de bec sur la main.

– Aïe ! m'écriai-je. Je ne l'ai pas fait exprès !

La chouette eut l'air contrite, et je réalisai que le coup de bec était un réflexe.

Quand Benjamin revint, il eut un mouvement de recul en voyant la chouette, puis il reconnut son père.

– Le capitaine Norberg va rester aux abords de Novaïa Zemlia jusqu'au coucher du soleil, au cas où il pourrait nous récupérer. Ensuite, il ira nous attendre à Kirkenes, en Norvège, juste de l'autre côté de la frontière russe.

La chouette hocha la tête et poussa la bouteille vers Benjamin avec son bec. Il but le premier, et je finis le reste de l'élixir. Une fois de plus, il se transforma en alouette et moi, en rouge-gorge. Benjamin avait pensé à laisser les portes de la cabine et du pont ouvertes, et on prit tous les cinq notre envol depuis la proue, sous le regard émerveillé de l'équipage.

Quand la patrouille soviétique accosta le navire, les hommes de l'*Anniken* firent comme si de rien n'était, fixant le bâtiment russe d'un œil morne, tels d'innocents marins norvégiens égarés dans le brouillard.

La brise qui s'engouffrait dans mes plumes me parut moins froide que lorsque j'étais un être humain. Étant le plus petit de tous les oiseaux, j'avais dû mal à suivre la troupe, les rafales de vent nous déviant constamment de notre course. Enfin, Benjamin parvint à prendre un peu plus d'altitude et à filer droit devant. On l'imita et on trouva un courant favorable. C'est alors qu'on aperçut un grand bâtiment de guerre au mouillage en plein océan. Le comte Vili nous avait expliqué que les Soviétiques allaient stationner un destroyer au large de Novaïa Zemlia, pour s'en servir comme d'un poste d'observation lors des essais nucléaires.

Peu après, on arriva en vue de l'île. C'était l'endroit le plus désolé que j'aie jamais traversé : une étendue glacée, sans un arbre et balayée par les vents. La côte nord de l'archipel était baignée par l'océan, mais au sud et à l'est, elle était presque entièrement rattachée au continent russe par la glace. Il y avait un terrain d'atterrissage à l'extrême pointe sud, et plus au nord ce qui ressemblait à de minuscules maisons réparties en petits hameaux. Les huttes des Samoyèdes.

Non loin de la piste d'atterrissage se trouvait la cabane qui renfermait la bombe. Les Soviétiques avaient fait un bon choix, car elle ne payait pas de mine.

En se rapprochant, on repéra une sentinelle debout sous l'avant-toit de la cahute. L'homme, en tenue de camouflage blanche comme la neige, semblait être l'unique gardien. Il y avait un monticule de neige à côté de la cabane : un bunker auquel on accédait par une trappe creusée dans le sol.

Quand la sentinelle tourna la tête, on se posa derrière le bunker. Incapable de contrôler mon atterrissage, je percutai Jin Lo, qui s'écarta avec dédain tandis que je roulais dans la neige. Je voyais bien qu'elle nous considérait tous comme de pitoyables amateurs.

C'est alors qu'on entendit le bruit saccadé des rotors d'un hélicoptère brassant l'air. Tel un gigantesque frelon, la sinistre machine volante survola la cabane qui abritait la bombe, obligeant la sentinelle à tenir son bonnet à deux mains pour l'empêcher de s'envoler. Puis l'hélicoptère se posa en soulevant des tourbillons de neige.

Cinq hommes émergèrent du cockpit : d'abord deux officiers russes, dont l'un portait un casque et des lunettes de pilote. Puis deux hommes en civil. Le plus grand était distingué, malgré son épais manteau d'hiver. Je le reconnus instantanément : Danby ! Et avec lui, l'Allemand balafré. Le cinquième et dernier larron était un jeune homme maigre, affublé d'un long manteau de fourrure et d'un bonnet de laine grise dont s'échappaient des mèches folles. Il semblait nerveux et distrait. Sentant l'albatros s'agiter à mes côtés, j'en déduisis qu'il devait s'agir d'Andreï Sakharov, le génie russe que le comte Vili avait toujours voulu rencontrer. Dans ses mains gantées, le jeune physicien tenait une boîte métallique.

Voyant que le pilote de l'hélico avait apporté une gamelle, la sentinelle s'assit avec contentement sur un tabouret, sans quitter le récipient des yeux. Le plus gradé des officiers entreprit de déverrouiller la porte de la cahute au moyen de diverses clés et combinaisons de chiffres, puis tous les hommes de l'hélicoptère entrèrent. Ils refermèrent la porte derrière eux.

La chouette hocha sa tête blanche. Le moment était venu pour moi de passer à l'action. Je fis le tour de la cabane, Benjamin à ma suite. Par chance, la sentinelle, occupée à manger sa soupe, ne nous remarqua pas. Ayant repéré un petit interstice en haut du mur, je m'y faufilai non sans mal, puis me posai sur une poutre. Trop gros pour faire de même, Benjamin resta perché sur la pente du toit. J'étais heureuse qu'il soit là.

Il faisait sombre à l'intérieur de la cabane, et l'un des officiers avait allumé une lampe de poche. Au centre de la pièce, un long cylindre reposait à même le sol à côté d'un coffre semblable à un cercueil gris d'environ deux mètres de long. Je m'attendais à voir une bombe arrondie à un bout et munie d'un empennage à l'autre, comme celles que les militaires américains avaient larguées sur le Japon, mais celle-ci n'était pas destinée à tomber du ciel. Elle n'avait même pas besoin d'être déplacée. Elle ne faisait pas de bruit, ne portait aucune inscription, mais elle n'en était pas moins sinistre et je n'aimais pas l'idée d'être enfermée ici, avec elle.

Sakharov plaça sa boîte métallique à un bout du cylindre, tandis que le jeune pilote d'hélicoptère ouvrait une caisse à outils et la lui tendait respectueusement, comme s'il secondait un grand chirurgien. Sakharov choisit une clé à molette.

Danby contourna la bombe pour l'inspecter et s'exclama, avide de compliments :

– Elle est magnifique ! Elle a été réalisée d'après mon croquis ?

Sakharov marmonna quelque chose en russe.

– Je ne suis pas un traître ! protesta Danby.

– Non, vous êtes l'incarnation même du traître, rétorqua Sakharov en emboîtant une petite pièce sur la boîte métallique. D'ailleurs, si vous comprenez le russe, pourquoi parlons-nous anglais ?

– Parce que je manque de pratique, répondit Danby. Je le comprends mieux que je le parle.

– Permettez-moi d'en douter.

– S'il vous plaît, camarades, intervint l'officier le plus gradé. Nous ne sommes pas ici pour discuter.

Sakharov resserra un boulon, puis se releva.

– Le principe est le suivant, expliqua-t-il, plein de mépris envers le traître qui n'était pas physicien et ne parlait pas le russe. Pour faire exploser une bombe atomique, on divise l'atome. C'est ce qu'on appelle la fission. Celle-ci est une nouvelle sorte de bombe, à hydrogène, dont le principe consiste à faire fusionner deux noyaux d'atomes. L'énergie ainsi libérée provoque une seconde fission vingt fois plus puissante que celle qui a détruit Hiroshima. Alors, *yes*, je me suis inspiré de la bombe que les Américains ont fournie à l'armée anglaise. Cependant, elle n'a pas été réalisée d'après le schéma que vous leur avez dérobé, et qui était erroné de toute façon – bien que vous l'ignoriez. Votre présence ici n'était pas nécessaire, ainsi que je l'ai souligné. Les Américains et moi sommes arrivés à des conclusions similaires, étant donné qu'il n'y a pas trente-six façons de manipuler l'atome. On peut soit le diviser, soit le fusionner, soit le laisser tel quel.

Il rendit la clé à molette au pilote.

Tout en réfléchissant à ce que Sakharov venait de dire, je réalisai que, si la bombe était vingt fois plus puissante que celle d'Hiroshima, les antidotes de l'apothicaire ne la neutraliseraient peut-être pas. Juste au moment où j'essayais de me faufiler à nouveau par la fente dans le toit, j'entendis la voix rocailleuse de l'Allemand qui disait :

– Tiens, il y a un piaf.

Je sentis un brusque appel d'air et me retrouvai dans le noir complet. J'étais prisonnière d'un espace confiné qui m'empêchait de remuer les ailes. Un mince filet de lumière se fit, et je vis paraître une grosse face balafrée. Il m'avait attrapée avec son bonnet de laine.

– C'est un rouge-gorge américain, précisa-t-il.

– Tu en es sûr ? demanda Danby.

– Les animaux sont interdits ici, s'indigna l'officier russe. Je vais faire un rapport.

– Ce n'est pas le problème, poursuivit le balafré. Cet oiseau n'est pas d'ici. C'est un espion.

Un silence effaré fit suite à cette curieuse remarque. Puis le plus gradé des officiers demanda :

– Il est équipé d'une caméra ?

– C'est un humain, répondit Danby. Je veux dire, un humain transformé en oiseau.

L'officier se racla la gorge et articula distinctement, comme s'il s'adressait à des fous dangereux :

– Le déclencheur est installé. Nous avons vingt minutes pour regagner le bateau.

– Attendez ! s'écria Danby. Il faut fouiller l'île pour voir s'il n'y a pas d'autres oiseaux ! Ils cherchent peut-être à neutraliser l'essai !

– Nous partons sur-le-champ, ordonna l'officier.

Le balafré sortit de la cabane avec moi dans son bonnet. J'ignorais si Benjamin avait entendu la conversation entre les cinq hommes, et je n'avais aucun moyen de le prévenir que la bombe était peut-être trop puissante pour le filet de Jin Lo. Les rotors de l'hélicoptère se mirent à tourner, noyant mes misérables piaillements de rouge-gorge.

*

Je n'étais encore jamais montée dans un hélicoptère, mais voyager dans le noir, coincée sous un bonnet de laine d'une propreté douteuse, posée sur les genoux d'un agent de la Stasi, alors que vous détenez des informations dont vos amis ont désespérément besoin, n'est pas idéal pour une première expérience. L'odeur de transpiration du bonnet et les secousses de l'hélicoptère me donnaient mal au cœur. Enfin, on atterrit sur ce qui devait être le pont du destroyer.

– Il va nous falloir une boîte ou une cage, dit M. Danby.

Une main m'attrapa et me tira hors du bonnet. Éblouie par la lumière, je jetai des coups d'œil affolés autour de moi. Vu du ciel, le navire ressemblait à un jouet, mais en fait, il était immense et le pont était pratiquement désert. J'essayai de me dégager de l'étreinte du balafré en lui donnant des coups de bec sur la main, mais il resserra son poing jusqu'à me faire suffoquer. S'il continuait, il allait rompre mes petits os fragiles.

Le jeune pilote parut et fourra la caisse à outils entre les mains de Danby.

– Tous descendre à fond de cale. Sous niveau mer, indiqua-t-il.

Il pointa vers Novaïa Zemlia.

– Bombe. Beaucoup *radiatsii*.

– Je sais, rétorqua sèchement Danby.

Le garçon s'éloigna en hâte, et Danby ouvrit la caisse à outils, qui avait la taille d'un pain de mie. Elle était vide. Ils allaient m'y enfermer. Si je reprenais forme humaine pendant que j'étais à l'intérieur, j'aurais les os broyés dans d'atroces souffrances. Je fermai les yeux, en me concentrant pour essayer de me transformer tout de suite.

Sans succès. Les battements de mon cœur ne ralentirent pas, mes ailes ne se changèrent pas en bras, et le balafré me mit dans la boîte. Il semblait chercher un moyen de retirer sa main pour refermer le couvercle sans me laisser m'échapper. Je poussai un cri de protestation.

C'est alors que je sentis mon rythme cardiaque ralentir, mes os devenir plus lourds, mon crâne s'épaissir et mes plumes se rétracter. L'instant d'après, je roulai sur le pont, vêtue de mon caban et de mes bottes, la boîte à outils s'écrasant avec fracas à côté de moi. Le balafré, estomaqué, en perdit son bonnet, qui s'envola à l'autre bout du navire. Il le prit en chasse et réussit à l'attraper au vol.

– Je le savais ! s'écria Danby en m'attrapant par les épaules. Où est l'apothicaire ? À Novaïa Zemlia ?

– Il n'a pas réussi, mentis-je. Il est tombé à la mer.

Danby me regarda droit dans les yeux pour s'assurer que je disais la vérité.

– Je suis la seule à avoir atteint l'île, poursuivis-je. Je n'ai pas pu les sauver.

Une larme roula sur ma joue. J'étais sincèrement désespérée et ne savais pas quoi faire, à part essayer de couvrir l'apothicaire.

Soudain, une puissante alarme retentit et une voix brailla des ordres en russe dans un haut-parleur. Je me demandai si le navire était équipé d'une protection quelconque contre les radiations, ou si l'eau seule était censée nous protéger, une fois dans la cale.

Le balafré lança :

– On la laisse ici.

Un frisson de terreur me parcourut.

– Vous ne pouvez pas faire ça. Je vais mourir irradiée !

– Eh bien, ce sera un problème de moins, rétorqua l'Allemand.

Danby sourit et me relâcha.

– C'est vrai. Je vous envie de pouvoir assister au spectacle en direct, Janie. Nous avons des caméras, naturellement, mais ce n'est pas la même chose. Ça doit valoir le coup d'œil d'aussi près.

– Pourquoi faites-vous cela, M. Danby ? demandai-je. Parce que vous avez lu *Anna Karénine* quand vous aviez quinze ans ?

Danby resta un instant sans voix, surpris. Puis il réfléchit à ma question et répondit :

– Y a-t-il meilleure raison ? Je veux que la nation qui a produit ce roman admirable survive, et ne soit pas annihilée par votre gouvernement américain stupide et abject.

– Mais c'est une personne qui a produit ce livre, argumentai-je. Pas une nation. C'est... je me surpris à utiliser le temps présent. C'était ce qui faisait la grandeur de l'apothicaire. Il ne travaillait pas pour un pays, mais pour sauver l'humanité tout entière.

– Comme moi ! déclara Danby. Seule une bombe atomique soviétique pourra dissuader les Américains d'employer leurs armes nucléaires. Je suis sûr que vos parents seraient d'accord avec moi. Et maintenant, il faut que je file.

– Ne me laissez pas ! criai-je.

Les mots latins qu'il avait écrits sur le tableau noir me revinrent à l'esprit :

– *Decipimur specie recti !* Nous sommes trompés par l'apparence de la vertu ! Vous vous souvenez ? Vous croyez être dans le vrai, mais vous vous trompez !

Danby sourit.

– Vous étiez une élève pleine de promesses, mademoiselle Scott. Je vous souhaite bonne chance.

Il suivit le balafré vers la seule porte encore ouverte. Je songeai un instant à leur courir après pour essayer de descendre à fond de cale, mais je n'étais pas de taille à les combattre, même en me transformant en furie.

J'allai me poster au bastingage. Jusqu'ici, je m'étais comportée comme si je croyais que la bombe allait exploser, l'apothicaire n'étant plus là pour l'en empêcher, mais maintenant il fallait que je me persuade qu'il allait réussir, qu'il aurait la force de neutraliser une bombe vingt fois plus puissante que prévu. J'étais seule sur le pont du grand cuirassé, au milieu de l'immensité argentée de la mer, et je voulais être courageuse. Il neigeait. Je me redressai en m'efforçant d'avoir sur le monde le même regard enflammé que Benjamin.

Puis je me tournai vers Novaïa Zemlia et j'attendis.

CHAPITRE 34

La bombe

Pendant ce qui me sembla une éternité, je restai seule sur le pont silencieux. J'observais l'île au loin, en songeant à Benjamin et à son père, et en croisant les doigts pour que le filet de polymère de Jin Lo soit efficace et que la Quintessence absorbe les radiations. Les imaginer en train de s'affairer sur l'île m'aidait à garder le moral. Ils allaient réussir à se sauver eux-mêmes, mais aussi les Samoyèdes, les rennes, les poissons et les enfants norvégiens – et même

moi, exposée aux quatre vents sur le pont du navire de guerre. Je préférais ne pas penser à ce qui allait se produire ensuite, quand ils devraient quitter Novaïa Zemlia, car ils n'avaient aucun moyen de m'arracher aux mains des Soviétiques.

Je m'efforçais de ne pas raisonner égoïstement, mais de penser avant tout à Benjamin et à son père, qui cherchaient à sauver le monde. Toutefois, dans mon for intérieur, je ne voulais qu'une chose : que nous sortions tous indemnes de cette maudite aventure. Je ne voyais pas comment c'était possible.

Tandis que je scrutais Novaïa Zemlia, il se produisit un changement. Une sorte de petite excroissance commença à se former et à grossir à l'horizon, jusqu'à devenir une fleur gigantesque, orange et rouge, dans la lumière déclinante. Puis il y eut un bruit d'explosion, suivi d'une longue plainte semblable à un rugissement, et le navire vacilla à la surface des flots.

Je repensai à ce qu'avait dit Benjamin à la cantine : « Notre chair va brûler, puis tomber en cendres. » L'idée qu'ils aient tous été anéantis instantanément – Jin Lo l'intrépide chercheuse au cœur blessé, l'affable comte Vili, le gentil et anxieux apothicaire, et *Benjamin*, mon Benjamin – m'était insupportable. Les radiations qui se propageaient dans ma direction, telles des vagues toxiques, n'étaient rien comparées à la disparition de mes amis.

Le nuage orange grossissait et se déployait avec une telle lenteur que je me pris à espérer que le comte Vili avait réussi à figer le temps sur Novaïa Zemlia. Ce qui signifiait qu'il était encore en vie – et les autres aussi.

Le gros nuage se dilata, libérant un deuxième nuage qui s'éleva dans les airs et vint se placer juste au-dessus du premier. Seul un filet de lumière orangé les séparait à présent. Les deux nuages ne paraissaient pas doués d'intelligence comme la Force obscure, mais tout de même vivants. Ils bouillonnaient et grossissaient inexorablement.

Soudain la dilatation prit fin. Peut-être Jin Lo avait-elle réussi à jeter son filet et à en envelopper la bombe. Si c'était le cas, le polymère généré par les radiations allait se contracter et confiner l'explosion. Je retins mon souffle.

Il y eut un moment d'intense immobilité, puis le nuage du dessus se joignit à celui du dessous jusqu'à ne plus former qu'une seule masse brillante, et commença à se contracter lentement. On aurait dit le film d'une explosion atomique passé à l'envers.

Le nuage se rétracta sur lui-même, devenant de plus en plus petit, puis disparut comme un soleil rouge glissant sous la ligne d'horizon. Un étrange silence se fit sur le pont désert : aucun cri d'oiseau, aucun bruit de vague.

C'est alors qu'une odeur effleura mes narines, apportée par un souffle de vent. C'était le parfum le plus doux qu'il m'ait été donné de sentir ; encore plus capiteux que celui de la fleur d'oranger ou du jasmin par une chaude nuit d'été. C'était la senteur qui vous étreint le cœur quand vous êtes profondément amoureux ; la senteur de la vie, de l'herbe fraîche, du soleil et des chants d'oiseaux.

Je compris que c'était la Quintessence des fleurs du jardin botanique recueillie pour absorber les radiations. De minuscules particules dansaient dans la lumière du crépuscule, parmi les flocons de neige.

Le champignon atomique avait été vaincu. Je sentis mon cœur se gonfler de fierté et de soulagement. Même neutralisée, l'explosion avait été gigantesque, et mes amis n'avaient peut-être pas survécu. Et s'ils étaient toujours en vie, je ne savais pas comment les rejoindre. Je scrutai l'île, au loin, dans l'espoir d'apercevoir un mouvement. En vain.

Enfin, le silence se rompit à bord du destroyer. Une poignée d'hommes s'aventura sur le pont. Tous parlaient russe et marchaient aussi précautionneusement que s'ils s'approchaient d'une mine non désamorcée. Un jeune matelot portait des écouteurs reliés à un compteur Geiger (je reconnus l'instrument pour l'avoir vu aux informations), qui servait à mesurer la radioactivité. Il écouta, fronça les sourcils avec étonnement, puis tendit les écouteurs à un camarade pour s'assurer qu'il ne rêvait pas : il n'y avait aucun rayonnement radioactif.

Je m'efforçai de me faire aussi discrète que possible, espérant ressembler à un jeune mousse avec mon caban et ma casquette, mais quelqu'un me saisit brutalement par le bras et m'obligea à me retourner.

– Qu'est-ce qui s'est passé ici ? demanda Danby d'une voix menaçante. Nous avons senti l'explosion, mais quelque chose est arrivé. On ne voit rien sur les photos.

– C'était un spectacle extraordinaire, dis-je. Absolument magnifique. Si vous n'étiez pas aussi lâche, vous ne l'auriez pas manqué !

Un éclair de rage traversa le regard de Danby.

– L'apothicaire est sur l'île ?

– Je ne sais pas. Mais *moi*, je suis ici, au cas où vous l'auriez oublié.

M'empoignant le bras, Danby m'entraîna vers l'hélicoptère.

– Où est passé Sakharov ? demanda-t-il au balafré. Et où est ce satané pilote ? Prends le compteur Geiger. On retourne là-bas !

CHAPITRE 35

Une mer de glace

J'avais beau pouvoir regarder le paysage maintenant que j'avais repris forme humaine, le voyage en hélicoptère ne fut pas plus plaisant qu'à l'aller. La maudite machine ballottait à chaque saute de vent, et sa carlingue grinçait comme si elle allait tomber en morceaux. Le brouhaha du rotor empêchant toute conversation à bord, Sakharov et le balafré gardaient les yeux baissés sur l'océan, l'air maussade.

Pour ne pas vomir ou céder à la panique, je m'obligeai à regarder un point fixe, comme en voiture. C'est alors que j'aperçus un nuage noir dans le ciel. Il était parfaitement rond et semblait se tenir délibérément à l'écart des autres. Je songeai aux génies du comte Vili, et à la Force Obscure qui s'était échappée du jaival.

Soudain, l'hélicoptère cahota, j'eus l'impression que mon estomac se retournait comme une crêpe, et on commença à descendre. Novaïa Zemlia était aussi déserte et blanche qu'avant l'explosion, si ce n'est qu'à la place de la cabane qui abritait la bombe, il y avait un grand cercle carbonisé. Les maisons des Samoyèdes, minuscules au loin, semblaient intactes, de même que les grands pins grêles qui poussaient au nord. L'hélicoptère évita le cercle charbonneux et alla se poser sur le sol glacé à quelque distance de là. Tout le monde sortit, et Danby me tira sans ménagement hors de l'appareil.

Les hommes se dirigèrent vers le site, en scrutant avec appréhension la terre éventrée et noircie. La neige avait fondu au-delà du périmètre calciné, mais c'était sans commune mesure avec les dégâts qu'aurait pu provoquer une bombe atomique. Danby me tenait fermement le bras, craignant sans doute que je cherche à fuir. Mais où aurais-je pu aller ? Ne voyant aucune trace de mes compagnons, je songeai qu'ils avaient réussi à s'échapper et que je pouvais enterrer à jamais mes espoirs de les retrouver un jour sur cette terre brûlée.

Le jeune pilote avait apporté le compteur Geiger pour mesurer les radiations. Il secoua la tête, déconcerté.

– *Chisto*, dit-il.

Sakharov lui arracha les écouteurs et les plaqua sur ses oreilles avant de les laisser retomber, furieux. Un reste de parfum de Quintessence flottait dans l'air. Sakharov jeta un regard circulaire au site.

– Comment est-ce possible ? demanda-t-il en anglais. Ce n'est pas possible !

Il avait réussi à dompter l'atome et n'avait pas l'habitude que la réalité résiste à son intelligence.

– La fille sait, lâcha Danby.

– La fille ! explosa Sakharov. Mais d'où vient-elle, cette fille ?

– C'était elle, l'oiseau, expliqua Danby. Je vous avais pourtant dit de fouiller l'île.

– Cette fille était *l'oiseau* ?

– Et elle sait ce qui s'est passé.

– Non, réfutai-je. Je n'étais pas là !

– Vous allez moisir dans une prison soviétique, mademoiselle Scott, à condition que vous surviviez jusque-là, menaça Danby.

Il me secoua si violemment que je me mordis la langue. Un goût métallique de sang m'envahit la bouche.

– Qu'a fait l'apothicaire ?

– Je ne sais pas !

Sakharov dit :

– Je ne suis pas sûr de comprendre ce que signifie *apothicaire*.

– Ce n'est pas un simple apothicaire, précisa Danby. C'est une sorte de... d'alchimiste. Un magicien.

– Un *magicien* ?

– Non, c'est un scientifique, rectifiai-je, songeant que Sakharov était mon seul espoir. Exactement comme vous. Je suis sûre que vous vous entendriez bien. Ils voulaient vous rencontrer. Ils espéraient que vous comprendriez ce qu'ils cherchaient à faire.

– Ils ? demanda Sakharov. Qui sont-ils ? Et que font-ils, à part saper mon travail et ma réputation ?

C'est alors qu'un cri pas tout à fait humain retentit quelque part au-dessus de nos têtes. Mon cœur tressaillit. Le cri de terreur résonna à nouveau, presque inaudible à cause du vent. Je levai les yeux et vis un garçon tomber du ciel au-dessus de la mer.

– Benjamin ! hurlai-je, alors qu'il disparaissait dans les flots.

– Voilà qui est de circonstance, ironisa Danby. Le garçon qui volait trop haut.

– C'était un garçon ? s'étonna Sakharov.

J'essayai de m'arracher à la poigne de Danby, mais il enfonça ses ongles dans mon bras.

– Il faut le sauver !

– La chute l'a tué, dit Danby. Et si ce n'est pas le cas, il va se noyer sur-le-champ, avec ce froid.

– Non !

Je martelai la poitrine de Danby avec mon bras libre, mais il réussit à me saisir le poignet. Face à sa froide indifférence, j'étais totalement désarmée. Peu lui importait que Benjamin soit intrépide, brillant, loyal et courageux et qu'il ait essayé de revenir sur l'île pour moi. Vite, il fallait que je réussisse à convaincre Danby de le sauver, mais pour cela il me fallait une bonne raison.

– Il connaît tous les secrets ! lançai-je. Il sait tout du travail de son père.

Je vis briller une étincelle dans le regard de Danby. Je me tournai vers Sakharov.

– C'est le fils de l'apothicaire qui est tombé à l'eau, poursuivis-je en empêchant ma voix de trembler. C'est son apprenti et son plus proche collaborateur. Il pourra vous expliquer ce qui est arrivé à la bombe – comment elle a été neutralisée, et pourquoi il n'y a pas de radiations. Il faut que vous l'interrogiez ! Vous ne voulez pas savoir ?

S'ils capturaient Benjamin vivant, ils l'obligeraient à leur révéler tout ce qu'il connaissait des travaux de son père et à le trahir. C'était terrible, mais l'alternative était bien pire. Je ne pouvais pas l'abandonner à une mort certaine dans cette mer glacée.

Pour finir, Sakharov ordonna au pilote :

– Démarre l'hélicoptère.

On courut jusqu'à l'horrible machine, qui décolla en brinquebalant dans le vent et se dirigea à basse altitude vers l'endroit où Benjamin était tombé.

– Il est ici ! m'écriai-je au-dessus des rugissements du moteur.

Juste au moment où j'apercevais la chevelure de Benjamin et son bras sortant péniblement de l'eau, une vague le submergea, le recouvrant complètement. Mon estomac se noua douloureusement. « Pourvu qu'on puisse le secourir avant qu'il coule », songeai-je.

L'hélicoptère largua une échelle de corde, et le balafré commença à descendre, la tête rentrée dans les épaules. En voyant l'échelle se cabrer furieusement dans le vent, je me mis (chose impensable) à prier pour l'Allemand. Je voulais coûte que coûte qu'il réussisse. Quand il atteignit enfin le dernier échelon, il se trouvait encore à trois mètres au-dessus de Benjamin. Sakharov cria quelque chose au pilote par-dessus son épaule. L'hélicoptère descendit tout près des flots.

Dans la lumière rasante, il me sembla voir Benjamin s'éloigner à la nage parmi les vagues écumantes, comme s'il cherchait à s'échapper.

– Benjamin ! criai-je. Reviens !

L'hélicoptère vira de bord pour venir se placer juste au-dessus de lui, mais Benjamin continuait de se débattre. Pour finir, le balafré lui décocha un coup de poing.

– Attrape-le, nom d'un chien, s'impatienta Danby, mais sa voix fut emportée par le vent.

L'Allemand avait réussi à tirer Benjamin hors de l'eau. Il le jeta sur son épaule comme un paquet de chiffons et recommença à gravir péniblement les échelons. Je fermai les yeux, incapable de regarder le corps inerte de Benjamin, et le balafré qui semblait sur le point de le lâcher à tout moment.

Je songeai à l'apothicaire, me demandant s'il était en possession de quelque poudre magique qui pourrait ressusciter Benjamin. Puis je pensai au parfum capiteux de la Quintessence, le parfum même de la vie, qui flottait toujours dans l'air.

Quand le balafré atteignit le sommet de l'échelle, Danby et Sakharov l'aidèrent à hisser Benjamin dans la cabine. Sakharov lui tâta le cou pour s'assurer que son pouls battait toujours, puis le fit rouler sur le côté et appuya des deux poings sur son sternum pour lui faire cracher l'eau de mer qu'il avait dans les poumons. Benjamin recommença à respirer, mais ses lèvres étaient violettes et il était inconscient.

Le balafré aussi était transi et hors d'haleine. L'hélicoptère mit le cap sur le destroyer.

– Il nous faut de la vodka et des couvertures, dit Sakharov.

Je savais que Benjamin n'avait pas besoin de vodka et que, à bord du navire, nous attendaient seulement des coups et des menaces de mort. Ils avaient sauvé Benjamin pour pouvoir l'interroger et étaient prêts à tout pour lui extorquer les secrets de son père.

Dans un sac de toile suspendu à l'arrière d'un siège se trouvait la grosse clé à molette dont Sakharov s'était servi pour amorcer la bombe. Le balafré était à bout de forces, et Danby et Sakharov étaient occupés à réanimer Benjamin. J'en profitai pour m'emparer de la clé. Sakharov avait étalé sa veste sur Benjamin, qui tremblait comme une feuille. Je n'avais pas vraiment de plan, mais peut-être que si je parvenais à me débarrasser de Danby, je pourrais persuader le pilote de retourner à Novaïa Zemlia...

J'en étais là de mes réflexions quand Danby se tourna vers moi, l'air soupçonneux. Ni une ni deux, je fis tournoyer la clé à molette et lui en donnai un grand coup sur la tête. Il poussa un cri de douleur. J'essayai de le faire rouler vers la porte, mais il était trop lourd ; il ne bougea pas d'un pouce. Il m'arracha la clé des mains et la brandit en l'air comme une massue. Il saignait du front. Je me reculai précipitamment en me protégeant la tête avec le bras, m'attendant à recevoir un coup.

Au même instant, le pilote cria quelque chose en russe. Danby se retourna.

À travers le pare-brise, j'aperçus le nuage noir de tout à l'heure qui venait dans notre direction. Il était seul dans le ciel, et semblait tout excité, comme s'il manigançait quelque chose. Il s'enroula autour du cockpit, le plongeant dans la pénombre, puis entra par la porte ouverte. J'eus l'impression qu'une main humide m'enserrait le cœur. La vapeur noire enveloppa l'hélicoptère comme si elle cherchait à nous attaquer.

Le pilote, aveuglé, poussa un cri. Danby lâcha la clé à molette et l'hélicoptère bascula brutalement de côté. Je m'agrippai à une ceinture de sécurité d'une main tout en retenant Benjamin de l'autre. L'appareil tombait à toute allure dans l'océan.

Les autres se hurlaient des ordres. D'un seul coup, je sentis Benjamin glisser. J'étais sur le point de le perdre. Il était trop lourd et l'hélicoptère était trop penché. C'était soit la ceinture de sécurité, soit Benjamin. J'agrippai sa deuxième épaule, et on fut tous les deux entraînés vers l'ouverture.

Après un plongeon spectaculaire, on effleura l'eau puis on sombra sous les flots. C'était comme d'être immergés dans un seau de glace. Je parvins à remonter à la surface, les bras passés autour de la poitrine de Benjamin. Je sortis la tête de l'eau et essayai de reprendre mon souffle, mais les muscles de ma gorge étaient paralysés par le froid. « Surtout ne pas céder à la panique », me répétai-je.

Les vagues étaient si grosses que je n'arrivais pas à voir où l'hélicoptère s'était abîmé, ni la ligne du rivage. Tout en maintenant la tête de Benjamin hors de l'eau, je me mis à barboter dans ce qui me semblait être la direction de l'île. À quelle distance étions-nous du rivage – cent mètres ? Deux cents mètres ? Ma gorge se détendit suffisamment pour que je puisse reprendre haleine, mais mes jambes transies avaient du mal à répondre aux ordres de mon cerveau. À Los Angeles, durant les cours de sauvetage en mer, on nous avait appris qu'il fallait se débarrasser de ses vêtements pour pouvoir flotter plus facilement, mais ça, c'était en Californie et en été. Je n'osais pas le faire ici. J'aurais besoin de mes vêtements si on réussissait à atteindre le rivage.

Soudain, j'aperçus l'île. Mais j'avais beau me débattre, tirer, pousser, elle ne semblait pas se rapprocher d'un pouce.

Une autre vague nous submergea, sombre et froide. D'un battement de jambes, je parvins à remonter à la surface. Benjamin toussa et cracha. Il avait repris connaissance.

– Quel froid, murmura-t-il.

– Je sais, lui criai-je. Aide-moi ! Nage !

Mais il souffla :

– Je ne peux pas. Tant pis, laisse-moi.

– Non ! Il faut nager !

– Lâche-moi, Janie. Pense à toi.

– Nage ! hurlai-je.

Je savais qu'il avait raison. Mes mains et mes pieds étaient complètement engourdis. Peut-être avais-je une chance de m'en sortir, mais si je m'entêtais à vouloir le sauver, on allait y passer tous les deux. « Le plus important c'est de ne pas devenir soi-même une victime », nous avaient appris les moniteurs de secourisme – chose qui nous semblait impossible sous le soleil radieux, en ces temps de joyeuse insouciance.

– S'il te plaît, Janie, implora Benjamin, et au même moment une autre vague nous engloutit.

Elle nous attira vers le fond, remplissant ma bouche d'eau salée. Il faisait si sombre et froid sous les flots, que j'avais beau agiter les jambes, je ne savais plus où était la surface. Je me sentis couler, mais j'étais étonnamment calme. Je continuais d'étreindre la poitrine de Benjamin. Au moins, on mourrait ensemble.

C'est alors que quelque chose m'agrippa par les cheveux. J'inspirai en suffoquant, et sentis mon dos heurter une surface dure. Je voulus m'accrocher à Benjamin, mais lui aussi était tracté vers le haut – le poids de son corps avait cessé de peser sur mon bras gelé.

À travers mes cils couverts de givre, je distinguai un homme enveloppé de la tête aux pieds de fourrures et de peaux. Il nous avait hissés dans sa barque et s'aidait d'une pagaie double pour regagner le rivage. Je fermai les yeux et sombrai dans un abîme encore plus profond que l'océan.

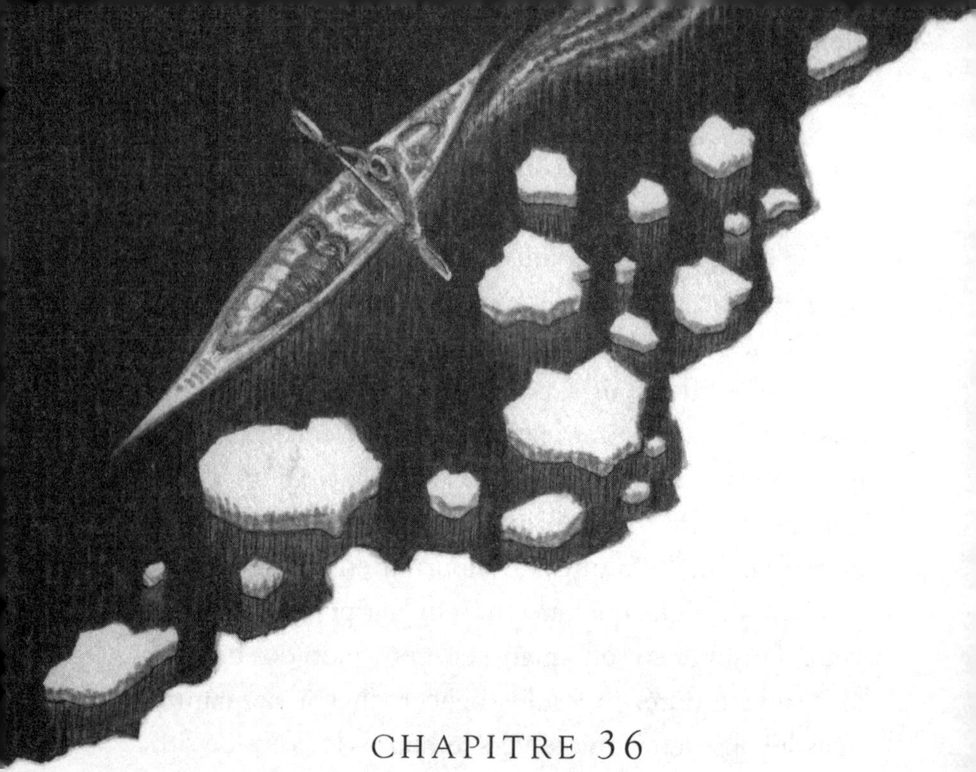

CHAPITRE 36

L'évasion

Le voyage vers la Norvège reste dans ma mémoire comme un rêve terrible dont je ne me rappelle que quelques instants. Parfois, quelqu'un me secouait pour me faire manger ou s'assurer que j'étais toujours en vie. J'ouvrais les yeux, vaguement consciente de me trouver à l'intérieur d'une hutte enfumée, enveloppée dans des couvertures, avec un énorme chien blanc allongé sur moi pour me tenir chaud. Une femme à la face toute ronde me donnait de la soupe. Je voyais le visage de Benjamin, inconscient et pâle, lui aussi couvé par un gros chien. Puis je fus à nouveau placée dans une barque qui filait au ras de l'eau. J'entendais le clapotis des pagaies derrière moi et sentais les mouvements du courant.

Un matin, au lever du jour, je remarquai que notre sauveteur dormait, assis sur son banc, ses pagaies posées en travers du plat-bord. Il avait le même visage rond que la femme de la hutte, mais il était plus grand, et ses pommettes sombres étaient grêlées de marques laissées par les engelures et les coups de soleil. Sa capuche était étroitement nouée sous son menton et la détermination se lisait sur ses traits, même dans son sommeil. L'un des chiens blancs qui se trouvaient à l'arrière du canoë releva la tête et se mit à glapir doucement en voyant que j'étais réveillée.

Benjamin dormait à côté de moi, blotti sous des couvertures. Aussi loin que l'œil portait, la mer n'était qu'une immense étendue grise qui me fit me sentir toute petite. Une vague aurait pu nous engloutir, ou Benjamin succomber à la fièvre sans que personne ne le sache jamais. Son visage était d'une pâleur inquiétante, et quand je tâtai son front glacé, il ne réagit pas et n'ouvrit pas les yeux.

Notre sauveteur se réveilla et prononça quelques mots.

– Que dites-vous ? demandai-je. Vous croyez qu'il est toujours vivant ?

Mais l'homme ne me comprenait pas plus que je ne le comprenais.

Je pointai du doigt en disant « Benjamin », car s'il venait à disparaître, il me semblait important que les deux seuls témoins présents connaissent son prénom.

– Benjamin, répéta l'homme, puis posant une main sur sa poitrine, il dit : Hirra.

– Hirra, répétai-je à mon tour, avant d'imiter son geste et de dire : Janie.

– Janie, articula Hirra, qui semblait avoir du mal à prononcer les « j ».

Il tendit le bras pour toucher le front de Benjamin, puis fit un commentaire assez long. Le ton de sa voix n'était guère rassurant, mais j'essayai de me convaincre que c'étaient des paroles d'encouragement.

Je repoussai les cheveux trempés de transpiration de Benjamin sous sa capuche, puis me pelotonnai contre lui et sombrai une fois de plus dans un sommeil hallucinatoire.

Quand Hirra me secoua à nouveau pour me réveiller, je vis la silhouette d'un navire s'élevant au-dessus de notre frêle embarcation et j'entendis des voix qui criaient depuis le bastingage. Je pensai aussitôt qu'il s'agissait du destroyer russe, puis réalisai qu'il était rouge et non gris. C'était l'*Anniken*. L'apothicaire et le comte Vili nous appelaient depuis le pont. Je me rappelai alors que j'avais décrit le brise-glace rouge à la femme samoyède qui me donnait de la soupe et que j'avais dessiné la carte de Kirkenes sur le sol de la cahute. Mais de là à penser que nous arriverions un jour jusque-là !

On me plaça dans une sorte de hamac et on me hissa à bord du navire, toujours chaudement enveloppée dans mes couvertures. Je voulus expliquer qu'Hirra nous avait sauvé la vie et que Benjamin avait besoin d'être soigné, mais tous m'ordonnèrent de me taire et de me reposer.

La dernière chose dont je me souviens, c'est d'avoir été transportée dans mon ancienne cabine, où l'on m'installa à l'intérieur de mon sac de couchage, tandis que l'apothicaire versait une dose de potion dans une cuillère. L'autre couchette était vide.

– Où est Jin Lo ? demandai-je.

Sans me répondre, l'apothicaire m'administra le sirop amer et je m'endormis aussitôt.

*

Quand je m'éveillai, nous étions dans un petit avion, l'apothicaire assis à côté de moi. L'air perdu dans ses pensées, il écrivait dans un carnet d'une écriture serrée que j'avais déjà vue dans les marges de la *Pharmacopée*.

Benjamin, enveloppé dans des couvertures, dormait de l'autre côté de l'étroite allée. Pour la première fois depuis que j'étais tombée de l'hélicoptère, je repris pleinement conscience.

– Est-ce qu'il va s'en sortir ? demandai-je.

– La fièvre est tombée, répondit l'apothicaire, qui préférait énoncer des faits que de faire des prédictions.

– Vous lui avez donné un médicament ?

– Oui. Mais ça n'a pas été facile. Il a frôlé la mort.

Vili occupait deux sièges, face à nous, et semblait lui aussi assoupi. Jin Lo n'était pas dans l'avion. Je craignais qu'elle soit morte à Novaïa Zemlia et que personne n'ait osé me l'annoncer. L'apothicaire semblait avoir lu dans mes pensées, car il dit :

– Elle va bien. Elle est en Norvège pour l'instant. C'est plus sûr là-bas, pour elle. À Londres, les autorités la reconnaîtraient facilement.

Je poussai un gros soupir de soulagement.

– Tu comprends, n'est-ce pas, que nous n'avions aucune chance face à un bâtiment de guerre soviétique ?

– Oui, répondis-je. Vous avez pris la bonne décision.

L'apothicaire secoua la tête.

– Benjamin a bu ce qui restait d'élixir avien pour partir à ta recherche. J'aurais dû m'en douter. Je ne me pardonnerai jamais d'avoir fait autant d'erreurs.

– Mais tout est bien qui finit bien.

L'apothicaire avait l'air perplexe.

– Je tâcherai de faire mieux la prochaine fois.

À l'idée qu'il puisse y avoir une prochaine fois, une immense lassitude m'envahit.

– Est-ce que je peux aller m'asseoir à côté de Benjamin ? demandai-je.

Quand j'essayai de me lever de mon siège, c'est à peine si je trouvai la force de prendre appui sur les accoudoirs.

– Janie, dit l'apothicaire. La police de Londres nous recherche. Nous allons débarquer à Heathrow sous une fausse identité. Mon fils s'appelle James et toi, tu es sa sœur, Victoria.

Je souris.

– Entendu, je vais essayer de le faire enrager exactement comme une sœur.

– Parfait. Oh, Victoria...

– Oui ?

Les yeux de l'apothicaire se firent graves derrière ses lunettes.

– Je ne pourrai jamais te remercier assez d'avoir sauvé la vie de mon fils.

Mais je n'avais que faire de remerciements. J'allai m'asseoir à côté du corps endormi de Benjamin et glissai mon bras sous le sien. Au bout de quelques minutes, il me prit la main et se tourna vers moi en murmurant :

– Janie.

J'étais tellement heureuse d'entendre sa voix que les larmes me montèrent aux yeux.

– Tu es réveillé !

Il essaya de se redresser, mais sa figure se crispa de douleur.

– Ouille, ma tête ! gémit-il en se tâtant le front.

– Ne bouge pas. Reste tranquille.

Il referma les yeux.

– Tu es là, poursuivit-il. Mon père n'a pas voulu que je retourne te chercher.

– Il voulait t'épargner. Mais tu es revenu.

– Je n'ai pas pu rester oiseau assez longtemps. J'ai essayé, mais je me suis senti tomber d'un seul coup.

– Je sais.

– Je n'arrête pas de faire des cauchemars.

– Moi aussi.

– Mais on est sains et saufs maintenant ?

Je hochai la tête.

– Et les autres ?

– Les autres aussi. Jin Lo est en Norvège, et Vili dort sur ses deux oreilles. Ton père est ici. Il est heureux que tu sois en vie.

L'apothicaire me tendit une petite fiole brune pour que je la fasse boire à Benjamin. Au bout de quelques minutes, ses joues reprirent des couleurs, et il parvint à s'asseoir sans faire la grimace. Et quand l'avion toucha la piste d'atterrissage, il était capable de se lever et de marcher tout seul.

On traversa lentement l'aéroport d'Heathrow et on se dirigea vers la douane. Mon cœur se mit à battre furieusement dans ma poitrine quand l'officier inspecta nos faux papiers d'identité. J'espérais ne pas avoir à prendre l'accent britannique pour dire que je m'appelais Victoria. Mais l'homme ne posa pas de questions. Il tamponna les passeports d'un air blasé et nous les rendit.

En sortant du terminal, on passa devant le portrait de la jeune reine Elizabeth II que mes parents et moi avions vu à notre arrivée à Londres, un mois plus tôt. Je me souvins de mon père disant que les choses auraient pu être pires – que j'aurais pu être reine. Mais la reine avait l'air en pleine forme. Elle ne grelottait pas de froid et n'était pas recherchée par la police, elle.

– Qu'allons-nous dire à mes parents ? demandai-je à l'apothicaire.

– Que veux-tu leur dire ?

– Tout. Mais je ne pense pas qu'ils vont me croire.

Il hocha la tête.

– Nous sommes tous très fatigués. Je vais te ramener chez toi et tu vas faire un bon somme. Demain, nous nous retrouverons et nous leur raconterons toute l'histoire. Et votre ami Pip pourrait peut-être se joindre à nous.

CHAPITRE 37

Le Vin de l'oubli

Un taxi nous conduisit jusqu'à l'appartement de mes parents, où j'entrai seule. Je m'attendais à ce qu'ils soient furieux, mais ils me prirent dans leurs bras, d'abord mon père, puis ma mère, en pleurant et en me serrant comme s'ils ne voulaient plus me lâcher. Du coup, je fondis moi aussi en larmes. Ils n'eurent pas l'air de remarquer que mes habits sentaient l'eau de mer et la graisse de renne. Mon père était tellement ému qu'il resta un moment sans voix – chose rare chez lui.

– Nous étions morts d'inquiétude, Janie, bredouilla ma mère en essuyant ses larmes. Cette idiote de Mme Parrish a prétendu que tu étais allée chez une fille du nom de Sarah, sauf que la Sarah que nous avons trouvée au collège nous a assurés que tu faisais un tour sur le bateau d'un oncle. Mais l'oncle de qui ? Quel bateau ? Personne n'a su nous le dire ! Comment as-tu pu t'en aller ainsi sans prévenir ?

– Le père de Benjamin voudrait vous rencontrer demain, répondis-je. Il va tout vous expliquer.

– Je vais lui tordre le cou, moi, à ce Benjamin, tonna mon père.

– Il m'a sauvé la vie. Mais vous comprendrez mieux quand vous connaîtrez toute l'histoire.

– Quand nous sommes allés au commissariat, on nous a dit que tu avais été arrêtée, rapporta ma mère. Puis qu'on t'avait relâchée et placée sous la garde d'un de tes professeurs et que tu avais pris la poudre d'escampette. On nous a menacés d'expulsion quand nous avons expliqué que nous ne savions pas où tu étais. Pourtant, nous étions allés trouver la police précisément pour cette raison ! Oh, Janie, nous avons eu une de ces peurs.

– Je sais, je suis désolée. Mais je suis trop fatiguée pour tout vous expliquer maintenant. Et puis, il faut absolument que je prenne un bain.

Comme ils craignaient sans doute que je disparaisse à nouveau s'ils me refusaient quoi que ce soit, ils ne protestèrent pas. Tandis que la baignoire se remplissait, je me rappelai quelle chance nous avions de disposer d'une salle de bains à l'intérieur de l'appartement. Je fis attention à ne pas donner un coup de pied dans le levier de vidage quand je m'immergeai dans l'eau chaude – *seule*, cette fois, sans Benjamin et Pip en train d'attendre que je devienne invisible.

Quand je ressortis – au bout d'un très long moment –, mes parents me répétèrent combien ils s'étaient inquiétés et me firent promettre de leur raconter absolument toute l'histoire, sans omettre aucun détail, le lendemain matin. Puis ils m'embrassèrent, et je me mis au lit. Mon journal était sous le matelas, là où je l'avais laissé. Je l'attrapai pour consigner tout ce qui était arrivé depuis le moment où Benjamin était entré par la fenêtre de ma chambre, quelques millions d'années plus tôt. Je m'endormis avec le petit cahier rouge dans la main.

Le lendemain, samedi, un soleil éclatant me tira du sommeil. J'étirai tous mes membres, heureuse d'être dans un vrai lit, à Londres, et chez mes parents : je pensai presque « chez moi », une expression que je n'aurais jamais imaginé utiliser ailleurs qu'à Los Angeles. Ma mère avait préparé des œufs brouillés pour le petit déjeuner. Ils étaient tout simplement délicieux, bien chauds et parfaitement salés.

Le téléphone sonna. C'était Benjamin.

– Mon père et moi serons au cinéma de la gare Victoria dans une heure, me dit-il. Tu peux venir avec tes parents ?

Je lui trouvai une drôle de voix sans parvenir à expliquer exactement pourquoi.

– Tu es sûr que tout va bien ?

– Juste un peu fatigué. On n'a pas beaucoup dormi. Au fait, ton journal intime...

– Oui, eh bien ?

– Tu peux l'amener ? Il y a certains détails que je voudrais comparer avec mes propres notes.

J'aurais dû me douter qu'il y avait anguille sous roche et me méfier. Mais j'étais si heureuse qu'il soit sain et sauf, et j'avais tellement envie de le revoir et de parler avec lui de tout ce que nous avions vécu ensemble que j'étais prête à me plier à ses quatre volontés.

Sur le chemin du métro, il y avait un petit vent frais, mais rien de comparable avec la bise glacée de l'Arctique. C'était un vrai plaisir de voir fleurir les premières jonquilles sur les balcons. Mes parents étaient d'humeur guillerette, comme si l'apothicaire leur avait administré une potion qui rend les gens aimables.

Ils étaient impatients de connaître le fin mot de l'histoire et commençaient à émettre des hypothèses.

– Tu as rejoint un cirque itinérant, suggéra mon père.

– Un orchestre de troubadours nomades, proposa ma mère.

– Tu domptais les éléphants ? demanda mon père. Ou tu étais danseuse de corde ?

– Attendez, répondis-je. C'est encore plus incroyable que ça.

À la gare Victoria, quand on entra dans la salle obscure du cinéma, un documentaire sur la guerre de Corée était en train de passer. Dans la lumière mouvante projetée par l'écran, j'aperçus Benjamin et son père assis vers les derniers rangs en compagnie de Pip. Ce dernier me fit un grand sourire et un signe de la main.

– Vous n'avez pas été suivis, au moins ? me chuchota Benjamin.

– Je ne crois pas.

Mes parents et moi allâmes nous asseoir à l'autre bout de la rangée.

Un nouveau documentaire commença. Celui-là traitait des dernières tendances de la mode féminine, et non pas d'une tentative avortée d'essai nucléaire à Novaïa Zemlia. Les mannequins portaient des jupes amples serrées à la taille, comme celle qu'arborait gente Marianne la première fois que j'étais allée aux studios Riverton, il y avait une éternité. Le commentateur n'en finissait pas de s'émerveiller sur cette coupe inédite, tandis que mes parents rongeaient leur frein.

Sans doute rassuré de constater qu'il n'était nulle part question de notre folle équipée dans les informations, l'apothicaire se leva et murmura :

– Allons prendre un verre au bar.

Le cinéma occupait une sorte de galerie en surplomb des voies ferrées. À cette heure-ci, la cafétéria était déserte.

– Merci de nous avoir aidés à nous échapper, dis-je à Pip.

– J'aurais pas dû... j'ai loupé la grande aventure !

– Est-ce que les policiers ont réussi à te rattraper ?

– Tu plaisantes ! Ces gros pleins de soupe.

– Je vous présente notre ami Pip, annonçai-je à mes parents. Papa, tu connais déjà M. Burrows, l'apothicaire. Et voici ma mère, Marjorie Scott.

– Je suis très heureux que vous soyez venus, répondit l'apothicaire. Je vous dois à tous les deux une explication.

– Et comment ! renchérit mon père.

– S'il vous plaît, asseyez-vous. Pip, tu veux bien aller nous chercher des verres ?

On s'installa autour d'une table et maman ôta son foulard, décidée à ne pas s'en laisser conter. Je voyais bien que papa aussi observait l'apothicaire avec l'air de se demander s'il était digne de foi. Benjamin avait meilleure mine que la veille, ses taches de rousseur commençaient à reprendre un peu de couleur.

– Mais avant toute chose, je propose que nous trinquions ! s'exclama l'apothicaire.

Il déboucha une bouteille de champagne et en versa dans les petits verres que Pip avait rapportés.

– Il me semble qu'exceptionnellement, les enfants pourraient se joindre à nous. Nous avons tant de choses à célébrer.

Il leva son verre pour porter un toast. Le champagne était froid et acide, et les bulles me chatouillèrent le nez.

L'apothicaire nous examina, puis dit, sur un ton dégagé :

– Nous avons pris la mer et navigué jusqu'à l'archipel de Novaïa Zemlia.

– Où ça ? s'exclama mon père.

– En Russie, expliquai-je.

– En Russie ?

– Il y a un certain temps déjà que j'observe avec inquiétude la course aux armes de destruction massive, reprit l'apothicaire. C'est pourquoi j'ai imaginé un procédé permettant de neutraliser la bombe atomique après son explosion. L'Union soviétique était en train d'essayer une nouvelle bombe à Novaïa Zemlia, c'était donc l'occasion ou jamais de tester le procédé. La chance ne se serait peut-être plus jamais représentée.

À la façon dont mes parents le regardaient, on aurait dit qu'il s'exprimait dans une langue étrangère. Peut-être pensaient-ils qu'il était fou. Dans un sens, il l'était de leur avouer cela, car il prenait de gros risques. Mais d'un autre côté, j'avais insisté pour qu'il leur raconte tout.

Mon père se tourna vers moi.

– Vous êtes vraiment allés là-bas, Janie ?

Je hochai la tête.

– Janie et Benjamin m'ont aidé à échapper à un kidnapping à Londres, expliqua l'apothicaire. Ils ont insisté pour me suivre à Novaïa Zemlia, mais j'ai refusé. Ils ont tout de même réussi à se faufiler à bord du bateau à mon insu. Cela dit, j'imagine sans peine votre angoisse quand vous n'avez pas vu revenir votre fille. Je vous prie d'accepter mes sincères excuses. S'il vous plaît, reprenez du champagne.

– Oh, là, une seconde ! s'écria mon père en levant les mains, paumes ouvertes. Vous dites que vous vouliez neutraliser une bombe atomique après son explosion ?

– Contrôler son impact, rectifia l'apothicaire. Immédiatement après la mise à feu.

– Vous travaillez pour le gouvernement britannique ? demanda ma mère.

L'apothicaire fit non de la tête.

– Les nations qui possèdent l'arme atomique, ou qui désirent s'en doter, font passer leurs intérêts avant tout le reste. Elles jouent sur le fait que la bombe inspire la terreur. Sans cette peur, elles n'ont plus aucun moyen d'exercer leur pouvoir. Ces nations, dont la nôtre, sont prêtes à tout pour empêcher la création et l'utilisation d'un antidote à la bombe.

– Vous voulez dire que… le vôtre a marché ? s'étonna mon père.

– Oui. Et maintenant que nous avons démontré l'efficacité du procédé, nous allons pouvoir l'améliorer en travaillant avec des scientifiques d'autres pays qui poursuivent le même objectif. Dans l'éventualité où une bombe serait utilisée – avec tout le pouvoir de destruction que cela suppose –, il faut que nous soyons prêts.

– Attendez, attendez ! dit mon père. Désolé de vous interrompre, mais j'essaie de vous suivre. Comment êtes-vous arrivés à Novaïa Zemlia ?

– Nous avons pris un bateau qui nous a emmenés jusqu'aux eaux territoriales russes, où nous avons été arraisonnés par une patrouille soviétique. Et ensuite, nous avons fui.

– En avion ?

– En nous transformant en oiseaux, rectifiai-je en grimaçant légèrement, car je savais que mes parents ne me croiraient pas.

– En *oiseaux* ?

– Oui.

Mon père se tourna vers moi, s'attendant manifestement à ce que je lui relate la vérité.

– C'était assez spectaculaire, poursuivis-je. Vous auriez adoré. Moi, j'étais un rouge-gorge.

Mon père cligna des paupières.

L'apothicaire assura :

– Et maintenant, Benjamin et moi allons devoir nous en aller.

– Comment ? m'écriai-je.

– Nous ne sommes plus en sécurité ici. Nous avons un train dans... (Il consulta sa montre.) Quatre minutes.

– Mais vous ne pouvez pas partir comme ça !

– Écoute, Janie, dit Benjamin en se penchant pour prendre mes mains dans les siennes. Nous n'avons pas le choix. Réfléchis. Nous sommes tous en danger. Le champagne que vous avez bu va vous faire oublier ce qui s'est passé au cours des trois dernières semaines.

– Oublier ?

– Vous rigolez, souffla Pip.

– Vous nous avez drogués ? s'offusqua mon père.

– Davis, supplia maman. Je t'en prie.

– Cela ne vous empêchera pas de continuer à vaquer à vos occupations, expliqua l'apothicaire. Simplement, tout ce que vous avez vécu au cours des trois dernières semaines va s'effacer. Ma boutique, Benjamin, le voyage à Novaïa Zemlia – tout va disparaître.

– Il nous a drogués ! s'exclama mon père, furieux, en se levant de table, obligeant ma mère à l'imiter pour essayer de le calmer.

Je m'écriai :

– Benjamin. Tu n'as pas le droit. Ces souvenirs sont aussi les miens ! Je t'ai sauvé la vie ! Plus d'une fois !

– Et moi aussi, renchérit Pip.

– Je sais, concéda Benjamin. Mais il n'y a pas d'autre solution. Tu ferais bien de me donner ton journal intime, maintenant.

Je secouai la tête.

– Non. J'ai juré de ne le montrer à personne.

– J'essaie simplement de te protéger.

– Mais il faut que je me souvienne de toi !

– S'il te plaît, Janie, dit-il, le regard implorant.

Je sortis le petit carnet de ma poche et le lui tendis. Il contempla sa couverture rouge.

– J'espère qu'il raconte à quel point je te plais ; que ce n'était pas juste le Parfum de Vérité qui parlait.

J'étais trop en colère pour répondre – ce que je ressentais pour lui était tellement évident, et nous avions vécu tant de choses ensemble depuis le Parfum de Vérité.

– Où est-ce que vous allez ? Comment saurai-je que tu es en sécurité ?

– Des villes entières pourraient être rayées de la carte s'il y a la guerre. Nous avons le devoir de les protéger.

– Dans ce cas, emmenez-moi !

– Tu dois rester avec tes parents, rétorqua-t-il en s'approchant de moi. Écoute, Janie, tu te souviens de ce fameux soir, sur le pont de l'*Anniken* ?

– Oui, susurrai-je sans chercher à essuyer les larmes qui coulaient sur mes joues.

– Je pense qu'aucune potion n'est assez puissante pour effacer ça. Pas pour moi, en tout cas. J'espère que tu t'en souviendras, toi aussi.

Benjamin écarta une mèche de cheveux de mon visage et la glissa derrière mon oreille.

– Tes cheveux américains, dit-il en riant.

Puis il se pencha en avant, et je sentis la chaleur de son haleine et le parfum de sa peau bien propre. J'étais en train de me demander où il avait passé la nuit, quand ses lèvres touchèrent les miennes. Un courant électrique me parcourut tout le corps et je compris qu'aussi longtemps que je vivrais, cet instant resterait gravé dans ma mémoire.

C'est alors qu'une voix vaguement familière et mielleuse résonna au-dessus de nous.

– Bonjour, Jane.

On leva tous les deux la tête et on vit l'inspecteur Montclair, le policier aux cheveux duveteux qui nous avait arrêtés au collège. Il se tenait de l'autre côté de la balustrade en fer forgé qui délimitait l'espace réservé aux tables. Son acolyte, O'Nan, était avec lui.

L'apothicaire se leva pour les saluer, leur tendant un verre par-dessus la rampe.

– Messieurs, puis-je vous offrir une goutte de champagne ? Je vais déboucher une autre bouteille.

L'inspecteur Montclair me faisait penser à un cobra qui se balançait doucement, prêt à se jeter sur sa proie.

– Vous êtes en état d'arrestation, monsieur Burrows, dit-il. Je vous conseille de nous suivre sans faire d'esclandre. Monsieur et madame Scott, je crains que vous ne deviez, vous aussi, nous accompagner.

– Pourquoi ? demanda mon père. Pour quel motif ?

– Pour association de malfaiteurs, précisa le policier. Fausses allégations concernant la disparition de votre fille, comportement criminel. Reste à savoir si nous allons vous renvoyer aux États-Unis ou vous enfermer ici.

– Je peux tout expliquer, affirma l'apothicaire. Monsieur le policier, un verre de champagne ?

L'officier O'Nan fit non de la tête tout en lorgnant la bouteille avec envie.

Une voix résonna dans les haut-parleurs, annonçant l'arrivée d'un train. Alors que tout le monde marquait une pause et tendait l'oreille, Benjamin en profita pour sauter par-dessus la rambarde, puis dévaler les escaliers qui menaient aux quais. Les deux policiers s'élancèrent à sa poursuite, tandis que l'apothicaire se mettait lui aussi à courir entre les tables.

Pip et moi échangeâmes un regard. Ma mémoire commençait à s'effacer et je ne me souvenais plus très bien quel rapport il y avait entre nous.

– Que se passe-t-il ? demanda ma mère.

– Il faut qu'on les aide à fuir, dit Pip.

Mon esprit s'éclaircit à nouveau, et je me rappelai Benjamin me faisant ses adieux. J'étais profondément révoltée, mais je savais que Pip avait raison. On laissa mes parents et on dégringola les marches trois par trois.

Quand on atteignit le quai, Benjamin hissait son père dans le train qui avait commencé à rouler. Les deux flics couraient toujours, gagnant du terrain. Pip fonça tête baissée. Il leur passa entre les jambes en les attrapant par les chevilles. Tous les trois roulèrent à terre.

Je les contournai et sautai dans le wagon derrière celui de Benjamin, juste au moment où le train prenait de la vitesse. Mon pied dérapa et je me retrouvai agrippée à la poignée de la porte, avec les jambes pendant dans le vide. Après quelques secondes interminables, je parvins à reprendre mon équilibre.

Je me retournai et vis les policiers qui tentaient de se relever après leur collision avec Pip, et ma mère qui époussetait leurs vestons en leur demandant si tout allait bien. Une main posée sur le revers de l'officier O'Nan, elle le maintenait à terre tout en faisant mine de l'aider. Malgré ma mémoire embrumée, je songeai qu'elle était courageuse et intelligente. Pip, toujours emberlificoté entre les jambes des policiers, rouspétait autant qu'il pouvait. Mon père sauta dans le train à côté de moi.

Me faufilant entre les valises et les voyageurs qui cherchaient leurs places, j'atteignis le soufflet qui reliait notre wagon au précédent et vis Benjamin accroupi, en train de verser un liquide dans un flacon. Une drôle de fumée s'éleva du plancher, mais ce n'était pas la fumée orange dont Jin Lo s'était servie pour nous faire sortir du bunker. Celle-là était gris pâle, avec des volutes jaunes et une odeur de soufre.

– Benjamin ! m'écriai-je.

Il me regarda, l'air triste, puis se releva et rangea le flacon dans sa poche.

– Il ne faut pas qu'on nous arrête, Janie. Tu comprends, n'est-ce pas ?

– Pip a réussi à intercepter les policiers, dis-je. Ils ne sont pas montés dans le train !

– On ne peut pas prendre de risques.

– Laisse-moi juste venir avec toi !

J'allais franchir la barrière de fumée grise et jaune, quand mon père me retint par le bras. Le plancher entre notre wagon et celui de Benjamin était en train de se dissoudre, comme rongé par la corrosion, et de tomber en miettes. L'odeur de soufre devint plus forte à mesure que le rideau de fumée s'épaississait. Bientôt, il ne resta plus que l'attelage entre les deux voitures, qui commença lui aussi à s'effriter.

– Attends ! m'écriai-je, les yeux fixés sur la seule chose qui rattachait encore nos deux wagons et qui était en train de fondre.

Le dernier câble se désagrégea à son tour et craqua. L'avant du train, délesté de son fardeau, sembla se ruer vers la liberté, emportant Benjamin avec lui.

– Non ! hurlai-je, submergée par un océan de regrets.

Mon père passa un bras autour de mes épaules.

– Je suis désolé d'avoir mis Janie en danger, monsieur Scott ! cria Benjamin. Mais maintenant, tout ira bien pour elle. Elle n'a plus rien à craindre !

Le train fut englouti par un épais brouillard qui s'était subitement abattu sur la ville. La dernière chose que j'aperçus de Benjamin était une mèche de cheveux blond cendré.

Notre partie du train, privée de locomotive, s'était arrêtée dans un strident grincement de métal. Mon père et moi descendîmes, et nous nous faufilâmes dans la foule désorientée qui se pressait sur la voie. La rumeur disait que le conducteur avait arrêté la locomotive un peu plus loin, mais je savais que Benjamin et son père s'étaient déjà volatilisés à la faveur du brouillard venu de nulle part, et qu'il était inutile d'essayer de les rattraper. On longea le ballast sur près de deux kilomètres en compagnie des voyageurs affolés.

Les bulles en apparence innocentes du prétendu champagne que nous avions ingurgité se frayaient lentement, mais sûrement un chemin jusqu'à notre conscience, balayant au loin nos souvenirs. Mon père s'efforçait de mettre de l'ordre dans les questions qui l'assaillaient par vagues.

– Est-ce que le père de ce garçon a dit que vous vous étiez transformés en oiseaux ?

– Je crois que oui, répondis-je.

– Qu'est-ce que cela signifie ?

– Je ne sais pas très bien. Mais j'ai le vague souvenir d'avoir volé. Et d'une alouette aussi. (Je me concentrai de toutes mes forces.) Je crois que c'était important. Mais tout le reste m'a échappé.

Quand on regagna la gare, ma mère était sur le quai, en train de nous attendre.

– Je me sens toute drôle, dit-elle. Je n'arrive plus à me souvenir pourquoi.

On trouva Pip assis au pied de l'escalier du cinéma, en compagnie de l'inspecteur Montclair et de l'officier de police O'Nan. Les deux bouteilles de champagne étaient posées sur une marche entre ses pieds. Il me restait juste assez de mémoire pour les identifier.

– J'étais justement en train d'sabler le champ' avec ces deux zigotos, dit Pip. Ça m'a paru une bonne idée sur le coup, mais plus moyen d'me souvenir c'qu'on a arrosé.

À eux trois, ils avaient vidé la deuxième bouteille. L'inspecteur tendit amicalement la main à mon père, toutes menaces d'expulsion envolées.

– Inspecteur Charles Montclair de Scotland Yard. Je ne me souviens pas de vous avoir déjà rencontré.

CHAPITRE 38

Les gardiens de la paix

Ma vie, telle qu'elle commença à la gare Victoria ce jour-là, était très étrange. La perte de mémoire de ceux qui avaient bu le champagne était précise et ciblée : les trois semaines précédentes avaient totalement disparu. Mes parents et moi parvînmes à regagner notre appartement de St George Street – mon père nous tirant par la main, comme s'il savait qu'il était urgent de rentrer –, mais on dut reconstruire nos vies à partir des indices que l'on trouva là-bas.

Mes parents se rappelaient avoir signé un contrat avec Olivia Wolff. Toutefois, quand ils réussirent à retrouver le chemin des studios Riverton, ils avaient complètement perdu le fil du script qu'ils étaient en train d'écrire. Consternée, Olivia mit ce trou de mémoire sur le compte du choc lié à ma disparition. Sauf qu'ils n'étaient pas traumatisés, étant donné qu'ils ne se souvenaient pas de mon absence. Notre logeuse, Mme Parrish, confuse et embarrassée en présence de mes parents, m'avait prise en grippe sans raison apparente.

Étant en possession d'un uniforme et de livres de classe appartenant à St Beden, je me rendis au collège et suivis l'emploi du temps inscrit dans mon cahier de textes. Quand la jolie blonde assise devant moi en cours de latin me demanda comment s'était passée la croisière, je me retournai vers le pupitre vide qui se trouvait derrière moi, pensant qu'elle s'adressait à quelqu'un d'autre.

– Avec Benjamin, insista-t-elle.

– Qui ça ?

Sarah me dévisagea, stupéfaite, et s'exclama :

– Oh non ! Toi aussi !

– Moi aussi, quoi ?

– Toi et Pip, vous avez tout oublié.

– Qui est Pip ?

La jeune prof de latin, Mlle Walsh, nous ordonna de nous taire, sauf si nous avions quelque chose à dire à la classe. Sarah leva les yeux au ciel en me faisant passer un petit mot : « M. Danby me manque ! »

« Qui est M. Danby ? », écrivis-je en retour.

Sarah lut mon mot et secoua doucement la tête. Quelque chose à propos de sa tresse blonde et la courbe de sa nuque me semblait important, mais je ne savais pas quoi. Elle griffonna une réponse et me la passa. « Il faut que tu viennes déjeuner avec moi. »

Les amies de Sarah me firent une place à leur table, ce qui m'aida à surmonter mon appréhension quand j'entrai dans le réfectoire que je ne connaissais pas. Les filles étaient idiotes, mais le courant passa immédiatement avec le petit copain de Sarah, Pip. Il était plus petit qu'elle, avec de grands yeux et un sourire espiègle. Il était nouveau à St Beden, où il avait été transféré d'un établissement de l'East End.

– Quand ch'uis retourné dans mon ancienne école, raconta-t-il, ils m'ont annoncé qu'j'avais obtenu une bourse pour v'nir étudier ici. J'ai dû r'cevoir un coup sur la tête, ou ch'ais pas quoi, parce que les trois dernières semaines, elles ont disparu d'un coup.

– Les trois dernières semaines *ont* disparu d'un coup, rectifia Sarah.

Pip sourit de toutes ses dents.

– Elle veut que j'cause comme un aristo, dit-il. Mais tu verras, c'est chouette ici. Je fais partie du club d'échecs depuis qu'ce type, Timothy, s'est pointé pour me donner une demi-couronne, sans raison. Tu devrais t'inscrire.

– Je ne suis pas douée pour les échecs.

– Chic ! s'exclama Pip. On va pouvoir jouer de l'argent.

Une fois encore, je sentis comme une petite décharge électrique dans la tête, comme si mes neurones essayaient de me dire quelque chose que je ne comprenais pas.

– Avant, c'était un Russe qui présidait le club d'échecs, reprit Pip. Mais il est parti en Amérique, et maintenant, c'est moi qui l'remplace. Je crois bien qu'je vais partir en Amérique moi aussi, un jour. T'es d'là-bas, je crois ? C'est chouette, l'Amérique ?

Je répondis que oui, mais que Londres aussi.

Quand Sarah apprit que mes parents étaient en train d'écrire un téléfilm sur Robin des Bois, elle insista pour aller faire un tour aux studios, si bien qu'après les cours, je les emmenai à Hammersmith, Pip et elle. Mes parents semblaient contents que j'aie réussi à me faire des amis – et Olivia Wolff était carrément sous le charme de Pip, avec ses yeux immenses et sa grâce de félin.

– Mais où l'avez-vous déniché ? s'écria-t-elle.

Le soir même, elle prit un taxi pour aller voir les parents de Pip dans l'East End, et leur demander l'autorisation de l'engager dans son nouveau programme *Les joyeux drilles*. Pip était ravi de se retrouver au centre de l'attention et de gagner des sous en faisant quelque chose qui lui plaisait. Quand l'émission fut diffusée, les gens le reconnurent dans la rue. Pour une fois, ce n'était plus Sarah qui suscitait l'admiration des passants, et si elle arrivait à s'en accommoder, c'était plutôt bon signe.

Je m'inscrivis au club d'échecs, et Pip se révéla un professeur patient. Il m'apprit à calculer trois ou quatre coups à l'avance au lieu de me jeter dans la partie bille en tête. Petit à petit, je devins une adversaire passable.

Sergueï Shiskine, l'ex-président du club, envoya une petite lettre de Sarasota, en Floride, accompagnée d'une photo floue d'un homme à barbe blanche et d'une femme coiffée d'un foulard posant sur une jolie plage en compagnie de deux adolescents : un grand garçon solidement bâti et au teint pâle, et une jeune fille frêle. On avait du mal à distinguer leurs traits, mais ils semblaient sourire en clignant des yeux sous le soleil éblouissant de Floride. La lettre disait que Sergueï allait bien et qu'il aimait son nouveau collège. Le mot s'achevait par un P-S : « Dites à Janie et Benjamin que je les remercie, s'il vous plaît. Je n'ai pas leur adresse. »

– C'est de moi qu'il parle ? demandai-je à Timothy, le garçon boutonneux qui m'avait tendu la lettre.

– Évidemment. C'est toi, Janie.

– Mais je ne le connais pas.

– Mais si ! Vous faisiez partie de la même équipe scientifique !

– Quelle équipe scientifique ?

Nos amis finirent par s'habituer à notre exaspérante amnésie. C'était une sorte de trait distinctif que je partageais avec Pip, comme le fait d'être originaire de Californie pour moi, et de l'East End pour lui : nous avions tous les deux perdu trois semaines de notre vie.

Des agents de la sûreté britannique vinrent interroger mes parents, mais nous n'avions rien à leur dire. Quand ils nous demandèrent si nous connaissions M. Danby, je répondis qu'il avait été prof de latin dans mon collège, mais que je ne l'avais jamais rencontré et qu'il avait été remplacé par Mlle Walsh. Ils nous questionnèrent aussi au sujet d'un apothicaire du nom de Marcus Burrows et de son fils, Benjamin, qui avait mon âge. Nous savions qu'il y avait une boutique d'apothicaire, à présent fermée, au coin de la rue, mais rien de plus.

La guerre froide se poursuivait ; les Américains et les Soviétiques continuaient de mettre au point des armes atomiques. Des rumeurs couraient comme quoi l'Angleterre allait organiser un essai nucléaire en Australie. Au collège, on avait toujours des exercices d'alerte à la bombe, mais quand l'alarme se déclenchait et que les élèves et les professeurs se dépêchaient de se cacher sous les tables et les pupitres, je n'éprouvais aucune peur – je ne savais pas pourquoi.

*

Une année exactement après mon retour à St Beden, je reçus un paquet sans adresse d'expéditeur avec un drôle de timbre que je ne connaissais pas. Je l'emportai dans ma chambre pour le déballer. Il contenait un petit carnet rouge.

Quand je l'ouvris, je reconnus mon écriture, alors que je ne me souvenais pas avoir écrit ces mots. Je le feuilletai et trouvai des notes datant du mois de février où je pestais contre mes parents qui voulaient absolument me traîner à Londres. Dans un autre extrait, il était question de mon premier jour cauchemardesque à St Beden – le seul point positif étant que j'avais fait la connaissance d'un garçon appelé Benjamin Burrows qui voulait devenir espion. Un passage s'interrompait au moment où Benjamin était en train d'escalader l'arbre devant la fenêtre de ma chambre à coucher, parce que son père avait disparu et qu'il n'avait nulle part où aller.

Les souvenirs commencèrent à me revenir par petits bouts décousus. Poussée par mon instinct, j'interrompis ma lecture pour me reporter aux pages blanches qui se trouvaient à la fin.

L'une d'elles comportait une note qui n'était pas de ma main. Elle semblait avoir été écrite avec beaucoup de soin et de réflexion.

Chère Janie,

Je pense qu'il n'y a plus de risque maintenant et que tu peux récupérer ton journal. Je l'ai lu chaque jour. J'espère que tu ne m'en voudras pas. Je ne pense pas que la Janie que je connais m'en voudrait. Grâce à lui j'ai pu te garder près de moi. Je te le renvoie afin que tu comprennes pourquoi nous avons dû partir, mon père et moi, et pour te dire que je vais revenir. Peut-être dans un an, peut-être plus, je ne sais pas. Mais tu ferais bien de t'entraîner aux échecs, parce que je veux une excellente ouverture.

Je t'embrasse,

B.

C'était une de ces rares journées ensoleillées du début du printemps, et l'arbre auquel Benjamin avait grimpé pour accéder à ma chambre était couvert de bourgeons. J'avais une *excellente* ouverture aux échecs, et quand je m'assis avec mon journal sur les genoux, je fus prise d'une folle envie de rire et de pleurer. D'un seul coup, je venais de comprendre le drôle de sentiment qui m'étreignait depuis un an. Je savais sans l'ombre d'un doute que Benjamin et son père étaient quelque part en train de veiller sur nous tous, prêts à se sacrifier pour protéger le monde de la destruction.

Et je savais que je le reverrais un jour.

Remerciements

Je dois beaucoup à mes amis Jennifer Flackett et Mark Levin, sans qui ce livre n'aurait pas vu le jour. Je les remercie de m'avoir apporté Janie, Benjamin et le mystérieux apothicaire, et de m'avoir confié le début d'une histoire qui leur tenait à cœur. Ils m'ont décrit ce qu'ils avaient imaginé comme un scénario, m'ont laissé le soin de le développer et ont suivi avec moi tous les méandres qu'empruntait le récit au fur et à mesure de son développement. C'est ainsi que j'ai fait la découverte de deux mondes nouveaux : le Londres venteux de l'époque de la guerre froide et l'univers extraordinairement accueillant de Penguin's children publishing ; une aventure qui a changé ma vie.

Pour écrire ce livre, j'ai puisé l'inspiration dans *Austerity Britain 1945-1951* de David Kynaston, l'exposition *The Children's War* de l'Imperial War Museum de Londres, et *Young Voices : British Children Remember the Second World War* de Lyn Smith.

Les aventures de Robin des Bois fut l'un des tout premiers programmes de télévision produits par Hannah Weinstein, qui s'est installée à Londres au début des années 1950 et a fait travailler des scénaristes américains figurant sur la liste noire sous des noms d'emprunt. J'ai pris certaines libertés en regard de l'émission originale, et aussi en ce qui concerne le célèbre physicien Andreï Sakharov.

Le jardin botanique de Chelsea est un lieu magique où poussent des plantes médicinales venues du monde entier, dont un mûrier sous lequel on peut se cacher. Quant à affirmer qu'il y a là-bas des plantes capables de vous faire dire la vérité ou de vous transformer en oiseau, je n'en suis pas certaine, mais sait-on jamais...

Cet ouvrage a été mis en pages
par DV Arts Graphiques à La Rochelle

Imprimé par Black print CPI (Barcelona)
en mai 2015
pour le compte des Éditions Bayard

Imprimé en Espagne